पराए हुए अपने

पराए हुए अपने

(नाटक-संग्रह)

जगदीश 'तीर्थराज' ओजायेब

Vidya Vikas ACADEMY

विद्या विकास एकेडेमी

प्रकाशक : **विद्या विकास एकेडेमी**
3637 नेताजी सुभाष मार्ग दरियागंज, नई दिल्ली–110002
 • संस्करण : प्रथम, 2016 • मूल्य : दो सौ पचास रुपए
मुद्रक : आर–टेक ऑफसेट प्रिंटर्स, दिल्ली ISBN 978-93-84343-40-8

PARAYE HUE APANE
plays by Jugdish 'Teerthraj' Aujayeb ₹ 250.00
Published by VIDYA VIKAS ACADEMY
3637 Netaji Subhash Marg, Darya Ganj New Delhi-110002

भूमिका

कहते हैं ईश्वर के घर देर अवश्य है, पर अँधेर नहीं। मैंने कभी भी नहीं सोचा था कि एक दिन एक पुस्तक लिखूँगा या फिर छपवाऊँगा। मैंने सदा से पुस्तक छपवाने का विरोध किया। विभिन्न लोगों के विभिन्न विचार हो सकते हैं, परंतु मेरा विचार कुछ अलग था। हमेशा मैंने अपने दोस्तों-बंधुओं तथा शिष्यों से यही कहा है कि मस्तिष्क को पोषक तत्त्व यानी कि अच्छे विटामिन चाहिए और वह पोषक तत्त्व है पठन, जितना ज्यादा हम पठन करते हैं, उतने ही विभिन्न प्रकार के विचार हमारे दिमाग में आते हैं, इसलिए दिमाग का शुद्धाहार है पठन। हमारे देश में यदि किसी चीज की कमी है तो वह कमी है कि मॉरीशस की जनता बहुत कम पठन करती है।

जो लोग पढ़ते हैं, खूब ही पढ़ते हैं। तरह-तरह की पुस्तकें ढूँढ़कर अपने दिमाग को मजबूत बनाते हैं, साथ-साथ अपने अनुभव का भी विस्तार करते हैं। जब अनुभव बढ़ता है, तो कलम भी तेज ही चलती है। निस्संदेह इसमें कोई शंका नहीं।

मेरी साहित्यिक यात्रा भी मेरे जीवन की तरह देर ही से आरंभ हुई। जन्म लेने के लिए भी मैंने देर की।

माताजी के अनुसार मैंने जन्म लेने के लिए नौ दिन ज्यादा लिये। प्रारंभिक शिक्षा भी देर से ही हुई। आश्चर्य की बात तो यह है कि बीस साल की आयु में मुझे एक भी हिंदी अक्षर या शब्द का ज्ञान न था। जिस दिन हमारा देश आजाद हुआ, उसी दिन से मेरी भी आजादी शुरू हुई; यानी कि उसी दिन से मैंने हिंदी पढ़ना आरंभ किया। 12 मार्च, 1968 अभी तक याद है मुझे, उस दिन से लेकर आज तक पढ़ता ही हूँ और पढ़ता चला जा रहा हूँ। पाँच साल पश्चात् यानी कि

1973 में मैं हिंदी अध्यापक भी बन चुका था।

1968 से लेकर अब तक मेरी मुलाकात (भेंट-दर्शन) तरह-तरह के लोगों से हुई और तरह-तरह के विचार-विमर्श भी हुए। यहाँ पर मैं किन-किन लोगों के नाम लूँ या चर्चा करूँ। 1975 में पहली बार हिंदी नाटक प्रतियोगिता का आयोजन हुआ। नाटक प्रतियोगिता से पूर्व हमारे देश में प्रसिद्ध नाट्यकर्मी श्री मोहन महर्षि ने दर्शन दिए थे और शिक्षा विभाग की ओर से श्री महर्षि द्वारा एक नाटक कार्यशाला का आयोजन भी हुआ था तथा उस कार्यशाला में मुझे भी महर्षि के श्रीचरणों में कुछ कला सीखने का शुभावसर भी प्राप्त हुआ। नतीजा यह हुआ कि मैंने अपना पहला नाटक लिखा—'अब क्या होगा?' उस नाटक को लिखा भी तथा निर्देशन भी किया; क्योंकि अनुभव ही न था, अत: मुझे बहुत प्रोत्साहन तो नहीं मिला और नाटक को वह सफलता भी नहीं मिली, फिर भी मैंने हार स्वीकार नहीं की। अगले साल मैंने फिर एक नाटक लिखा और उसे प्रस्तुत किया। इस तरह हर साल मैं नाटक लिखने लगा तथा प्रस्तुत भी करने लगा।

मैंने अब तक सौ से भी ज्यादा नाटक लिखे हैं। नाटक के साथ-साथ कविताएँ, कहानियाँ, निबंध भी लिखे परंतु छपवाने से दूर रहा। पुस्तक छपवाना कितना आसान काम है। पुस्तक छपवाने के पश्चात् पुस्तक विमोचन होता है। बड़े-बड़े लोगों से भेंट-मुलाकातें होती हैं। बधाइयाँ, मुफ्त में झूठी प्रशंसा, लेकिन उसके बाद लेखक हाथ सिर पर रखकर रोता है, पुस्तकें खरीददार को देखकर रोती हैं। कहती हैं, 'अरे भाई! मुझे खरीदकर घर ले जाओ, पढ़ो, कुछ लाभ होगा।'

पुस्तक छपवाना आसान, खपाना सिर-दर्द! लेखक जीने से पहले मर जाता है। इन चालीस सालों में बहुत लोगों ने मुझे पुस्तकें छपवाने के लिए जिक्र किया, परंतु मैं इसके प्रतिकूल था।

इस साल के आरंभ में कहीं एक सभा लगी थी, जहाँ पर मैं भी एक सदस्य हूँ, साथ-साथ श्री महेश राम जियावन भी। उन्होंने बहुत प्रार्थनाएँ कीं। बोलने लगे, "अरे जग! कल क्या पता क्या होनेवाला है? इतने सारे नाटक तूने लिखे हैं, एक-दो चुनकर छपवा लो। तुम्हारा नाम भी रह जाएगा।" महेश की बातों ने मुझे प्रोत्साहित किया और काम चालू हो गया। महेश ने खुद भारत में प्रकाशन गृह को फोन किया, जिससे मैं भी प्रभावित हुआ। खैर, पुस्तक तो अब आपके हाथ में है। आपकी नजरें उन पंक्तियों पर लगी हैं। ईश्वर जाने आप खुश हैं या नाखुश! यदि आपको पढ़कर थोड़ी सी खुशी प्राप्त होती है तो मैं अपनी खुशी मानूँगा और यदि

खुशी न मिली, आनंद प्राप्त न हुआ, फिर भी मुझे कुछ तसल्ली तो होगी कि कम-से-कम आप लोगों ने कुछ तो पढ़ा, मेरा काम सार्थक हुआ। मेरा काम, परिश्रम निरर्थक नहीं गया। प्रशंसा से मैं उतना खुश नहीं होता हूँ, जितना कि मैं अपनी निंदा से खुश होता हूँ। निंदा ही तो सफलता का प्रथम चरण है, जिसे हार स्वीकार हो, उसकी जीत निश्चित है।

सभी पाठकों को शुभकामनाओं के साथ बहुत-बहुत प्यार।

—लेखक

अनुक्रम

कर्मण्ये फलेषु

पात्र

राजा-रानी
द्वारपाल
मंत्री
ऋषि एवं शिष्य
ग्वालिन-ढाई बालक
संगीतकार एवं मंडली
नर्तकी-धुंधकारी
मालकिन-कोठे के रक्षक
गुरुजी-गौकरण

दृश्य एक : राजसभा

[परदा उठता है।]

[राजा आसन पर बैठा है। वह किसी गंभीर सोच में है, एकदम उदास है। वातावरण शांत है। कुछ क्षण पश्चात् वह उठ खड़ा होता है और इधर-उधर चक्कर लगाता है। कुछ सोचता है और फिर से जाकर आसन पर बैठ जाता है।
कुछ क्षण बाद रानी प्रवेश करती है। राजा को मौन बैठा देख कुछ क्षण मौन ही बैठ जाती है। फिर वह उस मौन को तोड़ती है।]

रानी : महाराज! माफी चाहती हूँ, पर कुछ दिनों से देख रही हूँ कि आप

एकदम शांत और मौन रहते हैं। आखिर इस मौन का कारण क्या?

राजा : ओह रानीजी! आप कब आईं, आपने कुछ पूछा?

रानी : आप कहाँ खोए हुए हैं, आखिर इस उदासी का कारण क्या?

राजा : हाँ रानीजी! इन दिनों मैं बहुत सोच में पड़ा रहता हूँ।

रानी : आखिर मैं आपकी पत्नी हूँ, अर्धांगिनी हूँ, आपका दु:ख मेरा दु:ख है। आपकी चिंता मेरी चिंता है। क्या मैं इस उदासी का कारण जान सकती हूँ? दिनोदिन आप कमजोर होते जा रहे हैं।

राजा : इतने साल गुजर गए। हमारी उम्र भी बढ़ती चली जा रही है। इस राज-पाट को चलाने के लिए कोई तो होना चाहिए। हमें तो ईश्वर ने संतान की सुख-प्राप्ति बिल्कुल कराई ही नहीं।

रानी : हाँ, महाराज इस विषय को सोचकर मैं भी उदास हो जाती हूँ। आखिर कैसी औरत हूँ? कहीं एक दिन मैं बाँझ न कहलाऊँ! जिसने अपने पति को संतान के सुख से वंचित रखा।

राजा : नहीं रानी दु:खी होने की बात ही नहीं उठती है। कसूर न आपका है, न ही मेरा। जब तकदीर ही ऐसी हो तो क्या करे?

रानी : तकदीर को आप क्यों कोसते हैं? मेरी बात तो आप मानते ही नहीं। कई बार मैंने कहा भी आपसे कि दूसरी शादी कर लें, पर मेरी बात आप मानते ही नहीं।

राजा : आप कैसी बात कर रही हैं रानी, जो नामुमकिन है, वह नामुमकिन है। मैं सोचता हूँ एक बार जाकर गुरुजी से मिलकर बातें करनी होंगी।

रानी : यह आपने सही विचार सोचा। कम-से-कम एक बार तो गुरुजी के विचार भी हम जान लेते।

(उसी समय राजा आवाज देता है।)

राजा : द्वारपाल! द्वारपाल! जरा सुनो!

(एक द्वारपाल प्रवेश करता है।)

द्वारपाल : महाराजजी की जय! आज्ञा महाराज।

राजा : द्वारपाल! जरा महामंत्री को संकेत करो कि हम उनसे मिलना चाहते हैं।

द्वारपाल : जैसी आज्ञा महाराज! *(वह निकल जाता है।)*

रानी : अभी मंत्रीजी आएँगे, आप उनसे बातचीत करें। हमें कुछ काम याद

आ गए। हमें आज्ञा दीजिए। *(रानी निकल जाती है, कुछ क्षण बाद द्वारपाल प्रवेश करता है।)*

द्वारपाल : महाराजजी की जय! मंत्रीजी मिलने की आज्ञा का इंतजार कर रहे हैं।

राजा : इज्जत के साथ उनको आने की आज्ञा दो।

मंत्री : महाराज की जय!

राजा : महामंत्री! आपका स्वागत है राजसभा में। कृपया आसन ग्रहण करें।

मंत्री : *(आसन ग्रहण करने के पश्चात्)* आज्ञा महाराज! कैसे याद किया?

राजा : क्या महाराज-महाराज लगा रखा है। खुलकर अपने दोस्त से बातें तो कर। *(राजा उठकर मंत्री के करीब जाता है।)*

मंत्री : यह तो आपका बड़प्पन है महाराज!

राजा : फिर से महाराज···आराम से बैठो। कुछ विचार-विमर्श करना है।

मंत्री : अच्छा महाराज! क्षमा···अच्छा दोस्त, बोलो, क्या सेवा कर सकता हूँ?

राजा : यार···इन दिनों दिमाग काम नहीं कर रहा है। हमेशा उदास रहता हूँ।

मंत्री : चेहरे पर तो लिखा हुआ है।

राजा : तुमको तो यह हक बनता है कि पूछ भी लो कि उदास होने का कारण क्या है आखिर?

मंत्री : अब पूछ सकता हूँ···प्रजा, द्वारपाल आदि अन्यों के सामने तो ऐसी बातें नहीं पूछ सकता हूँ···नियम, नियम होता है।

राजा : तुम जिस तरह महामंत्री का कार्य सँभाल रहे हो, उत्तम है, सिर झुकाता हूँ।

मंत्री : अच्छा बोलो, कैसे याद किया?

राजा : यही तो रोना है···तुम्हें दोस्त भी कहता हूँ···और खुद अपनी सेवा करवाता हूँ।

मंत्री : एक दोस्त अपने दोस्त के काम न आए, फिर कैसी दोस्ती?

राजा : तुमने देखा कि मैं उदास रहता हूँ, पर एक बार भी तुमने उचित समझा कि मैं अपने दोस्त से पूछ लूँ कि आखिर बात क्या है?

मंत्री : नहीं पूछा···तो अब पूछ लेता हूँ। आखिर उदासी का कारण क्या है?

राजा : तुमने कभी सोचा है कि इस राज-पाट का क्या होगा?

मंत्री : मैं मतलब नहीं समझा?

राजा : इस वंश को चलाने के लिए कोई वारिस तो है नहीं, हमारे बाद क्या होगा?

मंत्री : मेरे विचार से हमें जल्द-से-जल्द राजगुरु से मिलकर इस विषय की चर्चा करनी होगी।

राजा : जिओ···जिओ मेरे दोस्त···इसको कहते हैं दोस्ती। बस, इसीलिए तुमको याद किया।

मंत्री : अच्छी बात होती कि हम खुद गुरुजी से मिलने चलें। काफी समय हो गया, गुरुजी के दर्शन नहीं हुए।

राजा : गुरुजी को संदेश भिजवा दें कि आज शाम को हम आश्रम पहुँच रहे हैं। आज रात उधर आश्रम में गुजारेंगे।

मंत्री : जैसी आज्ञा, अभी सेना को वहाँ भेजता हूँ। महारानी भी साथ जाएँगी?

राजा : एकदम साथ में जाएँगी, अकेले जाएँगे, गुरुजी नाराज होंगे।

मंत्री : सफर लंबा रहेगा···अभी जाकर मैं सब सँभालता हूँ।

राजा : ठीक है···तैयारी करो···दोपहर में निकलेंगे तो रात तक वहाँ पहुँच जाएँगे।

मंत्री : एकदम सही। अच्छा, आज्ञा चाहता हूँ।

राजा : ठीक है महामंत्री! *(मंत्री निकल जाता है।)*

दृश्य दो : आश्रम

पात्र

कुछ जवान शिष्य

ऋषि-गुरुजी

राजा

रानी

महामंत्री

[आश्रम सजाया गया है। शिष्यगण सजाने में लगे हैं। कुछ चहल-पहल है। एक जवान शिष्य आश्रम के अंदर जाता है। आश्रम के अंदर गुरुजी ध्यानमग्न बैठे हैं।]

शिष्य : क्षमा गुरुवर, प्रणाम! राजा-रानी महामंत्री, सिपाही सहित आश्रम

पहुँच गए हैं। आपके दर्शन की अभिलाषा रखते हैं।

गुरुजी : आदर के साथ उनको इधर ले आओ।

शिष्य : जो आज्ञा गुरुजी! *(वह निकल जाता है।)*

(कुछ ही समय पश्चात् उसी शिष्य के पीछे महामंत्री, राजा-रानी और दो द्वारपाल आते हैं··· द्वारपाल आश्रम के द्वार पर खड़े होते हैं।)

गुरुजी : *(हाथ जोड़कर)* महाराज-महारानी तथा महामंत्री का मैं स्वागत करता हूँ। आपके पवित्र दर्शन से यह आश्रम धन्य और पवित्र हो गया। *(राजा और रानी गुरुजी के चरण-स्पर्श करते हैं।)*

सौभाग्यवती भवः आयुष्मान भवः।

(फिर महामंत्री गुरुजी के पास आता है और गुरुजी के चरण-स्पर्श करता है।)

जैसे कल की बात है। आप दोनों गुरु मित्र थे। आज एक राजा है, दूसरा मंत्री, पर मित्रता आज भी वैसी ही है, जिस तरह आश्रम में अपने दिन गुजारते थे। कितनी तेजी से समय दौड़ रहा है! जिस श्रद्धा-प्रेम, लगन-भक्ति-स्नेह से, तुम महामंत्री का कार्य सँभाल रहे हो, मुझे अति गर्व है। विश्वास एक तपस्या है। राजा भी अपने महामंत्री पर विश्वास रखता है, धन्य है, चलें हम सब आश्रम के अंदर। *(सभी आसन ग्रहण करते हैं, आदरपूर्वक, फिर महामंत्री खड़े होकर।)*

महामंत्री : गुरुजी! यदि आज्ञा हो तो मैं दो शब्द कहूँ!

गुरुजी : अवश्य, अवश्य, आज्ञा है।

महामंत्री : जैसे कल की बात है···यहाँ पर हमने कितने साल गुजारे हैं। क्यों न वैसा दिन जीवन में लौट आए···कैसे हैं आप गुरुजी? *(रोने लगता है।)*

गुरुजी : बस महामंत्री! आप लोगों से मिलकर आज दिल गद्गद हो गया और जब मैंने सुना कि आप लोग आज रात यहीं पर गुजारने की इच्छा रखते हैं···काश कि मैं इसकी व्यवस्था कर सकता! मुझे पुनः राम और लक्ष्मण जैसे आप दो मित्रों के सत्कार करने के लिए अवसर मिल रहा है। उन दिनों भी आप दोनों साथ-साथ रहते थे और आज भी साथ में हैं। कृपया आप सभी लोग आसन ग्रहण करें। *(उसी समय एक जवान शिष्य प्रवेश करता है, सभी को प्रणाम करता है।)*

बालक : क्षमा कीजिए गुरुवर!

गुरुजी : जी हाँ, बच्चे।

बालक : गुरुजी! कुछ शिष्य राजा-रानी तथा महामंत्रीजी से भेंट करने की इच्छा प्रकट कर रहे हैं, साथ-ही-साथ इनके सम्मान में कुछ कार्यक्रम भी प्रस्तुत करना चाहते हैं।

गुरुजी : अवश्य-अवश्य, क्यों नहीं। यह तो एकदम उत्तम विचार है।
(बालक निकल जाता है और कुछ ही समय पश्चात् बालक तथा कुछ अन्य शिष्य आश्रम में प्रवेश करते हैं। वे सभी को प्रणाम करते हैं। राजा-रानी तथा महामंत्री को कुछ उपहार देते हैं और गुरुजी से आज्ञा लेकर एक भजन गाते हैं। भजन के बाद राजा-रानी तथा मंत्री बच्चों से मिलते हैं और उन्हें कुछ भेंट देते हैं। बच्चे निकल जाते हैं।)

गुरुजी : काफी समय बाद राजन् आपने दर्शन दिए हैं। मैं सोचता हूँ हम अपनी बैठक लगा लें, तभी रात्रि भोज पर जाएँगे।

मंत्री : गुरुजी! एकदम उत्तम विचार⋯इस समय तो हम भोजन नहीं करते।

गुरुजी : महाराज! राजसभा में सब कुशल तो हैं?

राजा : गुरुवर! यदि हमने यहाँ आने का कष्ट किया है तो निस्संदेह कुछ तो ठीक नहीं होगा।

गुरुजी : कोई दुःख, संकट, चिंता आखिर?

राजा : जब शिष्य दुःख में हो, तभी तो गुरु-चरण में जाकर मदद की माँग करता है। हाँ गुरुदेव! इन दिनों मैं एकदम चिंता में हूँ।
(उसी समय महामंत्री खड़ा होता है और कहता है।)

मंत्री : महाराज! आप, महारानी गुरुजी से बातें करें। मैं बाहर देखता हूँ कि अभी आश्रम में किन-किन चीजों की आवश्यकता है और जो सामान आश्रम के लिए लाए हैं, उन्हें सुरक्षित जगह पर रखवा दूँ। बाहर सेना मेरा इंतजार कर रही होगी।

गुरुजी : महामंत्री! आप अपना काम भली-भाँति जानते हो।

राजा : अवश्य महामंत्री! अवश्य उन लोगों के खाने-पीने, रहने की व्यवस्था ठीक से कर दें।

मंत्री : अवश्य महाराज! *(मंत्री निकल जाता है।)*

गुरुजी : हाँ राजन्! अब बताइए क्या बात है? कैसा दुःख, कैसी चिंता?

राजा : दुःख और चिंता की बात ही तो है। दिनोदिन उम्र बढ़ती चली जा

रही है और इस राज्य को उज्ज्वल तथा प्रकाशमय बनाने के लिए आज तक वह दीया नहीं मिला···गुरुजी, इस राज्य का क्या होगा? न कोई पुत्र-पुत्री और हम यही सोचकर बहुत दुखी हैं।

गुरुजी : समस्या तो है, एकदम गंभीर समस्या है।

रानी : इसीलिए तो हम आपके चरणों में आए हैं। इसी आशा से कि आप हमारे लिए कुछ तो उपाय सोचेंगे!

गुरुजी : महारानी! उपाय तो हमें ढूँढ़ना ही पड़ेगा, परंतु···

राजा : गुरुजी! क्या कोई खतरनाक कारण है क्या?

रानी : प्रजा-जनता के लिए मैं महारानी हूँ, पर मैं कितनी दुखी हूँ, यह मैं ही जानती हूँ। सब सुख हैं, पर बालक का सुख नहीं है। फिर यह जीवन कैसा जीवन, जब एक औरत माँ नहीं बनती है।

(गुरुजी एकदम शांत सुनते हैं, कुछ नहीं बोलते। काफी समय सुनने के पश्चात् वे कहते हैं।)

गुरुजी : कुछ समय के लिए आप लोग न कुछ बोलें, न कुछ पूछें। मैं ध्यान करूँगा। *(अपने हाथ में माला लेकर जाप करने लग जाते हैं। काफी समय पश्चात् वे आँखें खोलते हैं।)*

नहीं-नहीं महाराज! इस जीवन में आप लोगों को बालक का सुख नहीं है। मुझे दुःख हो रहा है यह कहते हुए।

राजा : आखिर गुरुजी हमसे कौन सा ऐसा पाप हो गया कि हमें बालक के प्यार से वंचित रखा गया है।

गुरुजी : पाप नहीं महाराज! बिल्कुल पाप नहीं। कभी-कभी ईश्वर भी अपने भक्तों को देखना चाहता है कि वह कहाँ तक ईश्वर पर विश्वास और सच्चाई पर जी सकता है। यह भी एक परीक्षा है।

राजा : फिर भी गुरुजी! हम तो जहाँ तक बन पड़ता है, दूसरों के दुःख को अपना दुःख मानते हैं, मदद करते हैं, सेवा करते हैं और विशेष बात तो यह है कि हमारी प्रजा कितना सुखी जीवन व्यतीत करती है। हो सकता है कहीं पर हमसे कोई भूल हो गई होगी। बस इसी कारण से हमारे जीवन में औलाद का सुख नहीं।

गुरुजी : शांत-शांत महाराज! इतना उदास तो नहीं होना चाहिए। इसी जीवन में संतान का सुख मिल सकता है, पर थोड़ा कष्ट है। त्याग, परिश्रम से सब मिल सकता है, पर···

रानी : *(दोनों हाथ जोड़कर)* कैसा त्याग, कैसा परिश्रम, हर प्रकार के दु:ख हमें स्वीकार हैं। सिर्फ आप उपाय बताइए गुरुजी!

गुरुजी : बालक का सुख प्राप्त हो सकता है, पर राजा को बहुत त्याग करना होगा। राजा को बालक का सुख तब प्राप्त होगा, जब बालक पच्चीस वर्ष का जवान बन जाएगा। पच्चीस वर्षों तक राजा को राज-पाट, सब सुख-आराम छोड़कर महल के सभी सुख भुलाकर जंगल में या आश्रम में तप करना होगा। पच्चीस वर्षों बाद महल लौटने पर ही राजा को अपने बेटे का चेहरा देखने को मिलेगा। यह एक कष्टमय जीवन है, जान-बूझकर महाराज आपको कदापि ऐसा विचार नहीं दूँगा।

राजा : गुरुवर! हम भी आपके शिष्य हैं। आपने कैसे सोच लिया कि ऐसा त्याग हम नहीं कर सकते, इतनी शक्ति और भक्ति तो हम में है।

गुरुजी : अपने स्वार्थ को पूर्ण करने के लिए अपनी प्रजा को भूलना नहीं चाहिए। प्रजा भी राजा के बालक ही होती है।

राजा : हमारी प्रजा की रक्षा हेतु रानी तथा महामंत्री रहेंगे। मुझे अपने मित्र पर, महामंत्री पर पूरा विश्वास है।

गुरुजी : महारानी! आपका क्या विचार है, किस नतीजे पर पहुँचीं आप?

रानी : गंभीर समस्या है गुरुजी, संतान के सुख की खातिर पच्चीस वर्ष तक पति से अलग रहना। प्रजा भी क्या कहेगी कि मैं राजमहल में सुख और शांति से जीवन व्यतीत कर रही हूँ तथा पति वन में भटक रहे हैं, नहीं-नहीं! मुझे स्वीकार नहीं।

गुरुजी : सदा सुखी रहें महारानी। पहले पति होता है, फिर संतान।

राजा : सुख पाने के लिए दु:ख का सामना तो करना पड़ेगा, मुझे स्वीकार है।

रानी : काफी लंबे सफर के पश्चात् आप लोग आश्रम पहुँचे। जब से आए हैं, कार्य में लगे हैं, आप लोग थक गए होंगे। जाइए, आप लोग स्नान आदि करें। रात चढ़ती आ रही है। रात्रि का भोज लें। अचानक किसी फैसले पर आना ठीक नहीं, रात्रि में ठंडे दिमाग से विचार करेंगे। यदि स्वीकार हुआ तो काम आरंभ करेंगे, अन्यथा इस विचार का यहीं अंत कर देंगे।

रानी : यदि हमने स्वीकार कर लिया तो गुरुजी क्या करना चाहिए?

गुरुजी : यदि स्वीकार हुआ तो सवेरे उठना होगा। एक यज्ञ का आयोजन

करना होगा। उस यज्ञ को 'संतान-प्राप्ति यज्ञ' कहते हैं। यज्ञ की पूर्णाहुति के पश्चात् जो प्रसाद मैं दूँगा, महारानी को उचित समय पर, उचित समय में यज्ञ के दौरान बताऊँगा, खा लेना होगा। नतीजा, उचित समय आने पर एक धर्मात्मा पुत्र का जन्म होगा। यज्ञ के पश्चात् राजा को महल नहीं लौटना होगा। इधर ही से संन्यास···

राजा : अब तो मैंने तय कर लिया है गुरुजी, पच्चीस वर्ष क्या, पुत्र के लिए मैं अपना जीवन भी त्याग देने के लिए तैयार हूँ।

गुरुजी : धन्य-धन्य, कल्याण, महाराज हजार वर्ष जिएँ। आप सदा कुशल-मंगल रहें। आपने अपने गुरुजी की इज्जत रख ली। हमने तो सोचा था कि सुखमय जीवन आपको प्यारा रहेगा।

राजा : सुबह यज्ञ के आयोजन की तैयारी रात्रि में शुरू कर दी जाए।

रानी : पर ये पच्चीस वर्ष कैसे कटेंगे गुरुजी?

गुरुजी : इसकी चिंता आप न लें महारानी। एक बार उस धर्मात्मा पुत्र का जन्म हो गया, आप सबकुछ भूल जाएँगी उस वात्सल्य के पीछे।

राजा : एकदम सही कहा गुरुजी!

गुरुजी : अब तो तय हो गया कि यज्ञ होगा, चलो सही हुआ आप लोगों का आना, अब भोज का समय है, चलते हैं भोज पर।

(राजा और रानी गुरुजी से आज्ञा लेते हैं, प्रणाम करते हैं और चले जाते हैं।)

दृश्य तीन : राजसभा

पात्र

रानी

महामंत्री-द्वारपाल

ग्वालिन-दाई

[राजसभा में रानी बैठी हुई है। महामंत्री भी पास ही हैं। रानी महामंत्री से पूछती है]

रानी : लगभग नौ महीने गुजरने वाले हैं। राजा किस आश्रम में अपना तप पूरा कर रहे हैं, किसी को पता नहीं, अन्यथा एक बार तो उनके

दर्शन करने कम-से-कम हम चले जाते।

मंत्री : कई बार मैंने कोशिश की रानी, पर असफल रहा। जाने से पहले राजा ने हमसे प्रतिज्ञा करवाई कि हम उनका तप भंग न करें।

रानी : राजा भी अजीब हैं। पुत्र की इच्छा के कारण इस प्रकार का बलिदान! राजा का क्या पता कि···खैर जाने दो।

मंत्री : राजा नहीं चाहते थे कि हम उनसे मिलें और मुझे-आपको रानी या अन्य अपने लोगों को देखकर उनमें कोई ममता जागे। राजा चाहते थे कि पच्चीस वर्ष तक वे संन्यास का जीवन गुजारें।

रानी : तो इसका मतलब यह कि आपको भी पता नहीं कि राजा कहाँ हैं?

मंत्री : बिल्कुल नहीं।

रानी : सचमुच ही राजा एकदम ही त्यागी आदमी हैं।

(उसी समय एक द्वारपाल प्रवेश करता है।)

द्वारपाल : महारानी की जय, मंत्रीजी की जय, क्षमा महारानी।

रानी : हाँ द्वारपाल! कोई खबर, कोई संदेश?

द्वारपाल : जी हाँ महारानी! ग्वालिन बाहर खड़ी है—आपसे भेंट करने की इच्छा रखती है।

मंत्री : महारानी! मुझे आज्ञा दीजिए—बाहर और भी बहुत सारे काम हैं।

रानी : ठीक है महामंत्री···द्वारपाल, ग्वालिन को भीतर भेज दो। *(महामंत्री और द्वारपाल निकल जाते हैं तथा कुछ ही क्षण बाद द्वारपाल के पीछे-पीछे ग्वालिन प्रवेश करती है।)*

ग्वालिन : महारानी की जय हो···

रानी : द्वारपाल! तुम जा सकते हो।

द्वारपाल : जैसी आज्ञा महारानी।

रानी : हाँ ग्वालिन, क्या बात है? मुझसे क्यों अकेले में भेंट करना चाहती हो?

ग्वालिन : एकदम सही रानी, एक अजीब घटना घटी है महारानी।

रानी : अजीब घटना, आखिर कैसी घटना?

ग्वालिन : महारानी! गोशाला में गाय ने एक बच्चे को जन्म दिया है।

रानी : आश्चर्य की कौन सी बात है, गौशाला में गाय ने बच्चे को जन्म दिया है। तो?

ग्वालिन : यह एक साधारण बात नहीं है महारानी।

रानी : आखिर तुम कहना क्या चाहती हो? मेरी समझ से बाहर है, साफ-साफ कहो।

ग्वालिन : गाय ने एक इनसान के बच्चे को जन्म दिया है।

रानी : इनसान का बच्चा! *(एकदम चौंक जाती है)* हे भगवान् कैसा है वह बच्चा?

ग्वालिन : कैसे कहूँ महारानी! बहुत सुंदर एक लड़का है...खूब सुंदर, रंग गोरा, सुंदर-सुंदर हाथ-पैर, लंबा माथा, सिर्फ बच्चे के दोनों कान लंबे-लंबे हैं।

रानी : अजीब बात है *(कुछ सोच में पड़ जाती है)* और बैठ जाती है।

ग्वालिन : महारानी! बच्चे का मैं क्या करूँ?

रानी : हाँ-हाँ, बच्चे को तब तक अपने पास रखो, जब तक मैं कुछ उपाय ढूँढ़ लेती हूँ।

ग्वालिन : ठीक है महारानी! चलती हूँ, महारानी की जय हो!

(महारानी सोच में डूब जाती है और आसन पर बैठ जाती है। काफी समय तक सोचने के पश्चात् वह उठ खड़ी होती है और स्वयं से कहती है।)

रानी : हमने गुरुजी का दिया हुआ प्रसाद बस मामूली प्रसाद समझा। यही सोचा कि कभी प्रसाद खाने से किसी को बच्चा पैदा हो सकता है भला तथा मैंने प्रसाद जाकर एक गाय को दे दिया। गाय ने प्रसाद खा लिया और वह गर्भवती हो गई। मैं राजा से क्या कहूँगी उनके लौटने पर, जबकि राजा पच्चीस वर्ष संतान के लिए तप करने गए हैं। कोई तो उपाय ढूँढ़ना ही पड़ेगा।

वह झट आगे बढ़ती है, ताली बजाकर। द्वारपाल-द्वारपाल! *(द्वारपाल आता है)*

द्वारपाल : महारानी की जय हो!

रानी : सूचना भिजवा दो कि मैं दाई माँ से मिलना चाहती हूँ।

(रानी कभी इधर, कभी उधर चलती-फिरती है, फिर जाकर बैठ जाती है। कुछ क्षण पश्चात् वह उठकर फिर से इधर-उधर चलती है और फिर स्वयं से बोलती है।)

ऐसी भूल मुझसे कैसे हो गई, इस उलझन से कैसे निकलूँगी? दाई माँ ही उपाय निकाल सकती है, दिमाग काम नहीं कर रहा है।

(उसी समय द्वारपाल प्रवेश करता है।)

द्वारपाल : महारानी की जय हो!

रानी : हाँ, द्वारपाल क्या संदेश है?

द्वारपाल : दाई माँ बाहर खड़ी हैं, आज्ञा का इंतजार कर रही हैं।

रानी : दाई माँ को कैसी आज्ञा चाहिए, इज्जत के साथ भीतर भेज दो। द्वारपाल चला जाता है और क्षण बाद एक बूढ़ी औरत प्रवेश करती है।

दाई : महारानी की जय!

रानी : दाई माँ आओ, आओ, जरूरी काम आ गया है। एकदम उलझन में हूँ, दिमाग काम नहीं कर रहा है।

दाई : महारानी! दाई माँ के होते हुए महारानी कठिनाई में, कभी नहीं।

रानी : इस महल में दाई माँ तुम्हारे अलावा मैं किसी पर विश्वास नहीं करती। कुछ उपाय सिर्फ तुम ही निकाल सकती हो।

दाई : यह तो आपका बड़प्पन है कि आप मुझ पर इतना विश्वास करती हैं। सिर्फ आज्ञा दीजिए।

रानी : जो भी कह रही हूँ, सावधानी से सुनो।

(सब कथा सुनाती है।)

दाई माँ, ग्वालिन और मैं, सिर्फ तीन ही लोग यह कहानी जानते हैं।

दाई : मुझ पर तो आपका विश्वास है?

रानी : इसीलिए तो तुमको बुलाया। क्यों न इस बालक को किसी आश्रम के पास या वन में छोड़ दें।

दाई : यह तो एक पाप है और फिर ग्वालिन?

रानी : ग्वालिन की चिंता न करो। उसका मुँह बंद रहेगा, बंद हो गया समझो।

दाई : महारानी, महामंत्री तो जानता है कि आपको बच्चा होनेवाला है, क्योंकि उसने यज्ञ में भाग लिया था और राजा भी इसीलिए वन में तप करने गए हैं।

रानी : यह बात तो एकदम सही है···फिर···

दाई : ध्यान से सुनिए महारानी! आप मंत्री को बुलवाएँ। उनसे आप कहेंगी कि आप अपने बच्चे को किसी आश्रम या तीर्थ स्थान में जन्म देना चाहती हैं। अपनी सेवा के लिए मुझे अपने साथ ले जाएँगी। बच्चे के जन्म के पश्चात् हम लौट आएँगे। हम निकल जाएँगे इस बच्चे को लेकर किसी आश्रम के पास या मंदिर के पास तथा बालक को वहीं हम वहीं छोड़ देंगे। हम किसी गाँव, अनाथालय में रहेंगे, जहाँ किसी को पता न चले कि आप रानी हैं। हम उधर ही रहेंगे जब तक

कि हमें एक नया बालक न मिल जाए। एक बार बालक मिल गया, हम महल लौट आएँगे। सभी को पता चल जाएगा कि रानी को बच्चा हो गया।

रानी : दाई माँ! तुम्हारा दिमाग, क्या दिमाग मिला है! सिर झुकाती हूँ। मेरे विचार से सबसे उत्तम सोच है किसी को कुछ भी पता न चलेगा।

दाई : और यदि किसी को पता चल भी गया कि गाय ने एक मनुष्य के बच्चे को जन्म दिया था, तो कह देंगे कि गाय ने खुद बच्चे को मार डाला।

रानी : देखो दाई माँ, तुम घर जाओ, अपना कुछ सामान तैयार करो, क्योंकि उधर महीने-दो-महीने पता नहीं कब तक रहना पड़ेगा। क्या किसी ने एक नव-जीवित बच्चे को पकड़ रखा है हमारे लिए?

दाई : हाँ महारानी! मैं चलती हूँ। जब सब तैयार हो जाएँ, द्वारपाल को मेरे यहाँ भेज देना।

रानी : मैं तब तक महामंत्री को बुलवाती हूँ।
द्वारपाल! द्वारपाल! *(दाई निकल जाती है।)*

दृश्य चार : जगह राजसभा

पात्र

रानी—एक बालक गोद में

द्वारपाल

मंत्री

दाई माँ

गुरुजी

संगीतकार, नर्तकी आदि

[राजसभा में चारों तरफ चहल-पहल है⋯कुछ सजावटें चल रही हैं। रानी इधर-उधर कुछ देखभाल कर रही हैं। महामंत्री भी आस-पास ही हैं।]

रानी : तैयारियाँ तो लगभग पूरी हो गईं, महामंत्री! कहीं किसी चीज की कमी तो नहीं?

दाई : बालक को मैंने नहला दिया···तैयार कर दूँ या फिर गुरुजी के आने के पश्चात्।

रानी : नहीं–नहीं दाई माँ, बाद में तैयार कर दें।

दाई : ठीक है महारानी। (वह भीतर चली जाती है)

रानी : महामंत्री···अब तक तो गुरुजी को आ जाना चाहिए था।

मंत्री : क्षमा महारानी! गुरुजी नियम के पक्के हैं? वे एकदम समय पर ही आएँगे। *(उसी समय द्वारपाल प्रवेश करता है।)*

द्वारपाल : महारानी की जय हो, महामंत्री की जय, गुरुजी आ गए हैं। *(महामंत्री खुद बाहर जाता है और कुछ ही क्षण पश्चात् गुरुजी महामंत्री के पीछे–पीछे प्रवेश करते हैं।)* महारानी जाकर उनके चरण–स्पर्श करती है।

गुरुजी : सौभाग्यवती भव:, आयुष्मान भव:, सदा कल्याण हो!

रानी : गुरुजी! राजसभा में आपका स्वागत है। कृपया आसन ग्रहण कीजिए। *(गुरुजी आसन ग्रहण करते हैं और माला फेरते हैं।)*

महामंत्री : गुरुजी! आपको आने में कोई कष्ट तो नहीं हुआ?

गुरुजी : तनिक भी नहीं महामंत्री, तनिक भी नहीं। सब तैयारियाँ यदि पूर्ण हैं तो हम कार्य का श्रीगणेश करें। समय कम है। तुरंत मुझे आश्रम वापस लौटना होगा। कुछ कार्य अधूरा है।

महामंत्री : जो आज्ञा गुरुजी! महारानी कृपया दाई माँ से कहें कि बालक को लेकर आएँ।

(रानी भीतर जाती है और खुद बच्चे को लेकर आती है। दाई माँ भी पीछे–पीछे आती है। रानी बच्चे को गुरुजी के चरणों पर रखती है। गुरुजी कुछ मंत्र पढ़ते हैं। कमंडल से पानी लेकर बच्चे पर छिड़कते हैं और कहते हैं।)

गुरुजी : राजा तो इन दिनों तप कर रहे हैं। पूरे चौबीस वर्ष बाद ही वापस लौटेंगे महामंत्री। फिर भी महारानी मैं जानता हूँ कितनी कठिनाई के पश्चात् इस बच्चे की प्राप्ति हुई हैं। इस बच्चे को ढूँढ़ने में कठिनाई हुई, अत: इसका नाम होगा, धुंधकारी। इसी नाम से जाना जाएगा धुंधकारी।

(उसी समय द्वारपाल प्रवेश करता है।)

द्वारपाल : रानी की जय! मंत्री की जय! महामंत्री! बाहर कुछ भजनीक गायक,

नर्तकी, संगीतकार आदि आए हुए हैं।

महामंत्री : कुछ समय रुकने को कहो।

गुरुजी : महामंत्री! मेरा काम पूरा हुआ। अब मुझे आज्ञा दें। हम पर कृपा करें, तुरंत आश्रम लौटना होगा।

महामंत्री : जो आज्ञा गुरुदेव···मैं तुरंत तैयारी करता हूँ।

(रानी आती है, गुरुजी के चरण-स्पर्श करती है तथा गुरुजी भी आशीर्वाद देते हैं।) और फिर आगे बढ़ते हैं।

(महामंत्री आगे-आगे, गुरुजी पीछे-पीछे निकल जाते हैं। कुछ समय बाद द्वारपाल प्रवेश करता है, उसके पीछे-पीछे काफी लोग हैं, भजनीक, नर्तकी आदि।)

नाच-गाने के बाद रानी एकदम खुश है। सभी को इनाम देती है। वे लोग भी निकल जाते हैं, तब रानी दाई माँ की ओर जाती है।

रानी : दाई माँ! जरा बच्चे को सुलाकर आओ तो। *(दाई माँ बच्चे को लेकर भीतर जाती है और कुछ ही क्षण बाद वह लौट जाती है। रानी के हाथ में एक थैली है, उसे वह दाई माँ को देती है और अपने गले से एक माला भी निकालकर उसे देती है और कहती है।)*

रानी : दाई माँ! जो कुछ तुमने मेरे लिए किया, काश कि कोई और कर पाता। जिंदगी जब तक बाकी है, तुमको याद रखूँगी।

दाई : रानीजी! मैंने क्या किया, जो मेरा कर्तव्य था, बस वही किया।

रानी : पर दाई माँ, हम दोनों के अलावा यह राज की बात और कोई नहीं जानता। हम मर जाएँगे, पर कभी किसी को नहीं कहेंगे, प्रतिज्ञा करती हूँ।

दाई : महारानीजी! ऐसा विचार भी कैसे आपके मन में आया?

रानी : पर दाई माँ, तुमने कभी नहीं बताया कि यह बच्चा किसका है, किस खानदान का है, किस कुल का है?

दाई : रानी! कौन खानदानी आदमी अपने बच्चे का त्याग करता है? क्या कोई माँ अपने बच्चे का त्याग कर सकती है?

रानी : तो फिर यह बच्चा किसका है, कहाँ से मिला?

दाई : इसमें बच्चे का क्या दोष? बच्चा तो निर्दोष, नादान होता है। दोष तो माँ-बाप करते हैं। बच्चे माँ-बाप के दोषों को सहन करते हैं।

रानी : फिर तो तुमको मालूम है, किसका बच्चा है?

दाई : हाँ, महारानी! यह एक वेश्या का बच्चा है। जब मैं उस बच्चे को आश्रम के पास छोड़ने जा रही थी, उसी समय आश्रम के पास वह वेश्या भी इस बालक को छोड़कर भाग रही थी। मैंने उस बच्चे को वहाँ छोड़ दिया और इसको उठा लिया। वेश्या को पता भी न चला कि मैंने उसके बच्चे को उठा लिया।

रानी : दाई माँ! यह तुम क्या कह रही हो?

दाई : रानी हमें काम निकालने से मतलब था। हमें पेड़ गिनने थे या फिर आम खाना था?

रानी : फिर भी वेश्या का जनमा हुआ बालक! पता भी नहीं कि उसका बाप कौन है?

दाई : राजमहल में जिस तरह उसका पालन-पोषण होगा, राजकुमार ही बनेगा।

दृश्य पाँच : चौबीस वर्ष बाद : जगह कोठा

पात्र

धुंधकारी
नर्तकी-मालकिन
महफिल में कुछ लोग
संगीतकार आदि

[एक लंबा हट्टा-कट्टा जवान बैठा है। महफिल जारी है, नाच-गाने हो रहे हैं। उधर कोने में नर्तकियों की मालकिन भी बैठी है। एक-दो और भी आदमी हैं। उनमें एक है, जो शराब पी रहा है तथा बार-बार नर्तकी को तंग कर रहा है एवं नर्तकी का हाथ पकड़कर बार-बार अपने पास खींचता है। यह देखकर जवान आदमी नाराज हो रहा है।

कुछ समय पश्चात् गाना समाप्त होता है, वह शराबी आदमी नर्तकी को पकड़ने का प्रयत्न करता है।

मालकिन उसे रोकती है, पर वह असंभव है।

वह आदमी मालकिन को एक झटका देता है। मालकिन गिर

जाती है, तब धुंधकारी उठता है, जाकर उस आदमी की खूब पिटाई करता है। मौका देखकर वह आदमी भाग जाता है।]

धुंधकारी : भाग गया साला, उसका मैं खून पी जाता।

नर्तकी : ऐसे आदमी से आप अपना हाथ मैला क्यों करते हैं राजकुमार?

मालकिन : जीओ राजकुमार, जब आप हैं यहाँ, तो हमें किस चीज की चिंता?

धुंधकारी : बस-बस मुझे और तेल-मालिश न करो।

(जेब से कुछ नोट निकालकर मालकिन के मुँह पर फेंक देता है। मालकिन उठाती है।)

नर्तकी : मेरा राजा, इधर ही रहेंगे आप या भीतर भी चलेंगे?

धुंधकारी : धुंधकारी नर्तकी को गोद में उठा लेता है और भीतर चला जाता है।

दृश्य छह : राजसभा

पात्र

रानी

द्वारपाल

दो औरतें

धुंधकारी

महामंत्री

[राजसभा में महारानी बैठी हुई हैं। एकदम उदास हैं। उठकर इधर-उधर घूमती हैं, फिर जाकर बैठ जाती हैं। कुछ समय पश्चात् द्वारपाल]

द्वारपाल : महारानी की जय!

रानी : जी द्वारपाल!

द्वारपाल : महारानी! बाहर दो औरतें खड़ी हैं, आपसे भेंट करना चाहती हैं।

रानी : आदरपूर्वक दोनों को भीतर भेज दो।

द्वारपाल : जो आज्ञा महारानी! (वह निकल जाता है)

(उसी समय दो अधेड़ उम्र की औरतें प्रवेश करती हैं। वह हाथ जोड़कर कहती हैं।)

औरतें : प्रणाम महारानी!

रानी : कल्याण, स्वागत है आप दोनों का। कहिए क्या दुःख है आपको?

औरत (1) : महारानी माफी चाहती हूँ, पर राजकुमार का व्यवहार कुछ ठीक नहीं। राजकुमार होने का भूत सवार है उनपर।

रानी : क्या किया राजकुमार ने?

औरत (2) : अब गाँव में हमारी बेटी-बहुओं का निकलना कठिन हो गया है। राजकुमार का व्यवहार कुछ ठीक नहीं है।

रानी : पर क्या किया राजकुमार ने?

औरत (1) : गाँव में बहू-बेटियों का निकलना कठिन हो गया है। जबरदस्ती सड़क पर उनको राजकुमार रोकता है। अब गाँव में एकदम ही मुश्किल है।

रानी : गाँव में राजकुमार इस तरह से पेश आता है, मैं तनिक भी यह स्वीकार नहीं करूँगी। मुझ पर आप दोनों विश्वास रखें। मैं खुद राजकुमार से बात करूँगी *(महारानी एकदम नाराज है)*। दोनों औरतें निकल जाती हैं।

रानी : राजकुमार, राजकुमार···कहाँ हो तुम?

जगह : राजसभा

पात्र

रानी

द्वारपाल

रानी : मैंने सुना है कि रात-रात भर उसका समय कोठे पर गुजरता है। अब गाँव में भी उसका चाल-चलन खराब है···मैं यह बिल्कुल बरदाश्त नहीं करूँगी···गाँव-शहर की इज्जत, हमारी इज्जत है। राजकुमार, राजकुमार! वह *(भीतर से आता हुआ नजर आता है।)*

धुंधकारी : क्यों चिल्ला रही हो, जैसे जान जा रही है। क्या बात है? *(रानी के एकदम पास आ जाता है।)*

रानी : ये सब मैं क्या सुन रही हूँ···अब गाँव-शहर के लोग भी तुम्हारी

शिकायतें करने महल आ रहे हैं···सीमित रहना, लक्ष्मण रेखा के पार जाने की कोशिश न करना।

धुंधकारी : आखिर बात क्या है, कुछ बोलोगी भी माँ?

रानी : अब पानी सिर के ऊपर चढ़ने लगा है···एक तो रात-रात भर बाहर रहते हो तुम। शराब की नदियाँ बहती हैं, धन का खर्च, मैं चुप रहती हूँ···अब गाँवों में भी तुम्हारा अत्याचार··· ।

धुंधकारी : माँ भोली हो तुम···ये गाँव-शहर, ये लोग, यह प्रजा, सब तो हमारे अपने हैं न। जब हमारे हैं तो हमारा अधिकार भी तो बनता है इन पर।

रानी : हक है, उन लोगों की रक्षा करने के लिए; अत्याचार करने के लिए नहीं, उनको दु:ख देने के लिए नहीं।

धुंधकारी : कौन सा अत्याचार कर रहा हूँ उन लोगों पर?

रानी : राजकुमार हो तो क्या हुआ? कहीं तुम यह तो नहीं समझ रहे हो कि राजकुमार हो तो गाँव की लड़कियाँ, जवान औरतें भी बाजारू वेश्याएँ हैं···जहाँ तुम अपनी पूरी रात गुजारते हो।

धुंधकारी : देखो माँ! मेरे पास समय नहीं तुम्हारी बक-बक सुनने के लिए या तुम्हारा भाषण सुनने के लिए, अभी मुझे बहुत सारे काम हैं।

रानी : क्या काम है, यह तो मैं जानती हूँ।

धुंधकारी : जब जानती हो माँ, तो निकाल पैसे···मुझे कुछ पैसों की आवश्यकता है।

रानी : अरे बेटे, कल रात तो तुमने बीस हजार लिये थे।

धुंधकारी : समुद्र से एक गिलास पानी निकाल देने से समुद्र का पानी घट नहीं जाता।

रानी : शुरू में तो पता नहीं चलेगा, परंतु बाद में असर होगा।

धुंधकारी : बस-बस, जब मैं कहता हूँ बस सो बस, पैसा है या नहीं?

रानी : एक बार कह दिया कि नहीं दूँगी, सो नहीं दूँगी।

धुंधकारी : ठीक है···नहीं है! मुझे तुमने भिखारी समझा है। अपने पैसे अपने पास रखो। *(चला जाता है।)*

(रानी भी एकदम नाराज हो जाती हैं। चिल्लाती है···)

रानी : द्वारपाल-द्वारपाल!

द्वारपाल : महारानी की जय! हुकुम रानी!

रानी : महामंत्री को संदेश भेज दो कि रानी उनसे मिलना चाहती है और तुरंत।

द्वारपाल : जो आज्ञा महारानी!

(एकदम नाराज है। जाकर बैठ जाती है और अपने आपसे कहती है)

रानी : गंदा खून हमेशा गंदा ही रहता है। गंदा खून···गंदी हरकत···अब तो तंग आने लगी हूँ।

(द्वारपाल प्रवेश करता है।)

द्वारपाल : महारानीजी की जय!

(पीछे से महामंत्री प्रवेश करता है।)

रानी : मंत्रीजी! आपका स्वागत है।

मंत्री : आज्ञा महारानी!

रानी : महामंत्री! इस राजकुमार की हरकतों से तो मैं तंग आने लगी हूँ।

मंत्री : आखिर क्या हुआ रानी?

रानी : शिकायतें आ रही हैं—राजकुमार के चाल-चलन की, बुरे व्यवहार की, रात-रात भर घर से बाहर, शराब, कोठा। आखिर···

मंत्री : आज्ञा महारानी! जो आप कहेंगी, वही होगा···

रानी : मैं चाहती हूँ कि राजकुमार को कुछ जिम्मेदारियाँ देनी चाहिए, ताकि अपने काम में वह फँसा रहे।

मंत्री : विचार एकदम ठीक है, उसके लिए कुछ उपाय करता हूँ।

रानी : उसकी योग्यता अनुसार, वह अपने काम में लगा रहेगा।

मंत्री : ठीक है महारानी···अब आज्ञा दीजिए। *(मंत्री निकल जाता है। रानी बैठी हुई हैं किसी सोच में, तभी धुंधकारी आता है। एकदम नशे में चूर है।)*

धुंधकारी : महारानी, महारानी! तुम अपने को महारानी समझती हो ज्यादा, माँ कम; ऐसी बात है तो मैं तुम्हें महारानी पुकारता हूँ।

रानी : अरे बेटे, रात को तो तुम पीते ही थे, अब दिन में भी पीने लगे?

धुंधकारी : हम शराब कहाँ पी रहे हैं महारानी! हम तो जहर पी रहे हैं, ताकि इतना जहरीला बन जाऊँ कि उन गाँव के लोगों को, जो आकर शिकायतें करते हैं···उन लोगों को मैं डस सकूँ···

नहीं बचेंगे, एक भी नहीं बचेगा···बदला मैं अवश्य ही लूँगा।

रानी : शरम करो बेटे, राजा अपनी प्रजा की सेवा-रक्षा, सुखी रहने के लिए सोचता है और तुम उनको हानि पहुँचाना चाहते हो?

धुंधकारी : माँ! भाषण नहीं, मुझे पैसा चाहिए।

रानी : पैसा तो मैं नहीं दूँगी···

धुंधकारी : इज्जत से माँग रहा हूँ, दे दें महारानी। छीनना भी जानता हूँ।

रानी : छीनना चाहते हो, छीन लो, पर मेरी लाश पर से गुजरना होगा।

धुंधकारी : देखिए महारानी! मेरे सिर पर भूत सवार है, मुझे पैसा चाहिए। पैसे के लिए मैं कुछ भी कर सकता हूँ।

(वह रानी से चाबी छीनने की कोशिश करता है। रानी इनकार करती है। दोनों में झकझोरी होती है। फिर भी चाबी नहीं मिलती। धुंधकारी रानी के गले से हार झपटना चाहता है। रानी रोकती है। धुंधकारी का हाथ रानी के गले तक पहुँच जाता है, फिर भी रानी सामना करती है और वह रानी का गला दबाना आरंभ कर देता है। रानी सामना करती है, पर धुंधकारी के सामने असंभव है। धीरे-धीरे रानी गिरती जाती है, फिर एकदम गिर जाती है। जब धुंधकारी देखता है कि रानी ने हिलना बंद कर दिया, वह डर जाता है और भाग जाता है।)

दृश्य सात : जगह कोठा

पात्र

धुंधकारी
नर्तकी आदि, मालकिन
एक-दो व्यक्ति
कोठे के रक्षक

[नशे में चूर धुंधकारी कोठे पर पहुँचता है। उसकी हालत देखकर एक व्यक्ति उसे भीतर जाने से रोकता है। धुंधकारी उस पर टूट पड़ता है और उसकी पिटाई करता है और भीतर जाता है। भीतर पहुँचते ही वह जोर-जोर से पुकारता है।]

धुंधकारी : जान···जान···कहाँ हो। जान बाहर आ जाओ। तुम्हारे बिना मैं जी नहीं सकता। जान···बाहर आ जाओ।

(कोई भी जवाब नहीं देता, तब वह और जोर से पुकारता है।)

धुंधकारी : जान कहाँ हो तुम, बाहर आओ।

(उसी समय मालकिन बाहर आती है।)

मालकिन : राजकुमार! क्या बात है, इतना चिल्ला रहे हैं आप?

धुंधकारी : कहाँ है जान···मैं उससे मिलना चाहता हूँ।

मालकिन : राजकुमार! इस समय जान आराम कर रही है और फिर इस समय धंधे का समय नहीं, महफिल रात को होती है।

धुंधकारी : मेरी जान जा रही है और तुम कहती हो कि जान आराम कर रही है! उससे जाकर कहो कि मैं उससे मिलना चाहता हूँ।

मालकिन : मैंने कहा न कि इस समय आप जान से नहीं मिल सकते, रात को आ जाइए।

धुंधकारी : मैं धंधे या महफिल की बात नहीं कर रहा हूँ। मैं सिर्फ जान से मिलना चाहता हूँ।

मालकिन : अगर मिलना ही चाहते हैं तो पच्चीस हजार निकालो। मैं जान को बुलाती हूँ।

धुंधकारी : पच्चीस हजार का मुँह तुमने कभी देखा है?

मालकिन : नहीं देखा है···तो अभी देख लूँगी।

धुंधकारी : इस समय तो मेरे पास नहीं हैं, पर रात को देने का वादा करता हूँ। जितना चाहोगी दे दूँगा, पर अभी जान से मिलना चाहता हूँ।

मालकिन : आप जान से मिलना चाहते हैं इस वक्त और रुपया चुकाएँगे रात्रि में, हमारा धंधा उधार में नहीं होता है।

धुंधकारी : देखो रामाबाई! इस समय मैं एक मुसीबत में हूँ। मुझे जान से मिलने दो, जो भी चाहिए, रात्रि में दे दूँगा।

(मालकिन नाराज हो जाती है और एकदम क्रोध में···)

मालकिन : मैं समझा रही हूँ, समझे राजकुमार! ऐसा न हो कि धक्का देकर हम आपको बाहर करें।

धुंधकारी : धक्का और राजकुमार धुंधकारी को! हे रामाबाई! अपनी जुबान को लगाम दो बाई। तुमने मुझे भिखारी समझा है? न जाने कितने लाख, यहाँ मैं दे चुका हूँ। मेरा वश चले तो कल ही से यहाँ सब बंद करवा दूँ।

मालकिन : बस-बस, राजकुमार हैं तो क्या हुआ? जो चाहें कर सकते हैं आप लोग। इस वक्त आप नशे में चूर हैं। खुद अपने को सँभाल नहीं पा रहे हैं और जान से मिलना चाहते हैं!

धुंधकारी : देखो बाई! मैं नशे में हूँ, पर होश में हूँ। एक बार मुझे जान से मिलने दो।

मालकिन : देखिए राजकुमार! मैं बहस नहीं करना चाहती। मेरी बात मानिए और जाइए···रात्रि में आइएगा। जान से भेंट होगी, पर अभी नहीं मिल सकते और अगर आपने जिद की तो धक्का देकर आपको बाहर फेंकवा देंगे।

धुंधकारी : क्या कहा धक्का देकर और वह भी राजकुमार धुंधकारी को! कम-से-कम कोशिश तो करो···

(मालकिन ताली बजाती है और चार रक्षक भीतर से आते हैं। धुंधकारी को पकड़कर बाहर ले जाने की कोशिश करते हैं। खूब मारपीट होती है। रक्षक, धुंधकारी सभी घायल हो जाते हैं। उस समय मालकिन आती है और एक चाकू हाथ में है। चाकू लेकर धुंधकारी के पेट में भोंक देती है और भागना चाहती है··· धुंधकारी किसी तरह उसे पकड़ लेता है। दोनों हाथों से उसका गला दबाता है और जब वह औरत बेहोश होने लगती है, धुंधकारी अपने पेट में लगा चाकू निकालता है और उस औरत को भोंक देता है। दोनों गिर जाते हैं।)

धुंधकारी : मैंने तो सिर्फ जान से मिलने के लिए माँग की थी और तुम लोगों ने मेरी ही जान ले ली। लाखों रुपए खर्च किए मैंने यहाँ पर और आज मेरी यह हालत! पता नहीं कि जान कहाँ है, फिर भी मैं कहता हूँ जान भाग जा यहाँ से, भाग जा, तेरी जगह यहाँ पर नहीं···इन सबसे मैं बदला चुकाऊँगा, भाग जा जान, भाग जा। *(वह गिर जाता है।)*

दृश्य आठ : जगह राजसभा

पात्र

महाराजा
द्वारपाल
महामंत्री
गुरुजी

[महारानी गुजर गई··· साथ-साथ धुंधकारी का भी अंत हो गया। पच्चीस वर्ष गुजर जाने के पश्चात् अपनी तपस्या पूर्ण होने के बाद राजा लौट आया। इन सब घटनाओं से राजा एकदम दुखी है। राजा राजसभा में एकदम उदास बैठा है, एकदम सोच में है। उसी समय द्वारपाल प्रवेश करता है।]

द्वारपाल : महाराज की जय! क्षमा राजन्, मंत्रीजी आपसे मिलने की इच्छा रखते हैं।

राजा : हूँ-हूँ द्वारपाल! कोई बात है?

द्वारपाल : हाँ महाराज! मंत्री जी···

राजा : उनको भेज दो।

(द्वारपाल चला जाता है, फिर द्वारपाल के पीछे-पीछे मंत्री का प्रवेश)

मंत्री : महाराज की जय!

राजा : मंत्री, आओ-आओ, कोई नई खबर?

मंत्री : खबर क्या महाराज! रानी और राजकुमार के चले जाने से गाँव-गाँव, शहर-शहर में हलचल सी मच गई है। आखिर क्या बात है? कोई तो उपाय ढूँढ़ना चाहिए।

राजा : हे ईश्वर! राजा होकर भी मैं अपनी प्रजा को सुखी नहीं रख पा रहा हूँ।

मंत्री : हम भी तो अपनी तरफ से कुछ भी कसर नहीं छोड़ रहे हैं। साधु-संत, पंडित-गुणी, ओझा-पुजारी सब तंग आ गए हैं। कोई भी कुछ उपाय नहीं ढूँढ़ पा रहे हैं। ईश्वर जाने क्या होगा?

राजा : आखिर कोई तो रास्ता मिलना चाहिए। पच्चीस वर्ष मैंने वन में गुजारे औलाद के सुख की खातिर। रानी तो गुजर गई, बच्चे का सुख

प्राप्त हो, वह भी छोड़कर चला गया। भरपूर जवानी में मेरा लाल गुजर गया। कैसे उसकी आत्मा को शांति प्राप्त होगी? आत्मा तो अवश्य ही भटकेगी···

(राजा जोर-जोर से रोने लगता है।)

मंत्री : महाराज! रोने से कुछ नहीं होगा, अपने आपको सँभालिए।

राजा : कैसे अपने को सँभालूँ? पच्चीस वर्ष जीता रहा, अपने बच्चे का मुख देखने के लिए। वह अवसर भी प्राप्त नहीं हुआ। लोग तप करते हैं पुण्य कमाने के लिए···मैंने तो शायद कोई पाप किया होगा। मैं सोचता हूँ कि यह राज-पाट छोड़कर ही कहीं चला जाऊँ।

मंत्री : महाराज! अभी इस प्रकार की बातें नहीं करनी हैं, इन दिनों हमारी प्रजा दुखी है। प्रजा का दु:ख, बस राजा का दु:ख।

राजा : मंत्रीजी! आप ठीक कह रहे हैं···हम अपना कर्तव्य भूल रहे हैं, जिसने भी राजकुमार को दु:ख दिया होगा, उसे दंड तो अवश्य ही मिलेगा। हम उन लोगों का जीना मुश्किल कर देंगे, जिन्होंने भी उसे कुछ कष्ट दिया होगा।

(इतने में जोरों से हँसने की आवाज आती है··हँसता चला जाता है। महाराज आप चिंता न करें, कोई नहीं बचेगा, दंड अवश्य ही मैं दूँगा··आप नहीं महाराज। मैं खुद दंड दूँगा, यह मेरा वादा है। उन लोगों का जीना मुश्किल कर दूँगा। हा··हा··हा··हा)

राजा : रात हो या दिन, जब भी उसकी बात करते हैं, उसकी आत्मा भटकने लगती है और बदला माँगती है। हमारे गाँवों-शहरों में एक भी ऐसा दिन नहीं, जब कोई नहीं मर रहा है, जहाँ राजकुमार की मृत्यु हुई, वहाँ अब तक तीन लोग मर चुके हैं। अजीब है···

(उसी समय द्वारपाल प्रवेश करता है।)

द्वारपाल : महाराज की जय! महामंत्री की जय! गुरुजी दर्शन दे रहे हैं।

(महामंत्री खुद जाते हैं और गुरुजी को लेकर सभा में आते हैं। राजा गुरुजी के पास जाकर चरण स्पर्श करता है।)

राजा : आपका स्वागत है गुरुजी! कृपया आसन ग्रहण करें।

गुरुजी : आनंदमय, कुशल-मंगल रहो। *(आसन ग्रहण करते हैं)*

राजा : गुरुजी आपकी कृपा है। मैं खुद आपके यहाँ संदेश भेजनेवाला था, पर आप तो ज्ञानी हैं। जान गए कि शिष्य इस समय कठिन समय से

गुजर रहा है···कितने दिन गुजर गए।

गुरुजी : हर एक काम अपने-अपने समय पर होता है, राजन्!

राजा : मेरी समझ में कुछ भी नहीं आ रहा है, क्या करूँ···पच्चीस वर्ष बाद उधर से लौटा, सोचा अब मेरे जीवन में आराम-ही-आराम है, राजतिलक करवाकर राजकुमार राजा बन जाएगा। मैं आराम-ही-आराम करूँगा। इधर तो भगवान् को कुछ और ही मंजूर था। राजतिलक की बात तो दूर, बेटे का चेहरा देखना भी नसीब नहीं हुआ, आखिर क्यों गुरुजी? आखिर क्यों?

मंत्री : गुरुजी! मेरी समझ में एक बात नहीं आ रही है। यज्ञ के समय आपने कहा था कि एक गुणवान, होनहार, धर्मात्मा, विद्वान् युवक का जन्म होगा, पर इधर तो सब विपरीत रहा!

गुरुजी : विपरीत, गलत कुछ भी नहीं हुआ। सब ठीक ही हो रहा है। बुद्धिमान, धर्मात्मा, होनहार युवक का ही जन्म हुआ था, परंतु···

राजा : परंतु···आखिर बात क्या है, गुरुजी?

गुरुजी : राजन्, महामंत्री···जो आपका पुत्र होना प्राप्त चाहिए था, वह पुत्र तो आपको प्राप्त ही नहीं हुआ। आपको जो पुत्र प्राप्त होना था, वह नहीं मिला, आज भी वह जीवित है और बहुत बड़ा संत-धर्मात्मा है।

मंत्री : आप क्या कह रहे हैं, गुरुजी! हम तो कुछ भी समझ नहीं पा रहे हैं।

गुरुजी : आप लोगों की समझ में कुछ भी नहीं आएगा? कैसे आएगा? रानी तो अब है नहीं। सच्चाई तो उसी के साथ चली गई।

राजा : सच्चाई? कैसी सच्चाई? आखिर बात क्या है?

गुरुजी : कैसे आप लोगों को बात समझ में आएगी। दोष आप लोगों का नहीं, दोषी तो रानी थी।

राजा : गुरुदेव! रानी और दोषी? यह आप क्या कह रहे हैं?

गुरुजी : मंत्रीजी! जब बच्चे का नामकरण संस्कार हो रहा था, राजाजी तो थे नहीं···उन दिनों राजा वन में तप कर रहे थे। मैंने क्या कहा था, याद कीजिए महामंत्री! मैंने यह कहा था कि महारानीजी आपको यह पुत्र प्राप्त हुआ है, बड़ी कठिनाइयों के पश्चात् दाई माँ की मदद से, तब मैंने कहा था। ढूँढ़ने में कठिनाई हुई, इसलिए बच्चे का नाम ढूँढकारी होगा।

मंत्री : यह तो मुझे एकदम याद है, जैसे कल की बात है, रानी भी कितनी खुश थी!

राजा : आखिर रहस्य क्या है? गुरुदेव, मैं जान सकता हूँ?

गुरुजी : पच्चीस वर्ष पूर्व की बात करते हैं। पुत्र की इच्छा से आपने एक यज्ञ का आयोजन किया था। यज्ञ के बाद आप तो वहीं से वन चले गए तप के लिए'''राजसभा लौटे ही नहीं।

मंत्री : यह तो एकदम सही बात है गुरुजी!

गुरुजी : जो प्रसाद मैंने रानी को दिया था, रानी ने उस प्रसाद का परित्याग कर दिया कि कहीं प्रसाद खाने से बच्चा उत्पन्न हो सकता है। रानी ने वह प्रसाद अपनी एक प्रिय गाय को दे दिया। रानी तो यह भूल भी गई कि यज्ञ हुआ था पुत्र-प्राप्ति के लिए, लेकिन जब नौ महीने पश्चात् ग्वालिन ने आकर बताया कि एक गाय ने एक मनुष्य के बच्चे को जन्म दिया है। एकदम सुंदर लड़का। सिर्फ दोनों कान कुछ लंबे-लंबे हैं। रानी तो छटपटा गई। पच्चीस वर्ष पश्चात् राजा को क्या उत्तर देगी? चिंता में डूब गई रानी ने एक उपाय सोचा और दाई माँ को बुलवाया तथा मंत्री को भी बुलवाया। मंत्री से रानी ने कहा कि वह अपने पुत्र को जन्म किसी तीर्थस्थान या आश्रम में देना चाहती है।

मंत्री : इतना बड़ा छल, कभी सोच भी नहीं सकता था!

राजा : छल नहीं, धोखा महामंत्री! रानी ने मेरे विश्वास को धोखा दिया।

गुरुजी : राजन्! अभी मेरा कथन पूरा नहीं हुआ। रानी और दाई माँ दोनों ने आयोजना की तथा कुछ समय के लिए महल से बाहर चली गईं। ग्वालिन को ठगा-बुझाकर दोनों ने गाय से जनमा बालक भी चुपके से साथ में ले लिया। जंगल के रास्ते जाते हुए उन दोनों ने बालक को एक आश्रम के पास छोड़ दिया और वे आगे निकल गईं।

राजा : पर उन दोनों को धुंधकारी यानी कि राजकुमार कहाँ से प्राप्त हुआ?

गुरुजी : राजकुमार धुंधकारी'''बेचारा उसका क्या दोष? धुंधकारी एक वेश्या का जनमा पुत्र था। किसी तरह दाई माँ के हाथ लग गया, क्योंकि वह नवजनमा बच्चा था, रानी के पास कोई चारा न था। उसने बच्चे को अपना लिया और कुछ समय बाद वह महल लौट गई। सभी ने यही समझा कि रानी का अपना बच्चा है।

राजा : क्या रानी को पता था कि राजकुमार एक वेश्या का पुत्र था?

गुरुजी : बच्चे का क्या दोष? वाल्मीकि कौन थे, ऋषि विश्वामित्र कौन थे? श्री कृष्णजी कौन थे···राजा का बेटा; जन्म हुआ कैदी माँ से, पालन-पोषण हुआ ग्वाला-ग्वालिन के घर में। क्या कृष्णजी, मेधावी, शिष्ट, गुणवान्, बुद्धिमान् नहीं थे? रानी बड़ी श्रद्धा, लगन, प्रेम और त्याग से बालक का पालन कर रही थी, लेकिन जब दाई माँ ने बताया कि राजकुमार एक वेश्या का पुत्र है, बस रानी का सब प्रेम-श्रद्धा जाने कहाँ उड़ गई! कुछ सालों तक दाई माँ ने राजकुमार को सँभाला, फिर दाई माँ ने अचानक दुनिया से विदाई ली। इस मृत्यु पर भी कुछ शंकाएँ हैं। फिर क्या, लड़का खुद अपना मालिक बन गया, उसे जो अच्छा लगता था, करता था। किसी की रोक-टोक न थी और इस तरह से वह नौजवान बना।

राजा : गुरुजी! अब तो राजकुमार हमारे बीच है ही नहीं, पर मुझे कोई दुःख या रंज नहीं कि वह एक वेश्या का पुत्र था। यदि उसका पालन-पोषण अच्छी तरह से हुआ होता, तो निस्संदेह वह एक होनहार और तेजस्वी राजकुमार बनता; पर एक बात का संदेह है मुझे महामंत्री! आप तो थे राजसभा में, फिर आपने ऐसा क्यों होने दिया?

महामंत्री : राजन्! क्षमा चाहता हूँ···गुरुवर आपसे भी। मैंने कई बार राजकुमार को उसके कुकर्मों से रोकना चाहा था, किंतु महारानी बीच में आ जाती थीं और कहती थीं, मंत्रीजी हमारा एक ही लाड़ला तो है, उसे अपना जीवन जीने दो। पच्चीस वर्ष पश्चात् जब राजा आएँगे अपने तप के बाद, राजकुमार खुद अपनी जिम्मेदारियाँ अपनाने लगेगा। बस मैं चुप ही रह जाता था।

राजा : मैं सोचता हूँ गुरुजी! जो कुछ रानी ने किया, उसको उसका फल मिल गया। उसकी मौत राजकुमार के हाथों से हुई।

(उसी समय एक भयानक हँसी की आवाज आती है) हा···हा···हा···हा कोई नहीं बचेगा, जिसने भी मुझे दुःख दिया, वह मरेगा—हा···हा···हा···हा

गुरुजी : राजकुमार ने तड़प-तड़पकर अपनी जान दी। ऐसा लगता है कि उसके जीवन में कुछ कमियाँ रह गईं, कुछ अभिलाषाएँ, जिनको याद करके उसकी आत्मा भड़क उठती है। कुछ तो उपाय करना

चाहिए। गाँव के लोग भयभीत हैं, दुखी हैं। कुछ लोग गाँव ही छोड़ रहे हैं।

मंत्री : कई साधु संतों-पीड़ितों ने तो बस जवाब ही दे दिया है। रोज मुझे हमारी प्रजा को उत्तर देना पड़ता है। ओझा, पुजारी, देवस्या, वे तो धुंधकारी नाम सुनकर भाग ही जाते हैं।

गुरुजी : कोई भी कुछ नहीं कर पाएगा, धुंधकारी की आत्मा साधारण आत्मा नहीं है, उसकी आत्मा बदला चाहती है। जिसने भी लोगों ने उसकी माँ के साथ छल किया, उसकी माँ को वेश्या बनने पर मजबूर किया, उन सबसे यह आत्मा बदला लेना चाहती है। उसकी माँ एक गरीब लड़की थी। रानी ने भी उसकी माँ से वादा किया था कि राजकुमार की तरह पालेगी, प्यार देगी, अपना बेटा मानेगी, पर रानी ने उसकी माँ को धोखा दे दिया। राजकुमार तो यह सब नहीं जानता था, पर उसकी आत्मा को मालूम था। नतीजा रानी की हत्या राजकुमार के हाथों हुई।

मंत्री : क्षमा गुरुजी! परंतु इस समस्या के लिए कुछ तो उपाय होंगे?

(राजा गुरुजी के चरण पकड़ लेते हैं और कहते हैं।)

राजा : गुरुजी! इस बुढ़ापे में अब मुझमें शक्ति नहीं कि मैं इस राज-पाट को चलाऊँ, अपनी प्रजा को सुखी रखूँ। मैं फिर से तप करने चला जाऊँगा।

गुरुजी : राजन्! मैं तो आपसे भी ज्यादा बूढ़ा हूँ, पर आज भी मैं जी रहा हूँ, हिम्मत नहीं हारता हूँ, आज तक उपाय ढूँढ़ रहा हूँ और फिर आप तो राजा हैं। राजा को अपना, कर्म अपना धर्म, अपना कर्तव्य, अपनी शक्ति, अपनी प्रजा सेवा, ये सब नहीं भूलना चाहिए।

राजा : आज्ञा गुरुजी, कोई तो रास्ता होना चाहिए।

गुरुजी : राजन्! आज भी आपके जीवन में सुख, शांति है, प्रेम है, उज्ज्वल भविष्य है, उन्नति-ही-उन्नति है, सिर्फ थोड़ा सब्र चाहिए, विश्वास चाहिए।

मंत्री : जब उपाय है, जीवन में सुख-शांति है, फिर गुरुदेव राजा को इस हालत में क्यों छोड़ रहे हैं? क्यों न हम जल्द-से-जल्द वे उपाय ढूँढ़ें…?

गुरुजी : हर काम को करने का एक समय होता है समय के साथ सभी कार्य

पूर्ण होंगे, इसमें कोई संदेह नहीं, अवश्य कार्य पूर्ण होंगे।

राजा : मैंने पच्चीस वर्ष गुजारे वन में तप करते हुए, इस आशा से कि कभी अपने बेटे का चेहरा देख पाऊँगा, वह भी पूरा नहीं हुआ। अब किस बात की जल्दी, हर एक काम समय के साथ होने दीजिए।

गुरुजी : उत्तम, उत्तम, अति उत्तम,आपकी बात सही है राजन्!

मंत्री : गुरुदेव! क्षमा चाहूँगा। उस गाय के गर्भ से जनमे बालक का क्या हुआ, क्या वह आज तक जीवित है?

गुरुजी : जीवित है, एकदम जीवित। अब वह छब्बीस साल का जवान है।

मंत्री : पर है कहाँ गुरुदेव?

गुरुजी : वह जहाँ भी है, एकदम सकुशल, मंगलमय है।

मंत्री : वह जवान कैसा है? कहाँ है? किस हाल में है? गुरुजी! क्या मैं उसकी खोज में सेना को भेज दूँ?

गुरुजी : उस युवक की तलाश करना कोई साधारण कार्य नहीं। पहले तो वे आश्रम में वास करते थे, पर बच्चे उनके दो लंबे कानों को देखकर हँसते थे, उन दिनों वे भी बच्चे थे, इसीलिए समझ नहीं पाए, अतः आश्रम छोड़कर घने वन में चले गए। कभी एक-दो साधु-संत उनके दर्शन कर लेते हैं या फिर शिकारी लोग जब घने वन में शिकार खेलने जाते हैं, तो उनके दर्शन पा लेते हैं।

राजा : पर गुरुदेव देखने में कैसा है?

गुरुजी : एक-दो बार उनके दर्शन हुए हैं, एकदम शिष्ट, मेधावी, गुणी, सुंदर शरीर, बलवान्, तेजस्वी, एकदम एक राजकुमार की तरह।

मंत्री : नाम क्या है उस बालक का गुरुदेव?

गुरुजी : क्योंकि वह गाय के गर्भ से जनमा था, अतः उसका नाम पड़ा गौकरण। राजन्, यदि रानी ने प्रसाद का तिरस्कार न किया होता, तो वही बालक आपका बेटा और राजकुमार होता।

राजा : तो क्या वही लड़का है, जिसको रानी ने वन में त्याग दिया था?

गुरुजी : राजन्···तो अब तक आप क्या समझ रहे थे?

राजा : अब तो कुछ भी हो, मैं उस बालक से मिलना चाहूँगा।

गुरुजी : मिलना तो मैं भी चाहता हूँ, परंतु किसी और कार्य के लिए गौकरण का जीवन अब साधारण मनुष्य का जीवन नहीं। गौकरण अब एक संत बन गए हैं। महात्मा कहें, धर्मात्मा कहें या फिर ज्ञानी कहें।

रिश्ता, नाता, मोह, माया, भाई, बहन, परिवार; इन सब संबंधों से वे एकदम अलग हैं। मैंने कहा था आपको आपके घर एक पुत्र का जन्म होगा, जो धर्मात्मा, शिष्ट, मेधावी बनेगा, परंतु रानी ने···

राजा : कुछ भी हो, मैं उस महात्मा के दर्शन पाना चाहता हूँ, किसी भी हालत में।

महामंत्री, तैयारियाँ की जाएँ, उनके दर्शन पाने के लिए।

गुरुजी : हड़बड़ी बिल्कुल नहीं, धुंधकारी की आत्मा की शांति गौकरण को छोड़कर और कोई भी नहीं कर पाएगा, मैं भी नहीं। उनको जन्म से यह वरदान मिला है, ऐसी शक्ति सिर्फ उनमें है। संदेश मैंने उन्हें भेज दिया है। उन्हें सब पता है कि इधर आपके राज्य में क्या हो रहा है! वे मेरी आज्ञा कभी नहीं टालेंगे, आगामी सप्ताह वे आश्रम में आएँगे।

राजा : यह तो और भी अच्छी बात है।

गुरुजी : उधर जाकर सब तैयारियाँ करनी हैं। राजन्, अब मुझे आज्ञा दीजिए।

राजा : अवश्य, अवश्य गुरुदेव।

मंत्री : आइए, गुरुदेव! मेरे साथ चलिए (वे निकल जाते हैं)

दृश्य नौ : जगह आश्रम

पात्र

राजा

गुरुजी

महामंत्री

गौकरण

कुछ लोग, शिष्य आदि

[आश्रम खूब सजा-धजा है। महाराज बैठे हैं, उनके पास ही में महामंत्री हैं। गुरुजी भी सामने ही हैं। उधर कुछ लोग बैठे हैं। कुछ लोग सजावट में लगे हैं। सभी व्यस्त हैं।]

राजा : महामंत्री! सब तैयारियाँ ठीक चल रही हैं।

मंत्री : महाराज! आप निश्चिंत रहें, हमारी तरफ से लगभग ठीक ही है।

चलकर गुरुजी से भी पूछ लेता हूँ।

राजा : परंतु वह···

मंत्री : महाराज! मैं भी तो उस सोच में हूँ। *(तभी गुरुजी राजा की ओर··)*

गुरुजी : महाराज! आप चिंता न करें···गौकरण एकदम समय के पक्के हैं, एकदम सही समय पर आ जाएँगे।

राजा : कोई उनको लेने तो गया है न?

गुरुजी : आप बिल्कुल चिंता न करें।

(उसी समय एक शिष्य आता है और कहता है कि गौकरण आ रहे हैं। सभी व्याकुल हैं। राजा और मंत्री खड़े हो जाते हैं, उनके स्वागत के लिए।)

(उसी समय एक लंबा-चौड़ा, हट्टा-कट्टा, सुंदर नौजवान प्रवेश करता है। दोनों लंबे-लंबे कानों को छिपाने के लिए उसके लंबे बाल हैं, वे हाथ जोड़कर सभी को प्रणाम करते हैं। सीधे जाकर गुरुजी के चरण-स्पर्श करते हैं।)

गुरुजी : आयुष्मान भव:, सदा कल्याण हो, बालक गौकरण कोई कठिनाई तो नहीं हुई।

गौकरण : बिल्कुल नहीं, गुरुवर! तनिक भी नहीं।

गुरुजी : गौकरण चलिए; मैं राजा तथा मंत्रीजी से आपकी भेंट कराऊँ।

(दोनों राजा के पास जाते हैं।)

गुरुजी : महाराज! सिर्फ इनका नाम आपको पता था, आज इनके दर्शन भी हो गए। इन्हीं को हम गौकरण कहते हैं।

(गौकरण हाथ जोड़कर राजा और मंत्री को प्रणाम करते हैं।)

राजा : आपके दर्शन पाकर ऐसा लगता है कि मेरा जीवन सार्थक हो गया।

गौकरण : महाराज! मैंने तो आपका नाम सुना था, आज भेंट भी हो गई।

गुरुजी : गौकरण! जो कुछ मैंने बताया, आप जान गए हैं न?

गौकरण : जितना कुछ आपने बताया, बस उतना ही याद है।

गुरुजी : आज के यज्ञ का आप ही शुभारंभ करेंगे, गौकरण। प्रतिदिन यज्ञ तो मैं ही करता हूँ, चलो आज मैं श्रोता तथा यजमान बन जाता हूँ।

गौकरण : आपके आशीर्वाद से गुरुवर!

राजा, मंत्री, गुरुजी यज्ञ में बैठते हैं।

(गौकरण मंत्र आरंभ करते हैं, मंत्र बोलते चले जाते हैं और कमंडल

से पानी इधर-उधर छिड़कते जाते हैं)

(अचानक एक भयानक आवाज आती है और हँसना शुरू कर देती है हा``हा``हा``हा मैं चुन-चुनकर बदला लूँगा, मैं बदला लूँगा हा``हा``हा``हा)

(गौकरण कमंडल से जल लेकर छिड़कते हैं और एक-दो मंत्र पढ़ते हैं। तभी हँसने की आवाज बंद हो जाती है।)

गौकरण : अब तू मेरे वश में है धुंधकारी। हँसना बंद कर। काफी बदला ले चुका। तू अब मेरी बात सुन, सुन रहा है?

(आवाज सुन रहा हूँ।)

गौकरण : जो भी कहूँगा, मेरी बात तू सुनेगा।

आवाज : एकदम सुनूँगा, मैं थक गया हूँ भटकते-भटकते, दौड़ते-दौड़ते। मैं शांति चाहता हूँ, जिनसे बदला लेना था, एक-दो बाकी हैं।

गौकरण : नहीं, बदला भूल जा, मेरी बात ध्यान से सुन, मैं कोशिश करूँगा कि तुझे शांति मिले।

आवाज : मुझे स्वीकार है।

गौकरण : देख धुंधकारी! आज ही से मैं एक कथा आरंभ करूँगा। उस कथा को भगवत-गीता कथा नाम दिया गया है। यदि तू ध्यान से सुनेगा, कथा के अंतिम दिन तुझे शांति के साथ मुक्ति भी प्राप्त होगी। तू सुन सकेगा, यह कथा सात दिन लगातार चलेगी।

आवाज : हाँ, मैं सुन सकूँगा।

गौकरण : देख धुंधकारी! मैं तुझे यानी कि तेरी आत्मा को, जो इस वक्त मेरे अधिकार में है, एक बाँस में बंद कर दूँगा। हर एक दिन यदि तूने कथा ध्यान से सुनी, तेरी आत्मा उस बाँस की एक गाँठ को तोड़कर दूसरी गाँठ में चली जाएगी। दूसरे दिन दूसरी गाँठ, तीसरे दिन तीसरी गाँठ और अंतिम दिन यदि तू संपूर्ण कथा ध्यान से सुनेगा, वह अंतिम गाँठ यानी कि सातवीं गाँठ तोड़कर सदा के लिए मुक्त हो जाएगी और शांत हो जाएगी। आसान बिल्कुल नहीं है, पर कठिन भी नहीं, क्योंकि तुझे विश्वास होना चाहिए। क्यों विश्वास है?

आवाज : विश्वास है कि मैं कर पाऊँगा। मेरी आत्मा थक गई है, कभी इधर-कभी उधर, इसके पीछे, उसके पीछे``इससे बदला``।

गौकरण : देख, विश्वास रख, तू संपूर्ण कथा ध्यान से बस सुनते जाना।

गुरुजी : महाराज! गौरकरण बस कथा आरंभ करने जा रहे हैं। कोई दूसरा रास्ता तो बचा नहीं, सात दिनों तक इधर रहना, आपको कोई कठिनाई नहीं होगी।

राजा : गुरुजी! मुझे कोई दिक्कत नहीं, मंत्री आता-जाता रहेगा और फिर उधर अब बचा ही क्या है गुरुदेव?

गुरुजी : नहीं राजन्! ऐसा नहीं कहते, आप विश्वास रखिए, सब ठीक हो जाएगा। मुझे गौकरण पर विश्वास है।

मंत्री : कथा समाप्त होते ही मैं महल लौट जाऊँगा। अगली सुबह सब कार्य सँभालकर मैं आ जाऊँगा।

राजा : सही, एकदम सही। गुरुजी इधर हम तैयार हैं।

गुरुजी : वत्स गौकरण! इधर हमारी तैयारियाँ पूर्ण हैं। अब आप पर निर्भर है, जब आप तैयार हों तो कथा का श्रीगणेश कर सकते हैं।

गौकरण : जो आज्ञा गुरुदेव!

(मंत्री, राजा, गुरुजी आदि सब खड़े हो जाते हैं। गौकरण मंत्र आरंभ कर देते हैं। इस तरह कथा आरंभ होती है और सात दिनों तक चलती है। सातवें दिन की कथा है, सभी लोग बैठे हैं, राजा, मंत्री, गुरुजी आदि अन्य लोग। द्वारपाल पहरा दे रहे हैं। तभी गौकरण कहते हैं।)

गौकरण : धुंधकारी, मुझे अति गर्व हो रहा है, तेरी आत्मा ने अति प्रेम-श्रद्धा से कथा सुनी। अब देखना यह है कि तू अपनी परीक्षा में उत्तीर्ण हुआ भी कि नहीं।

अंतिम गाँठ रह गई है, हम सभी मिलकर हरि जाप करेंगे, हरि ओ३म्, हरि ओ३म् बोलते जाएँगे।

यदि श्रद्धा से तूने कथा सुनी, तो यह अंतिम गाँठ भी फट जाएगी और एक प्रकाश बाँस से निकलेगा तथा सीधे आकाश की ओर बढ़ जाएगा।

(सभी हरि ओ३म् जाप करते हैं, तभी एक आवाज होती है)

बाँस की गाँठ फट जाती है और एक रोशनी नजर आती है तथा धीरे-धीरे वह रोशनी आकाश में लुप्त हो जाती है।)

दृश्य दस : जगह आश्रम

पात्र

राजा
गुरुजी
मंत्री
गौकरण
द्वारपाल

[सभी के चेहरे पर खुशियाँ हैं, आनंद है। राजा तथा मंत्री गुरुजी से मिलने जाते हैं।]

राजा : गुरुदेव! जब से कथा पूर्ण हुई, गौकरण नजर ही नहीं आ रहे हैं।

गुरुजी : सात दिनों तक वे यज्ञ करते रहे, थक गए हैं। कुछ आराम कर रहे हैं। आज ही दोपहर में वे प्रस्थान करेंगे।

राजा : प्रस्थान तो हमें भी करना है, इतने दिन हो गए हम इधर हैं और फिर गौकरण कैसे प्रस्थान करेंगे, उनसे तो अभी भेंट करनी होगी। मैं चाहता हूँ कि गौकरण मेरे मेहमान बनकर कुछ दिन महल में गुजारें।

गुरुजी : महाराज! गौकरण ठहरे संत पुरुष! उनके लिए महल क्या, मंदिर क्या, धन-दौलत क्या, अमीरी-गरीबी क्या। फिर भी आप जरूर पूछ लीजिए।

मंत्री : गुरुवर! इतने दिनों तक आश्रम में तथा आपके श्रीचरणों में रहकर जो आनंद मिला, पुरानी यादें याद आ गईं, परंतु कर्तव्य; कर्तव्य होता है, हमारी प्रजा की भी हम पर जिम्मेदारियाँ हैं। हमें भी आपसे आज्ञा लेनी होगी।

गुरुजी : मंत्रीजी! आपकी बातें सुनकर दिल गद्‌गद हो गया। मित्रता, दोस्ती, कर्तव्य, जिम्मेदारियाँ; सब आप कैसे निभाते हैं?

मंत्री : गुरुवर! ये सब आपके आशीर्वाद से।

राजा : गुरुजी! बचपन से लेकर अभी तक यह मंत्री कम, मेरा भाई ज्यादा है। ईश्वर जाने और कब तक!

गुरुजी : ईश्वर आप दोनों को सदा खुश रखें, सदा कुशल से रहें।

राजा : जाने से पूर्व गौकरण से भेंट हो जाती तो अच्छी बात होती। बेचारे वे

भी तो थके हैं। कोई बात नहीं, कुछ इंतजार करेंगे।

गुरुजी : अभी कुछ समय पश्चात् आप लोग चले जाएँगे, फिर ईश्वर जाने कब भेंट होगी, पर मेरे दिल में एक बोझ सा है, जैसे एक पहाड़ है।

राजा : गुरुदेव! आपके दिल में बोझ, कहीं हम से कोई भूल··· !

गुरुजी : नहीं–नहीं, ऐसा विचार कभी भी न लाना दिमाग में।

राजा : फिर भी गुरुजी, हम द्विविधा में रहेंगे, शंका मत डालिए।

मंत्री : हम अपने बाल्यकाल से लेकर अब तक आपके चरणों में रहे, हमें तरसाइए मत गुरुजी!

राजा : हमें और उदास मत कीजिए गुरुजी!

गुरुजी : जाने कब बुलावा आ जाए, बोझ लेकर नहीं जी सकता।

मंत्री : बोझ, कैसा बोझ? मेरी समझ में कुछ भी नहीं आ रहा है।

(गुरुजी सब कथा सुनाते हैं)

राजा : गुरुजी! अति आश्चर्य की बात है, विश्वास नहीं हो रहा है।

गुरुजी : मैंने कहा था न, जब यज्ञ समाप्त हुआ था, एक होनहार धर्मात्मा, मेधावी, तेजस्वी बालक का जन्म होगा, गुणी, बुद्धिमान। गौकरण एक तेजस्वी ब्रह्मचारी हैं, पच्चीस साल के जवान हैं, तेजस्वी हैं, बलवान् हैं, परंतु संत आदमी हैं। मोह–माया को उन्होंने त्याग दिया है। उनके लिए महल क्या, झोंपड़ी क्या, सब बराबर हैं। यदि पालन–पोषण महल में होता तो वे एक वीर, पराक्रमी राजकुमार, फिर राजा बनते।

राजा : इतना बड़ा धोखा रानी ने दिया, खैर रानी तो चली गईं, परंतु अब भी कुछ नहीं बदला, यज्ञ तो हुआ था, गौकरण को ही प्राप्त करने के लिए। गौकरण को महल में लौटना होगा।

मंत्री : अब मेरी समझ में आ रहा है कैसे धुंधकारी की आत्मा बिना दबाव डाले गौकरण की बात मान गई, जबकि कितने ही साधु, संत, महात्मा हार गए थे। गौकरण को ईश्वर का वरदान था।

(उसी समय हाथ में कमंडल लिये गौकरण नजर आते हैं।)

गुरुजी : वत्स गौकरण! कुछ आराम किया?

गौकरण : गुरुजी! आराम तो हुआ, अब आज्ञा चाहिए।

गुरुजी : वत्स गौकरण! राजाजी चाहते हैं कि आप एक–दो दिन उनके महल में गुजारें, उनकी बड़ी इच्छा है।

गौकरण : महाराज! मैं ठहरा साधु-संत आदमी; महल में मेरा क्या काम?

राजा : ऐसी बात नहीं है पुत्र!

गौकरण : 'पुत्र' संबोधन सुनकर अच्छा लगा, परंतु हमारे लिए इस सब माया से दूर रहना जरूरी है।

राजा : ऐसा न कहें बालक! इस बूढ़े का दिल रखने के लिए, मेरे साथ तो आप चल सकते हैं।

गुरुजी : वत्स गौकरण! शायद राजा सही कह रहे हैं। आपकी जगह तपोवन, आश्रम आदि नहीं, महल ही सही है।

गौकरण : जो आप कह रहे हैं गुरुजी, मुझे सब पता है। तकदीर में कहीं पर लिखा हुआ था कि मैं राजा का पुत्र न बनूँ, तो नहीं बना। साधु-संतों से राज-पाट सँभाला नहीं जाएगा गुरुजी महाराज! आप राजा बनकर अपना कर्तव्य पालन करें और मैं अपना कर्तव्य पालन करूँ।

राजा : तो आपको सब मालूम है कि आप कौन हैं?

गौकरण : महाराज! जब एक आत्मा को पकड़कर अपने वश में कर सकता हूँ, तो फिर भला मैं खुद अपने बारे में क्यों नहीं जान सकता?

राजा : आप सही हैं पुत्र, माया में पड़कर मैं भूल गया था कि मैं राजा हूँ और मेरी प्रजा भी मेरी संतानें हैं।

गुरुजी : कल्याण महाराज, कल्याण!

गौकरण : गुरुदेव! अब मुझे आज्ञा दीजिए। इधर मेरा काम पूर्ण हुआ; अब मुझे प्रस्थान करना होगा।

गुरुजी : एकदम सही, वत्स!

(गौकरण गुरुजी के चरण-स्पर्श करते हैं। राजा तथा मंत्री आदि अन्य लोगों को प्रणाम करते हैं और आगे बढ़ जाते हैं। राजा अपनी आँखों से बहे आँसू पोंछते हैं और कहते हैं।)

राजा : पच्चीस वर्ष पहले जो काम आरंभ किया गया था, काम लगभग पूरा हो चला था, परंतु एक मूर्ख रानी के कारण आज भी मैं आकर वहीं रुक गया और जबकि मैं पच्चीस वर्ष ज्यादा बूढ़ा हो चला।

मंत्री : गुरुजी! आप तो कोई उपाय बता सकते हैं कि आगे चलकर इस राज्य का क्या होगा?

गुरुजी : महाराज! आपको यह प्रश्न गौकरण से पूछना चाहिए था, परंतु आपने नहीं पूछा।

राजा : गुरुवर! राजगुरु तो आप हैं, गौकरण से मैं क्यों पूछता?

गुरुजी : क्योंकि उनको मालूम है कि आपके पश्चात् राजा कौन बनेगा?

राजा : मैं उत्सुक हूँ जानने के लिए।

गुरुजी : इस समय आश्रम में दो महीने का एक बालक है। गौकरण ने उस बालक को गोद में भी लिया। आगे चलकर वही राजा बनेगा।

मंत्री : पर वह बालक है कौन?

गुरुजी : लंबी कहानी है, एकदम दुःखमय भी।

धुंधकारी का समय गुजरता था कोठे पर···उधर एक अलग कहानी है। मालकिन ने गाँव में एक गरीब परिवार को ठगकर, उसकी जवान बेटी को कोठे पर ला दिया। लड़की सुशील, गुणवती थी, इसीलिए जब पता चला कि वह कोठे पर है तो उसने आत्महत्या करने की ठान ली। धुंधकारी ने उसकी जान बचा ली और किसी आश्रम में जाकर शादी कर ली। किसी को पता न लगने दिया। धुंधकारी रानी से पैसों की माँग करता रहा, ताकि वह पैसे ले जाकर मालकिन को दे और उस लड़की को उस पिंजड़े से निकाल दे। रानी ने पैसे नहीं दिए, अतः उसकी जान गई। धुंधकारी को पैसा नहीं मिला, उसकी हत्या हो गई। मरने से पहले धुंधकारी चिल्लाता रहा—जान भाग जा, जान भाग जा। मालकिन की हत्या हो चुकी थी, इसलिए सभी लोग उधर फँसे थे। जान किसी तरह अपनी जान बचाकर भाग गई और इधर आश्रम में आ गई। एक तो वह कमजोर थी, उस पर गर्भवती। किसी तरह हमने उसकी रक्षा की, परंतु···

राजा : परंतु क्या? आखिर क्या उस लड़की को···

मंत्री : हम तुरंत उससे मिलना चाहते हैं गुरुजी!

गुरुजी : मिल तो नहीं सकते महाराज! क्षमा चाहता हूँ।

राजा : क्यों नहीं मिल सकते, कहाँ है वह लड़की?

गुरुजी : दो-तीन सप्ताह आश्रम में रही, फिर एक दिन उसने एक सुंदर बालक को जन्म दिया और सदा के लिए अपने प्रियतम से मिलने चली गई।

मंत्री : एकदम दयनीय कथा है।

राजा : पर वह बालक है कहाँ?

गुरुजी : बालक तो आश्रम ही में है, एकदम कुशल है।

राजा : अब मेरी समझ में बात आई कि धुंधकारी की आत्मा क्यों भटक रही थी, अपनी पत्नी और बच्चे के लिए। मैं बच्चे को देखना चाहता हूँ।

गुरुजी : सब्र कीजिए महाराज, सब्र कीजिए।

(बच्चे को देखने के लिए तीनों आगे बढ़ते हैं।)

(परदा गिरता है।)

□

यमलोक

दृश्य एक

पात्र

द्वारपाल-यमदूत

यमराज

नारद

[द्वार पर द्वारपाल पहरा दे रहे हैं। यमदूत इधर-उधर कुछ कार्य में लगे हैं। यमराज आसन पर विराजमान हैं। ध्यान मगन, किसी सोच में डूबे हैं।]

उसी समय एक द्वारपाल प्रवेश करता है और¨

द्वारपाल : क्षमा चाहता हूँ महाराज।

यमराज : जी द्वारपाल, कहो क्या बात है?

द्वारपाल : महाराज, मुनिवर नारद दर्शन दे रहे हैं, बाहर खड़े हैं। आपसे मिलने की अभिलाषा रखते हैं।

(यमराज एकदम खुश हो जाता है, उठ खड़ा होता है।)

यमराज : मुनिवर नारद! अरे भाई, उनको आदर के साथ सभा भवन में ले आओ। *(द्वारपाल निकल जाता है।)*

यमराज : कहीं मेरे कानों ने गलत तो नहीं सुना या फिर कहीं मैं सपना देख रहा हूँ, मुनिवर नारद और वह भी यमलोक में! युग गुजर गए, मुनिवर तो इधर का रास्ता ही भूल गए और आज इधर अचानक, जाने क्या बात है? अवश्य ही कुछ अच्छे संदेश लाए होंगे, क्योंकि

व्यर्थ में मुनिवर तो कभी कुछ करते ही नहीं। खैर, मिलने पर ही पता चलेगा।

(कुछ ही क्षण पश्चात् द्वारपाल के पीछे-पीछे नारदजी प्रवेश करते हैं। द्वारपाल छोड़कर चले जाते हैं)

नारद : नारायण-नारायण!

(यमराज उठकर खड़े हो गए। बड़ी कुशलता से वे आगे बढ़ते हैं।)

यमराज : मुनिवर नारद नेत्रों को विश्वास नहीं हो रहा है कि मुनिवर नारद मेरे सामने विराजमान हैं। मैं धन्य हुआ, मैं धन्य हुआ, प्रणाम मुनिवर!

यमराज : आइए मुनिवर, आइए, यमलोक में आपका स्वागत है।
मुनिवर कृपया विराजिए, आसन ग्रहण कीजिए।

नारद : आयुष्मान भवः, सदा कल्याण धर्मराज! नारायण-नारायण! आपके दर्शन पाकर मैं भी धन्य हो गया राजन्।

यमराज : जब मैंने सुना कि मुनिवर नारद पधार रहे हैं, विश्वास तो नहीं हुआ, आप तो जैसे इधर का मार्ग ही भूल गए। कितने ही युग गुजर गए और आज अचानक...?

नारद : काफी दिन गुजर गए। यात्रा पर निकला था, अब लौट रहा था। कुछ थकावट का अनुभव हुआ, सोचा जरा भैया धर्मराज के मंदिर में हो चलूँ। कुछ आराम कर लूँ, फिर चलेंगे।
अपना क्या, एक जगह तो मैं रह नहीं सकता।

यमराज : आपने मेरे बारे में सोचा, मुझे याद किया, यह तो मेरा गौरव है, परंतु मुनिवर आप किधर की यात्रा पर निकले थे?

नारद : अनेक जगहों के दर्शन किए, लौटते समय बस मृत्युलोक से होकर आ रहा हूँ।

यमराज : तो आप मृत्युलोक से होकर आ रहे हैं।

नारद : मृत्युलोक! वाह रे! मृत्युलोक के प्राणी! दिल खुश हो गया। कैसे मैं वर्णन करूँ; मृत्युलोक...नारायण-नारायण!

यमराज : आखिर कौन सी आश्चर्यजनक वस्तु आपने देखी कि इतना गद्‌गद हो रहे हैं मुनिवर?

नारद : मृत्युलोक! वाह रे मृत्युलोक! वाह रे मृत्युलोक के प्राणी!

यमराज : मुझे भी कुछ बताएँगे?

नारद : आपके दूत जाते हैं, मानव प्राणी के प्राण लेते हैं और वापस इधर

लौट आते हैं। मृत्युलोक का वातावरण, वहाँ की सुंदरता, मानवों की पहुँच, उनकी प्रगति, मानव बहुत बुद्धिमान्, गुणवान्, ज्ञान-विज्ञान में उन्नति, धर्मराज भैया! एक मुल्क से दूसरे मुल्क···बड़े-बड़े जहाजों में समुद्र पार करते हैं। आकाश में बड़े-बड़े यान, चंद घंटों में एक देश से दूसरे देश। घर बैठे देश-विदेश के समाचार प्राप्त कर लेते हैं, घर बैठे दूसरे देशों में रहनेवालों से बातें···मुझे तो बड़ा आश्चर्य हुआ। एक प्रकार से मैं अवाक् हूँ।

यमराज : मुनिवर! आप मुझसे मिलने आए हैं या फिर मृत्युलोक के प्राणियों की प्रशंसा करने आए हैं?

नारद : नारायण-नारायण धर्मराज! वे प्राणी प्रशंसा के योग्य हैं। मैं तो जब नारायणजी से कहूँगा, तो शायद वे भी अवश्य ही मृत्युलोक के दर्शन अवश्य करेंगे। शायद उनको विश्वास भी नहीं होगा कि मृत्युलोक के प्राणी इतनी उन्नति कर रहे हैं और आगे बढ़ रहे हैं।

यमराज : मुनिवर भैया! आप मेरी एक बात मानेंगे?

नारद : अवश्य-अवश्य ही धर्मराज।

यमराज : आपकी बातों से मुझे कुछ जलन, कुछ द्वेष पैदा हो रहा है। आखिर आपकी वाणी से मृत्युलोक की इतनी प्रशंसा क्यों?

नारद : नहीं महाराज! वे लोग इस प्रशंसा के अधिकारी हैं, उनमें शक्ति है।

यमराज : पर मुनिवर, उन सभी का न्याय तो मुझे ही करना पड़ता है। वे कुछ भी कर लें, पर अंत में उन सबको मेरे ही पास आना पड़ता है।

नारद : नारायण-नारायण! मृत्युलोक है धर्मराज, मृत्युलोक में जन्मे तो उन्हें मरना ही पड़ेगा और फिर आप तो···उनके स्वर्गवास के पश्चात् न्याय के लिए उनकी आत्मा आपके पास आती है। शरीर तो वहीं उसी लोक में रह जाता है, हूँ···कोश।

यमराज : आज तक उस लोक से जितनी भी आत्माएँ आई हैं, बस तीन हिस्से छल-कपट, धोखा-चोरी, लूटमार-डकैती, बस बुरी आदतों के साथ ही आई हैं। कितने लोगों को अब तक स्वर्ग नसीब हुआ है?

नारद : स्वर्ग लोक, नरक लोक, मृत्युलोक, पाताल लोक, वे मनुष्य खुद अपने आप पैदा कर रहे हैं···मैं जानता हूँ धर्मराज, परंतु विश्वास नहीं करेंगे, उनका वश चले तो भगवान् को भी वे खरीद लें और बेच दें, इतनी शक्ति वे रखते हैं।

यमराज : इससे क्या मतलब निकलता है? अंतिम निर्णय तो मेरा ही होता है।

नारद : राजन्! ऐसी गलती आप कभी भूलकर भी न करें कि एक जीवित व्यक्ति को कभी आप पकड़ ले आएँ। मेरी बात मानिए धर्मराज वह ठगकर, धोखा देकर या फिर किसी तरह प्रेमपूर्वक जाल में आपको भी फाँस लेगा।

यमराज : मुनिवर, आप तो नारायण के परम भक्त हैं। कहीं भी जाएँ, तो आप नारायण-नारायण की जाप लगाए फिरते हैं, परंतु आप मानवों के भक्त कैसे हो गए?

नारद : अपना-अपना विचार है, मैं भक्त नारायण ही का हूँ, परंतु मैं सिर्फ गुण गा रहा हूँ उन मानवों का। आप तो मानने ही को तैयार नहीं।

यमराज : कदापि नहीं मानूँगा।

नारद : खैर, धर्मराज युगों पश्चात् आपके दर्शन हुए, काफी बातें हुईं। मृत्युलोक की काफी चर्चा हुई। अब मुझे प्रस्थान करना होगा। अब नारायण ही जानें; कब आपसे पुनः मिलने का अवसर मिलेगा। फिर भी विश्वास है कि जल्द ही आपके पुनःदर्शन होंगे। अब आज्ञा चाहूँगा··· नारायण-नारायण!

(नारद निकल जाते हैं। यमराज उनको द्वार तक छोड़ने जाता है।)

दृश्य दो : जगह यमलोक

पात्र

यमराज
द्वारपाल
यमदूत

[धर्मराज आसन पर बैठे हैं, क्रोधित अवस्था में हैं। कुछ समय पश्चात् वे उठकर इधर-उधर चलते हैं। चक्कर लगाते हैं, फिर वे चिल्ला उठते हैं··· अपने आपसे।]

यमराज : यह नारद अपने को क्या समझता है, मेरे ही यहाँ आकर मुझे ललकारता है···मैंने तो सोचा था कि कुछ अच्छे संदेश लाए होंगे, युगों के बाद उन्होंने दर्शन जो दिए थे, पर वे तो मेरे सीने में आग सुलगाकर चले

गए। क्या सचमुच ही मृत्युलोक के मानव इतने आगे बढ़ गए हैं? मुझे तो अब भी विश्वास नहीं हो रहा है।

यमलोक के मेरे प्रिय दूतो! मैं उस मृत्युलोक के मानवों में से किसी एक की परीक्षा लेना चाहता हूँ, उसे परखना चाहता हूँ, आखिर देखना चाहता हूँ कि वे भी कितने गहरे पानी में हैं।

(धर्मराज दो दूतों को इशारा करता है)

यमराज : तुम दोनों आज ही मृत्युलोक जाओ और पूरा समय लेकर पता लगाओ कि ये मानव क्या कर रहे हैं। मुझे जल्दी नहीं है और जब तुम लोगों को ऐसा मानव मिले, जो सबसे ज्यादा क्रूर हो, निर्दयी हो, जो दूसरों को सताता हो, दुःख देता हो, अपने से कमजोर पर अत्याचार करता हो, उसी को किसी तरह पकड़कर जीवित मेरे सामने पेश करो।

एक दूत : जीवित महाराज!

यमराज : एकदम जीवित।

दूत : जैसी आज्ञा महाराज!

यमराज : तनिक भी देर न करो, जाने की तैयारी आरंभ कर दो। मैं उस जीवित मानव से मिलने के लिए उत्सुक हूँ।

दूसरा दूत : जी महाराज! हम आज ही निकल जाते हैं।

यमराज : बहुत अच्छा, शुभ कार्य में देर न करो।

दूत : आप निश्चिंत रहिए महाराज! *(निकल जाते हैं)*

दृश्य तीन : जगह मृत्युलोक

पात्र

दोनों दूत

जवान लड़का—नवीन

नारद

लड़के की पत्नी—नीमी

लड़के के माँ-बाप

[काफी दिनों से दोनों दूत मृत्युलोक में हैं। इधर-उधर चक्कर लगा रहे हैं। कुछ दिन हुए उनकी नजर जवान लड़के नवीन पर

पड़ी। नवीन एक आलसी, निखट्टू लड़का है, काम करने से भागता है। माँ-बाप का धन-पेंशन आदि लेकर, चुराकर रात्रि में खूब शराब पीता है, फिर घर लौटकर अच्छे-अच्छे चटकारेदार भोजन खोजता है। न मिलने पर पत्नी को मारता है। माँ-बाप को गाली देता है, तोड़-फोड़ करता है। दोनों दूतों ने नवीन ही को अपना निशाना बनाया है। आखिर एक रात को नवीन नशे में घर लौटता है और"]

नवीन : अभी आठ नहीं बजे हैं और तुम सो गईं, कैसी पत्नी हो?

नीमी : सोई नहीं थी, बस माँ और पिताजी को खाना दे रही थी।

नवीन : इस समय खाना! वे तो साढ़े छह और सात बजे के बीच में खाते हैं।

नीमी : आज कुछ देर हो गई, कुछ देर से घर लौटी।

नवीन : देर हो गई? कहाँ पर पहाड़ तोड़ने गई थी, जो देर हो गई?

नीमी : कारखाने में दो घंटे ज्यादा काम करना पड़ा।

नवीन : दो घंटे के लिए कितने ज्यादा पैसे मिलेंगे?

नीमी : यही कुल पचास रुपए।

नवीन : पचास रुपए, सुबह भी करोगी?

नीमी : पता नहीं, अगर हो तो करना पड़ेगा।

नवीन : ठीक है, ठीक है, मुझे भूख लगी है, क्या पकाया है?

नीमी : उबली हुई भाजी है और आलू की चटनी है।

नवीन : क्या कहा? उबली हुई भाजी और आलू की चटनी? ये कोई खाने की चीज है? नीच औरत, तनिक भी मेरा खयाल नहीं करती। मेरे लिए एक अंडा तल दो।

नीमी : घर में अंडा नहीं है।

नवीन : जाकर बूढ़े से कुछ पैसे माँगकर लाओ।

नीमी : उन लोगों के पास भी नहीं हैं और अभी वे खाना खा रहे हैं।

नवीन : खाना खा रहे हैं तो क्या पैसे नहीं दे सकते?

(नाराज हो जाता है और माँ को पुकारते हुए माँ को बुलाता है। माँ भीतर से आती है।)

माँ : क्या कह रहा है, क्यों चिल्ला रहा है?

नवीन : चिल्ला रहा हूँ! क्या यह कोई खाना पका है?

माँ : हम तो यही खा रहे हैं बेटे, तू क्यों नहीं खा सकता?

नवीन : अरे माँ! तुम खाओ तो भी कुछ दिनों में मर जाओगी, न भी खाओ तो भी मर ही जाओगी। मुझे तो अभी जीना है। जीते जी मुझे क्यों तुम लोग मार रहे हो?

(उसी समय पिताजी वहाँ आ जाते हैं।)

पिताजी : अरे कामचोर, निखट्टू, कमाकर घर में अनाज ला, पैसे ला। बहू तेरे लिए तरह-तरह के पकवान पकाएगी।

नवीन : तो क्या ये जो धन है, खेत हैं, पेंशन आप दोनों को मिलती है, क्या ये सब सिर्फ अपनी बेटी, दामाद को देंगे?

पिताजी : बेटी-दामाद मेहनत करते हैं, परिश्रम करते हैं, उनको मेरे धन से क्या मतलब। धन तो तुझे चाहिए। मेरे जीते-जी तुझे कुछ भी नहीं मिलेगा, नालायक, गधा, निखट्टू।

माँ : अब आप बस भी कीजिए।

पिताजी : बस क्यों, क्यों मैं बस करूँ? मेरा वश चले तो इसको घर से बाहर कर दूँ। यह घर, जमीन अब भी मेरा है। मैं अपनी बहू, जो मेरी बेटी से भी ज्यादा प्रिय है, उसका मुख देखता हूँ अन्यथा...

नवीन : अन्यथा क्या, क्या करते? मुझे घर से निकाल देते?

पिताजी : घर से क्या निकाल देता, लात मारकर, धक्का देकर बाहर कर देता।

(नवीन नाराज हो जाता है, मेज उलट देता है, थाली आदि, शीशे फोड़ डालता है, कुरसी उठाकर फर्श पर तोड़ देता है और बाहर चला जाता है।)

(बाहर छिपकर खड़े दोनों दूत सब तमाशा देखते हैं।)

पहला दूत : इतने दिन गुजर गए। हमने कितने ही निकम्मे देखे, परंतु यह तो एक अलग ही नमूना है। रोज ही घर में तमाशा करता है।

दूसरा दूत : बाप रे बाप! उसके व्यवहार-आचरण से तो हम भी तंग आ गए और एक-दो दिन गुजारे इधर तो हम पागल हो जाएँगे।

पहला दूत : माँ को मारता है, बाप को गाली देता है, पत्नी की बात तो और, उसको तो दु:ख-ही-दु:ख देता है। गरम खाना तक उसके चेहरे पर फेंक देता है। मेरे विचार से इसी को ले चलते हैं, रात्रि में नशे की हालत में। उसे होश भी नहीं रहता कि वह कहाँ है! कभी घर में सोता है, कभी दुकान के बरामदे में, कभी पेड़ के नीचे और कभी खेत ही में।

दूसरा दूत : बात तो सही है और एक-दो दिन गुजारते हैं और चक्कर लगाते हैं, परंतु मेरे विचार से इसी को ले जाना चाहिए। जितने दिन हमने इसको निशाना बनाया, एक दिन भी ऐसा बाकी नहीं छोड़ा, प्रतिदिन ही वह नशा करता है, घर में तोड़-फोड़ करता है। पत्नी को गाली देता है, मारता है। माँ-बाप को तंग करता है। मैं सोचता हूँ; महाराज, ख़ुश हो जाएँगे।

पहला दूत : एकदम सही और सिर्फ तीन दिन देखते हैं और मौका देखकर इसी को उड़ा ले जाते हैं, क्योंकि वह रोज ही हवा में उड़ता है।

दूसरा दूत : उड़ना पसंद करता है, बस उड़ा ले जाएँगे, हमारा क्या?

दृश्य चार : जगह मृत्युलोक

पात्र

नवीन

नीमा

माँ

[कमरे में कहीं कुरसी पड़ी है, मेज कहीं और है, एक थाली इधर तो दूसरी कहीं और, मग कोने में, उधर कोने में बोतल पड़ी है। नवीन एकदम नशे में फर्श पर सोया हुआ है, उसे कुछ भी मालूम नहीं। वह घोर निद्रा में सपना देख रहा है। मुनिवर नारद सपने में कह रहे हैं।]

नारद : वत्स नवीन! तुमने काफी खेल खेला, परिवार को खूब सताया। अब तुम्हें कुछ और खेल खेलना होगा। अगर तुमने वह खेल अच्छा खेला तो राजा क्या, महाराजा बन जाओगे और अगर तुमने गलत खेल खेला तो बस गुलाम ही बने रहोगे। तुम ठगी और छल विद्या में निपुण हो, ठग-ठगकर माँ को, बाप को, पत्नी को, बहन-बहनोई को, गाँववालों को भी खूब ठगा, धोखा दिया, तुम इस खेल में माहिर हो।

अब समय तुम्हारा है। अपना खेल अब आरंभ कर दो। कुछ लोग आएँगे और तुम्हें दूर कहीं ले जाएँगे, उधर तुम्हें अपना खेल खेलना होगा, तुम पर निर्भर है।

(सपना टूट जाता है। झट नवीन उठ खड़ा हो जाता है। इधर-उधर देखता है। वह मन-ही-मन सोचता है, सपना था या फिर कोई सच्चाई)

नवीन : आखिर कैसा सपना, यह सपना नहीं हो सकता! यह तो जैसे मेरे सामने नारद मुनि आकर मुझे संकेत कर रहे थे। खैर, आज मैं दुकान जाता हूँ और कुछ आयोजन करता हूँ। इसकी मैं तैयारियाँ करता हूँ। *(वह निकल जाता है। काफी रात्रि में वह घर लौटता है। उसे होश भी नहीं कि वह कहाँ है। घर में आते ही वह गाली देना शुरू कर देता है।)* नीमी, नीमी! कहाँ हो तुम? मैं तंग आ गया हूँ, तुम लोगों से। कुछ पैसे माँगता हूँ, कोई मुझे नहीं देता। नाममात्र की मेरी पत्नी है, मेरे माँ-बाप हैं। गया था दिन में अपनी बहन के पास। मेरी बहन कभी इनकार कर सकती है। मेरी बड़ी बहन जो ठहरी। बचपन में उसने मुझे गोद में खिलाया, माँ का प्यार दिया। देखो मुझे पैसे भी दिए। अब मैं यहाँ नहीं रहूँगा, चला जाऊँगा।

पिताजी : वर्षों से सुनता आ रहा हूँ, तू सब छोड़कर चला जाएगा, पर जाता क्यों नहीं? कम-से-कम एक बार मर्द बनकर दिखा दे, चला जा, जाता क्यों नहीं? कौन सा पाप किया था कि तुझ जैसा दुश्मन मेरे घर पैदा हुआ?

माँ : आप इस तरह क्यों कह रहे हैं, आखिर हमारा बेटा ही तो है।

पिताजी : इस नालायक को बेटा कहती हो, नवीन की माँ। इसकी जगह मेरी और एक बेटी होती तो मेरा सिर कितना ऊँचा होता। गाँव में कौन इसकी बात नहीं करता?

माँ : जाने भी दीजिए। कल सुबह बातें कीजिए।
बहू, मुझे थोड़ा सहारा दे, इसको अपने कमरे में ले चलते हैं।

पिताजी : नहीं, इसे बाहर फेंक दो।
(माँ और नीमी नवीन को सहारा देने जाती हैं, तभी नवीन कहता है।)

नवीन : माँ, नीमी मुझे छोड़ दो, मैं अब यहाँ नहीं रहूँगा। बहस मत करो, छोड़ दो।
(दोनों सहारा देना चाहती हैं, नवीन एक झटका देता है। माँ उधर जाकर सोफे पर गिरती है, उधर नीमी फर्श पर गिर जाती है। नवीन

निकल जाता है। बाहर दोनों दूत सब तमाशा देख रहे थे और साथ-ही-साथ इंतजार भी कर रहे थे।)

दृश्य पाँच : जगह यमलोक

[काफी रात का समय है, यमदूत पहरा दे रहे हैं, द्वारपाल खड़े हैं। आसन खाली है, बाहर से द्वारपाल आता है।]

द्वारपाल : महाराज की जय हो, पर महाराज तो नहीं हैं।

एक दूत : महाराज भीतर हैं, कुछ आराम कर रहे हैं, वे आते ही होंगे। उनको संदेश मिल चुके हैं।

(उसी समय धर्मराज प्रवेश करते हैं और कहते हैं।)

यमराज : द्वारपाल क्या खबर है?

द्वारपाल : महाराज की जय, एकदम अच्छी सूचना है।

दोनों दूत मृत्युलोक से वापस आ गए, उनके साथ एक भयंकर मनुष्य है, जो इस समय बेहोश अवस्था में है। लगता है मृत्युलोक का प्राणी है, परंतु एकदम जीवित है।

यमराज : द्वारपाल, यह तो एकदम अच्छी सूचना है, एकदम ही अच्छी है। हा-हा-हा! अब बड़ा आनंद आएगा। अब देखूँगा कि यह मृत्युलोक का मानव क्या करता है? कितनी शक्ति है उसमें? जल्दी जाओ, दूतों से कहो, उसको लेकर इधर हर बार में आएँ।

द्वारपाल : जैसी आज्ञा महाराज *(वह निकल जाता है। तब तक यमराज अपना आसन ग्रहण करता है, एकदम खुश है। उसी समय दोनों दूत उस आदमी के साथ प्रवेश करते हैं। नवीन बेहोशी की हालत में है, नशे के कारण से। दोनों दूत उसे सहारा दे रहे हैं।)*

दूत : महाराज की जय!

यमराज : आओ-आओ, मेरे वीरो! तुम लोगों का स्वागत है, आज मैं एकदम ही खुश हूँ। आखिर तुम लोगों ने प्रतिज्ञा का पालन किया। कौन है यह मनुष्य?

एक दूत : महाराज! क्षमा चाहता हूँ, पर मैं सोचता हूँ, यह धरती पर एक बोझ था। परिवार का खून चूसनेवाला, निखट्टू, आलसी, निकम्मा, ठग, निर्दयी, क्रूर, झूठा, सब प्रकार की बुराइयाँ हैं इसमें।

दूत : हम काफी दिन मृत्युलोक में रहे, परंतु हमें यह आदमी सबसे ज्यादा

निकम्मा मिला। माँ को दुःख देता है, गाली देता है, मारता है, पत्नी की तो और ही बात है, अत्याचार करता है, तरह-तरह के दंड देता है। बाप से तकरार, सुबह से शाम तक नशे में रहता है, रात्रि में परिवारवालों से लड़ाई करता है, मारता है।

यमराज : यह आदमी ही है या फिर राक्षस?

आदमी : मैं नशे में हूँ तो क्या हुआ, मैं घरवाला हूँ, मैं-मैं, हूक-हूक-हूक··· *(चिल्लाता है)*

एक दूत : इसकी पत्नी दिन भर काम करती है, शाम को लौटती है, अपने पति के लिए, सास-ससुर के लिए सब तैयारियाँ करती है, फिर भी चैन से नहीं रह पाती। पति का अत्याचार सहन करती है।

मनुष्य : पत्नी मेरी है, मारूँ या प्यार करूँ, तुम लोगों का क्या जाता है? दुश्मनों, चांडालों अभी मैं तुम लोगों को बताता हूँ, हूक-हूक-हूक!

यमराज : अभी मैं तेरा नशा उतारता हूँ, देखता हूँ कौन तुझे बचाता है? इसे यहाँ बाँध दो। *(इशारा करता है)*

और पचास कोड़े लगाओ, नशा अपने आप उतर जाएगा।

दूत : जैसी आज्ञा महाराज (दोनों दूत उसे बाँध देते हैं।)

(एक दूत भीतर जाता है और कोड़े लेकर आता है और उसकी पिटाई आरंभ होती है यमराज खूब हँसता है।)

यमराज : मृत्युलोक के प्राणी बहुत पहुँचे हुए हैं, ज्ञानी हैं, महाज्ञानी हैं, वैज्ञानिक हैं, चमत्कार करनेवाले हैं, हा-हा, हा-हा।

(दस कोड़े खाकर नवीन बेहोश हो जाता है।)

एक दूत : महाराज! यह मृत्युलोक का मानव सिर्फ दस कोड़े खाकर बेहोश हो गया, इतना कमजोर मानव!

यमराज : ठीक है, होश आने दो, फिर दस लगाना। कम-से-कम उसे पता तो चले कि मार खाने से कितनी तकलीफ होती है, दर्द होता है, दुःख होता है।

दूत : जैसी आज्ञा महाराज!

(यमराज उठकर चला जाता है, अँधेरा होता है।)

जगह वही : अगला दिन

(नवीन जागा हुआ है, तड़प रहा है, कराह रहा है। पानी-पानी!)

नवीन : पानी, कोई तो मुझे थोड़ा पानी दें। आह! मेरी पीठ, कोई है भी, बहरे हो क्या? थोड़ा पानी ला दो, प्यास लगी है। मेरे हाथ-पैर क्यों बँधे हैं?

एक दूत : महाराज की आज्ञा बिना हम जल नहीं दे सकते हैं।

नवीन : अरे भई! यह कौन सी जगह है? मैं यहाँ कैसे आया?

नवीन : कौन मुझे यहाँ लाया, मेरे हाथों को खोलो, कम-से-कम···ये दोनों हाथ बँधे क्यों हैं?

एक दूत : ज्यादा बक-बक मत करो, यह यमलोक है।

नवीन : यमलोक! यमलोक में मेरा क्या काम? कहीं मैं मर तो नहीं गया? अभी तो मैं एकदम जीवित हूँ।

दूत : हम सब जानते हैं कि तुम जीवित हो।

नवीन : पर जीवित मुझे क्यों लाया गया?

दूत : यह तो धर्मराज ही बताएँगे।

नवीन : यह धर्मराज कौन है? यह तो यमलोक है, यमलोक में धर्मराज का क्या काम? कहाँ है वह धर्मराज?

दूत : अभी धर्मराज आएँगे तो बस तुम्हारी पिटाई आरंभ होगी।

नवीन : पर मैंने कौन सी भूल की है कि मुझे यहाँ जीवित लाकर इस तरह तुम लोग सता रहे हो। अगर मेरा हाथ खुल गया, तो तुम लोगों को इस तरह नचाऊँगा, जैसे बीन सुनकर नाग नाचता है।

(इतने में नवीन को दो कोड़े लगते हैं, वह चिल्ला उठता है।)

नवीन : आह! ओह! माँ, बात-बात पर तुम लोग मुझ पर कोड़े बरसाते हो, क्या यहाँ का नियम ही ऐसा है? मुझे थोड़ा सा पानी दो।

दूत : महाराज की आज्ञा बिना हम पानी भी नहीं दे सकते हैं।

नवीन : अगर हाथ खुल गया, तो तुम लोगों का खून ही पी लूँगा।

दूत : अब चुप, अब तुम्हारा दिन कैसे आएगा, तुम यहीं मरोगे?

नवीन : अरे, कल रात से एक बूँद पानी भी गले के नीचे नहीं गया। जरा अपने महाराज को बुला लाओ। मैं पूछूँगा कि पानी क्यों नहीं मिल रहा है?

(उसी समय महाराज प्रवेश करते हैं।)

सभी दूत : महाराज की जय हो!

यमराज : क्यों होश आ गया, इस मानव को?

दूत : जी महाराज! एकदम होश में है, पानी माँग रहा है।

यमराज : ठीक है, उसे पानी पिलाओ।

नवीन : अरे, क्या यही मोटू कालिया तुम लोगों का महाराज है।

(एक दूत उसे दो कोड़े लगाता है)

यमराज : अभी दंड मत दो। पानी पिला-पिलाकर, तब दंड दो। कम-से-कम देखना चाहता हूँ कि मृत्युलोक के मानव में कितना है दम!

नवीन : ए कालिए! एक तो मुझे जीवित लाया, पूछा तक नहीं कि मैं कौन हूँ? बात-बात पर कोड़े मारते चले जा रहे हैं ये दूत।

यमराज : मुनिवर नारद तो वाह! क्या प्रशंसा कर रहे थे? मृत्युलोक के मानव, बुला अपने नारद को, वे भी जरा देखें कि मृत्युलोक का मानव क्या चीज है?

नवीन : यह नारद कौन है?

यमराज : नारद को नहीं जानता, रे मूर्ख मृत्युलोक के प्राणी? मुनिवर नारद भगवान् विष्णु के परम भक्त हैं। आए थे यहाँ बड़ी-बड़ी बातें करके चले गए। अब क्यों नहीं आ रहे हैं?

नवीन : नारद, नारद क्या वही है, जो बात-बात पर नारायण-नारायण करता फिरता है, फिल्मों में देखा है?

नारद : ये फिल्में क्या चीज हैं?

नवीन : ये सब मृत्युलोक के चमत्कार हैं। नारद, नारद मुझे लगता है कि यह नाम मैंने सुना है या फिर भेंट हुई है। याद तो कर रहा हूँ, पर याद ही नहीं आ रहा है।

यमराज : नारद से और तुम्हारी भेंट हा-हा-हा-हा-हा! एकदम मजाकिया आदमी हो तुम। कम-से-कम मैं कुछ तो खुश हुआ।

नवीन : अरे कालिए! मजाक सूझ रहा है, नारद नाम सुना है। मैं तो रोज नशे की हालत में रहता हूँ, याद नहीं आ रहा है।

यमराज : याद करो, याद करो, शायद नारद यहाँ आ जाएँ।

नवीन : अरे मूर्खों, हँसो मत, अब मुझे याद आ रहा है, कुछ समय पहले नारदजी मुझसे मिलने खुद आए थे।

(यमराज, सभी दूत खूब हँस पड़ते हैं, जोरों से।)

यमराज : नारदजी आएँगे तुमसे मिलने, वह भी मृत्युलोक में हा-हा-हा-हा!

नवीन : खूब हँसो कालिया, खूब हँसो, कहीं रोना न पड़ जाए। मेरी जेब में

हाथ डालो, एक पत्र है तुम्हारे नाम। नारदजी खुद मुझे देने आए थे, यह पत्र सीधे भगवान् विष्णु ने तुम्हारे नाम भेजा है। हँसो और हँसो, अभी लाल हँसोगे, पीला हँसोगे। हर रंग की हँसी हँसोगे, फिर रोओगे। देखते क्या हो? जेब में हाथ डालो।

(एक दूत जेब में हाथ डालता है और पत्र निकालता है।)

दूत : एक पत्र है महाराज! वह भी आपके नाम।

यमराज : क्या लिखा है इसमें?

नवीन : मुझे क्या पता? मुझे तो न हिंदी आती है, न ही संस्कृत।

यमराज : लाओ, पत्र मेरे पास लाओ।

यमराज पत्र लेता है, लिफाफा खोलता है और पढ़ना आरंभ करता है।

'मेरे परम पूज्यवर धर्मराजजी महाराज!

सदा आनंदमय, कुशलमय, मंगलमय रहिए।

युग गुजर गए और आप बड़ी कुशलता, बड़ी सुगमता, बड़े श्रद्धा भाव, भक्ति भाव से अपने कर्तव्य का पालन करते चले आ रहे हैं। काश! मेरे पास कुछ ऐसे शब्द मिल पाते कि मैं आपका वर्णन कर सकूँ।

धन्यवाद देने के लिए काश, मैं खुद आपसे मिलने आता, परंतु आप तो जानते ही हैं कि मैं कितना व्यस्त रहता हूँ, इसीलिए खुद न जाकर परम भक्त मुनिवर नारदजी से मैंने कहा था कि मृत्युलोक के दर्शन करें और मेरे परम भक्त नवीन तक मेरा संदेशा पहुँचाएँ।

आपके प्रति मैं सदा ऋणी रहूँगा। आप जिस प्रेम, लगन, जिस खूबी से धर्मराज का कार्य सँभालते रहे। मेरा भी कर्तव्य बनता है कि आपकी आयु को मैं ध्यान में रखूँ, आपसे मैं प्रार्थना करूँ कि अब आपके पूर्ण रूप से अवकाश ग्रहण करने का समय आ गया।

मुनिवर नारद पूर्ण रूप से उस परम भक्त नवीन को हर प्रकार से तैयार कर चुके हैं, ताकि उधर आकर पूर्ण रूप से आपका कार्यभार अपने कंधों पर लेकर सफलतापूर्वक आगे बढ़ाएँ, बराबर जिस तरह आप सँभालते आ रहे थे।

कृपया धर्मराज जवान भक्त है, वह भी मृत्युलोक से, जो भी सहायता आप से बन पड़े, अवश्य ही पूर्ण कीजिए।

आपका अवकाश आपको शुभ।

भवदीय

आप ही का

नारायण'

यमराज : एकदम कौतूहलतापूर्ण है। युग गुजर गए, मैं यहाँ पर हूँ, यह पहली बार है कि मुझे नारायण ने ऐसा पत्र लिखा। समझ में नहीं आ रहा है। एकदम असमंजस में हूँ। खैर, आज्ञा पालन तो करनी ही होगी।

नवीन : यम महाराज! क्या लिखा है पत्र में?

यमराज : मुझे तो विश्वास भी नहीं हो रहा है कि तुम जैसा शराबी, चांडाल भी भगवान् का भक्त हो सकता है?

नवीन : होता है, होता है, कभी-कभी ऐसा होता है। आरंभ में मुझे भी विश्वास नहीं हो रहा था कि नारदजी मुझसे मिलने आए हैं, फिर विश्वास नहीं हो रहा था कि मैं जीवित यमलोक में हूँ। पूर्ण विश्वास पाने के लिए, हे कालिया! तुम नारद को या फिर नारायण को फोन करो।

यमराज : यह फोन क्या चीज है?

नवीन : नाममात्र के तुम धर्मराज हो, यमलोक के राजा हो, गोबर कहीं का, फोन तक नहीं जानता! हम मृत्युलोक में फोन के जरिए देश-विदेश, पूरे विश्व का समाचार प्राप्त कर लेते हैं। फोन के जरिए घर बैठे सब मालूम कर लेते हैं।

यमराज : मुनिवर नारद सत्य ही कह रहे थे कि मृत्युलोक के मानव बहुत दूर निकल चुके हैं। इसीलिए भ्रम में हूँ, कहीं धोखा तो नहीं खा रहा हूँ।

नवीन : हे यम, क्या फुस-फुस लगा रहे हो? जल्दी नारद को फोन करो या फिर मुझे स्वतंत्र करो, मुझे अपने देश जाना है।

यमराज : नहीं जा सकते हो, अब तुम ही यहाँ के राजा बनोगे, यानी कि अब तुम धर्मराज बनोगे।

नवीन : नहीं-नहीं, मुझे इन सब चीजों में रुचि नहीं, मुझे जाना है। इतना समय हो गया। मैंने कुछ खाया नहीं, न ही कुछ पिया भी।

यमराज : दूतो! इस मृत्युलोक के मानव को खोलो। इज्जत के साथ तैयार करो और नए धर्मराज के रूप में मेरे सामने लाओ। मैं अपने हाथों से इसका राजतिलक करूँगा।

दूत : जैसी आज्ञा महाराज!

(कुछ दूत नवीन को लेकर भीतर जाते हैं। यमराज इधर-उधर चलता-फिरता चक्कर लगाता है और स्वयं से कहता है।)

यमराज : कहीं मैं भूल तो नहीं कर रहा हूँ, अब भी मानने को तैयार नहीं कि

यह आदमी नया धर्मराज है, कहीं मुझसे··· खैर, आज्ञा पालन तो करना ही होगा, उसको कोड़े से पिटवाया, क्षमा माँग लूँगा।

(उसी समय दूत नवीन को सजाकर लाते हैं।)

दूत : महाराज! यह आदमी कपड़ा बदलना नहीं चाहता···कह रहा है कि वह जींस और टी-शर्ट पहनेगा।

यमराज : ये जींस और टी-शर्ट क्या होता है?

नवीन : ये मृत्युलोक की पोशाक है।

यमराज : तो अभी हम कहाँ से लाएँगे?

नवीन : तो तब तक के लिए मुझे ऐसा ही छोड़ दें, जैसा मैं हूँ।

यमराज : अच्छा-अच्छा, ठीक है। बाद में उधर से मँगवा लेंगे। अभी के लिए यमलोक के नए धर्मराज के रूप में आपका अभिवादन मैं करता हूँ। कृपया आप आसन ग्रहण कीजिए। आसन ग्रहण करने से पहले मैं आपकी आरती करना चाहता हूँ। दूतो! मेरे लिए पुष्प और थाली लाओ, चंदन भी।

(कुछ ही समय पश्चात् दूत सब लेकर आता है। यमराज नवीन को चंदन का टीका लगाता है और आरती करता है।)

नवीन : ठीक है, ठीक है, ये सब मुझे नहीं चाहिए। मुझे काम से मतलब है, चंदन लगाने से नहीं। हमारे मृत्युलोक में यह टीका औरतें लगाती हैं, अपने पति के नाम से।

यमराज : पर महाराज, यहाँ की रीति ही ऐसी है।

नवीन : तुम अपने तरीके से काम करते थे, मैं अपने तरीके से काम करूँगा।

यमराज : जैसी आज्ञा महाराज! अब कृपया आसन ग्रहण कीजिए।

(नवीन बैठ जाता है।)

यमराज : महाराज का मुकुट लाओ।

(एक दूत मुकुट लेने जाता है।)

नवीन : मुझे मुकुट नहीं पहनना है, जो पहनूँगा, वह मृत्युलोक से लाऊँगा।

यमराज : पर यहाँ का नियम है, सिर पर मुकुट तो धर्मराज के होना ही चाहिए।

नवीन : यहाँ का धर्मराज मैं हूँ। मैं आज्ञा देता हूँ, लेता नहीं। अभी मैं कुछ आराम करना चाहता हूँ, दूसरा दिन है, मैं सोया नहीं। अभी मुझे अकेला और शांत छोड़ दिया जाए।

(सभी लोग निकल जाते हैं।)

× × ×

(नवीन, नया यम आसन पर बैठा है। किसी गहरी सोच में है, एकदम मौन। काफी समय तक मौन ही रहता है कि अचानक यमराज वहाँ आ जाता है।)

यमराज : क्षमा चाहता हूँ महाराज! मैं तभी से देख रहा हूँ कि आप एकदम शांत, गुमसुम हैं, कोई दुःख या चिंता?

नवीन : हाँ यम, मैं इस वक्त एकदम चिंता में हूँ, मुझे मेरे परिवार की याद आ गई। मृत्युलोक में जाने कैसे होंगे वे लोग?

यमराज : एकदम ठीक कहा, परंतु अब आप तो यहाँ के राजा हैं। इधर की देखभाल करनी होगी, जब से आप आए हैं, कुछ भी सेवन नहीं किया।

नवीन : भूख तो मुझे जोरों की लगी है, परंतु खाने की इच्छा नहीं।

यमराज : खाना तो आपको चाहिए, अन्यथा जीवित कैसे रहेंगे? आप तो ठहरे मृत्युलोक के मानव!
अभी मैं भोजन का प्रबंध करता हूँ। द्वारपाल, द्वारपाल!
(एक द्वारपाल आता है।)

द्वारपाल : जी महाराज!

यमराज : धर्मराज के लिए कुछ भोजन का प्रबंध करें।

द्वारपाल : जैसी आज्ञा महाराज! *(भीतर जाता है।)*
(कुछ ही क्षण पश्चात् वह एक थाली हाथ में लिये आता है।)
महाराज! आपके लिए भोजन।

नवीन : क्या है थाली में? (थाली में नजर दौड़ाता है।)
फल, पूरियाँ। ये क्या कोई खाने की चीज हैं?
क्या यहाँ पर कोई विवाह या फिर यज्ञ है?

यमराज : इस लोक में तो ऐसा ही खाना मिलेगा धर्मराज!

नवीन : खाना मिलता था, अब ऐसा खाना नहीं चलेगा, मुझे जो पसंद है, वही खाना आना चाहिए।

यमराज : पर महाराज! हमें कैसे पता चलेगा कि आपको क्या प्रिय है?

नवीन : हमारे मृत्युलोक में जो खाना मिलता है, एक बार खाओगे यम, इधर तुम लौटना नहीं चाहोगे। मैं कहाँ आकर फँस गया?

यमराज : परंतु महाराज, आपकी इच्छा क्या है?

नवीन : मैं इधर का राजा बन गया, इसी खुशी में आज मैं व्हिस्की पीना चाहता हूँ, चिकन तंदूरी या कंतकी खाना चाहता हूँ।

यमराज : ये सब क्या है महाराज?

नवीन : गधा क्या जाने प्रसाद का स्वाद? व्हिस्की का अर्थ है मदिरा और बाकी मांस–मछली।

यमराज : परंतु महाराज! ये सब चीजें यहाँ पर अपवित्र मानी जाती हैं, आप अब यहाँ के राजा हैं, आपको यहाँ के नियम का पालन करना चाहिए।

नवीन : अब यहाँ का नया राजा मैं हूँ। नया राजा, नया नियम बनाएगा, जो मैं चाहूँगा, वही होगा, राजा मैं हूँ।

यमराज : पर महाराज, आप''यहाँ।

नवीन : देखो यम, तुम यहाँ पर अवकाश ले चुके हो और फिर भी इधर ही हो, अवकाश लेने के पश्चात् तुम्हें तो यहाँ रहना ही नहीं चाहिए। अभी तक मैं चुप हूँ, ऐसा न हो कि मैं तुम्हें रास्ता दिखाऊँ, मेरे कामों में उलझनें पैदा मत करो।

खाओ और कोने में पड़े रहो *(आवाज देता है)*

द्वारपाल–द्वारपाल!

द्वारपाल : आज्ञा धर्मराज!

नवीन : उन दो दूतों को बुलाओ, जो मुझे मृत्युलोक से लेने गए थे।

द्वारपाल : जैसी आज्ञा महाराज!

(कुछ ही समय पश्चात् द्वारपाल के पीछे–पीछे दोनों दूत आते हैं, द्वारपाल निकल जाता है।)

दो दूत : महाराज! हम क्या सेवा कर सकते हैं?

नवीन : हाँ, तुम दोनों काम के आदमी हो, मृत्युलोक को अच्छी तरह से जानते हो। तुम दोनों मृत्युलोक जाओगे, अच्छी तरह सुनो, लौटते समय किसी चीज की कमी न हो, नोट कर लो।

दूत : एक बार हम सुन लेते हैं, हम नोट कर लेते हैं।

नवीन : पहनने के लिए मुझे जूते–चप्पल, जीन्स, टी–शर्ट चाहिए। सबसे बढ़िया शराब एवं व्हिस्की, मांस, मछली, रोटियाँ और फिर राजा बनने की खुशी में यहाँ पर कुछ आयोजन करना चाहिए। उधर ही से कुछ साज भी लेते आना। मैं गिटार बजाना बहुत पसंद करता हूँ,

पर विशेष बात यह है कि जाते समय पता लगा लेना कि मेरे परिवार में सब कैसे हैं? उन्हें पता न लगना चाहिए कि मैं इधर हूँ, समय आने पर बताएँगे।

दूत : परंतु महाराज! मृत्युलोक जाने और आने में काफी समय लगता है।

नवीन : देखो अब मुझे गुस्सा न दिलाओ, अगर मैं नाराज हो गया तो कुछ भी कर सकता हूँ। मेरे मृत्युलोक में एक्सप्रेस मोटरें, बसें, जहाज, हवाई जहाज हैं, यहाँ तक कि मनुष्य भी एक्सप्रेस होते हैं। जन्म लेते हैं और मर भी जाते हैं एक्सप्रेस। तुम लोग भी किसी एक्सप्रेस यान को लो और जाओ तथा लौट आओ। *(दोनों निकल जाते हैं।)*

यमराज : परंतु महाराज! आप यह क्या कर रहे हैं। यह सब अन्याय है।

नवीन : मैं यहाँ का नया राजा हूँ, अब मेरा खेल आरंभ हो रहा है और तुम्हारा समाप्त। मुझे नाराज या तंग मत करो। हे दूतो! आज रात्रि में एक महफिल का आयोजन करेंगे, जो लोग भाग लेना चाहते हैं, भाग ले सकते हैं। नाच-गाना भी होगा, अप्सराओं को भी संकेत कर देना।

दूत : ठीक है महाराज! जैसी आज्ञा। *(दूत निकल जाते हैं)*

(यमराज भी एकदम उदास होकर जाने लगता है, तभी¨)

नवीन : यमराज! तुम अवकाश ले चुके, कोई बात नहीं, परंतु रात के जलसे में तुम आ सकते हो।

यमराज : पहले यहाँ पर ये सब नहीं होते थे महाराज!

नवीन : यह नहीं होता था, वह नहीं होता था, फिर क्या होता था? हर एक कार्य की शुरुआत तो होती है न! पहले यहाँ पर यमलोक में मृत शरीर की आत्मा लाई जाती थी, उसके पश्चात् तुम अपना निर्णय लेते थे और अब मृत तन की आत्मा नहीं मृत्युलोक से जीवित इनसान लाने लगे। किसी तरह एक नया आरंभ है कि नहीं? रात्रि का आयोजन सफल होना चाहिए। मैं कुछ आराम कर लूँ, रात्रि में समय नहीं मिलेगा।

दृश्य पाँच : जगह वही यमलोक

[सभा लगी हुई है। मेज पर अनेक बोतलें हैं। तरह-तरह के खाने हैं, नवीन नए कपड़े पहने हुए है, खूब पी रहा है और खा भी रहा है। कुछ क्षण पश्चात् अपना गिटार लेता है और बजाना आरंभ करता है, खूब नाचता है—एक-दो दूत भी उसके साथ शामिल हो जाते हैं।]

(काफी समय पश्चात्, वह एकदम नशे में है।)

नवीन : काफी रात हो चली, अब हमारी महफिल खत्म हुई, जाओ अब आराम करो, मैं भी आज चैन से सोना चाहता हूँ।

(दूत, द्वारपाल निकल जाते हैं।)

यमराज : महाराज! आपने इस यमलोक को अपवित्र कर दिया। आपने वह किया, जो यहाँ पर पहले कभी नहीं हुआ।

नवीन : जब तुम राजा थे, तो यमलोक था और अब मैं राजा हूँ। अब यह नवीन लोक है, नाम बदलता रहेगा।

यमराज : तो क्या नारायण ने आपसे कहा था कि इसका नाम बदलना चाहिए?

नवीन : अबे चुप! मुझे तंग न करो, जाओ सो जाओ। कल बातें करेंगे, मुझे नींद आ रही है।

दृश्य छह : जगह यमलोक

[नवीन आसन पर बैठा है, अभी तक कुछ नशे में है। फिर भी बोतल पी रहा है और अचानक पुकारता है, द्वारपाल-द्वारपाल! एक द्वारपाल आता है।]

द्वारपाल : आज्ञा महाराज!

नवीन : उन दो दूतों को बुलाओ, जो मृत्युलोक गए थे।

(कुछ ही क्षण पश्चात् दोनों दूत आते हैं।)

दूत : आज्ञा महाराज!

नवीन : तुम दोनों··(नशे की हालत में) बहुत ही काम के लोग हो। तुम दोनों पर मैं विश्वास कर सकता हूँ, जो कुछ मैंने कहा था, लाने के लिए, सब लाए, यहाँ तक कि गिटार भी लाए। बड़ा आनंद आया कल, परंतु, परंतु जो काम मैंने कहा था, सबसे पहले करने को, तुम

लोगों ने नहीं किया।

दूत : कौन सा काम महाराज? हमने तो सब काम पूरा किया।

नवीन : नहीं-नहीं, तुम लोगों ने मेरे परिवार से भेंट नहीं की।

दूत : महाराज! आपने तो मना किया था भेंट करने से। आपने सिर्फ उनकी हालत का पता लगाने के लिए कहा था।

नवीन : क्या तुम लोगों ने पता लगाया? फिर बताया क्यों नहीं?

दूत : महाराज! सबसे पहले तो हम उधर ही गए, बहुत दुःख हुआ उनकी हालत देखकर। वे एकदम दुखी हैं।

नवीन : कैसे हैं वे?

एक दूत : महाराज! माँ की हालत एकदम दयनीय है। 'मेरा बेटा नवीन, मेरा बेटा नवीन' रटती रहती है, फिर बेहोश हो जाती है।

दूसरा दूत : पिताजी बस रोते रहते हैं। कहते हैं, मैं धन, धन, धन कह रहा था कि नवीन सब धन लुटा रहा है। मेरा तो असली धन ही सब छोड़कर चला गया। इस नकली धन का मैं क्या करूँ? मुझे नहीं चाहिए यह सब।

नवीन : माँ, पिताजी मैं क्या करूँ? मजबूर हूँ।

दूत : महाराज! सबसे करुणामय दृश्य तो आपकी पत्नी का है। मैं नहीं देख पाया, आँखों में आँसू भर आए। सफेद साड़ी पहनती है, विधवा का जीवन व्यतीत कर रही है। कभी हँसती है, कभी रोती है, कभी बेहोश हो जाती है। आपकी बहन और जीजाजी उन सब परिवारवालों को सँभाले हुए हैं, परंतु कब तक?

नवीन : बस, बस, बस, मैं और नहीं सुन सकता। उनको मैं दुखी नहीं कर सकता। मैं तो अभी मरा नहीं, फिर विधवा क्यों? देखो मेरे दोनों वीरो! तुम दोनों तुरंत मृत्युलोक जाओ और मेरे परिवारवालों से मिलो, उनको सांत्वना दो, उन्हें विश्वास दिलाओ कि मैं मरा नहीं, कहीं पर काम कर रहा हूँ, जल्द लौट आऊँगा। ऐसा न हो कि मेरे लौटते-लौटते वे लोग इस दुनिया को छोड़ दें, जाओ तुरंत जाओ।

दूत : जैसी आज्ञा महाराज! *(दोनों निकल जाते हैं।)*

नवीन : यम ने मुझे यहाँ जीवित लाकर अपनी शक्ति दिखलाई है। शायद उसने नारद को यह बताने की कोशिश की होगी कि वह कितना शक्तिशाली है, परंतु मैं तो यहाँ आकर फँस गया। सोचा था, यहाँ पर हलचल मचा दूँगा। उधर हालात तो मेरे परिवार के साथ हलचल

मचा रहे हैं, मुझे अब अपनी बुद्धि से काम लेना होगा। जाग रे नवीन, इधर तू हलचल मचा दे।

द्वारपाल–द्वारपाल!

(एक द्वारपाल आता है।)

द्वारपाल : आज्ञा महाराज!

नवीन : वह बूढ़ा कालिया यम किधर है, उसे बुलाकर लाओ।

द्वारपाल : जैसी आज्ञा महाराज! *(वह निकल जाता है।)*

नवीन : इस बूढ़े को तो एक सबक सिखाना होगा।

(कुछ ही क्षण पश्चात् द्वारपाल के पीछे–पीछे यमराज आता है।)

यमराज : आज्ञा महाराज!

नवीन : यम! तुम क्या सोचकर मुझे यहाँ पर जीवित लाए थे? सिर्फ नारद को बताने के लिए कि तुम कितने शक्तिशाली हो?

यमराज : आप ऐसा क्यों कह रहे हैं महाराज?

नवीन : तो फिर क्यों लाए थे? खिलौना समझकर खेलने के लिए, जिसे तुमने खिलौना बनाना चाहा, अब तुम खुद उसके हाथों में खिलौना बन गए। जो कुछ तुमने किया, इसका दंड तुम्हें मिलेगा। मुझे इधर लाकर मेरे परिवार को उधर मार रहे हो। अब इधर तुम भी मरोगे, अवकाश ले चुके हो, फिर भी इधर ही यमलोक ही में हो। तुमको तो कब का यमलोक छोड़कर चले जाना चाहिए था, नहीं जाना चाहते हो?

दूतो, यम को उधर बाँध दो।

(सब आश्चर्यचकित एक–दूसरे को देखते हैं।)

नवीन : आज्ञा का पालन करो।

दूत : जी महाराज!

(दूत यम के पास जाते हैं।)

यमराज : मेरे वीरो तुम लोग डरो नहीं, आज्ञा का पालन करो।

(दूत यम को ले जाकर बाँध देते हैं।)

नवीन : ठीक है, अब आएगा मजा, यम कालिया!

(नवीन भीतर जाता है। कोड़े और एक बोतल शराब लेकर आता है।)

थोड़ी सी शराब पीता है और कोड़े से यम को पीटना आरंभ करता है।

नवीन : हा–हा–हा! देखा यम, कितना दर्द होता है, जब शरीर पर मार पड़ती

है, वह दर्द, वह तड़प··· उस दिन तो मुझे पीटकर बड़ा आनंद ले रहा था। देखो यम! अभी तुमने मृत्युलोक के मानव को जाना नहीं है, अभी तो मैं अकेला हूँ, तुम सबको तरह-तरह से मैं नचाऊँगा। अभी बहुत नाच नाचना होगा। मेरे परिवार को दुखी करनेवाले को, उसका जीवन मैं इतना रंज से भर दूँगा, इतना दुःख दूँगा कि शायद तुम्हारे भगवान् को भी तुमको देखकर तरस आ जाए। हम मृत्युलोक के प्राणी बहुत ही दयालु होते हैं। तरस खानेवाले होते हैं, परंतु एक बार जब क्रोधित हो जाते हैं, तो बस अंत समझो।

(नवीन जाकर आसन पर बैठ जाता है। कुछ समय तक सुस्ताता है। उधर यम को होश आता है और कराहता है।)

नवीन : क्यों यम दर्द तो हो रहा है? अभी फिर से शुरू करूँगा। अभी सुनो और देखो मैं क्या करता हूँ! मैंने कहा न, हलचल मचाऊँगा।

यमराज : अरे मृत्युलोक के मूर्ख, ईश्वर से तो डरो।

नवीन : ईश्वर! कहाँ है ईश्वर? अभी ईश्वर आएगा और तुम्हें बचाएगा। मृत्युलोक में हम सब एक सूत्र में बँधकर एकतापूर्वक, प्रेमपूर्वक अच्छे परिवार, पड़ोसी बनकर रहते हैं। यहाँ पर ऐसा क्यों नहीं? जो लोग स्वर्ग में हैं, स्वर्ग ही का आनंद ले रहे हैं और जो नर्क में वास करते हैं, वे सदा के लिए नर्क ही में रहते हैं। मृत्युलोक के समान बनाओ इसे, कोई अंतर नहीं होना चाहिए स्वर्ग और नर्क में। दूतो जाओ, सभी का एक समान आदर-सम्मान करो। स्वर्ग का दरवाजा सभी के लिए खोल दो, देर मत करो, जल्दी करो, आज्ञा का पालन करो।

यमराज : ऐसा न करो महाराज, यह अन्याय है।

नवीन : न्याय और अन्याय की बात करते हो यम? क्या मेरे साथ न्याय हुआ था या न्याय होगा?

(जाकर यम की फिर पिटाई करता है।)

(इतने में बिजली चमकने लग जाती है, बादल गरजता है। एक हलचल सी मच जाती है। सभी दूत इधर-उधर भागते हैं। नवीन भी एक प्रकार से डर ही जाता है।)

दृश्य सात : देवलोक में

पात्र

विष्णु

महालक्ष्मी

नारद

[विष्णुजी क्रोधित अवस्था में हैं, लक्ष्मी भी कुछ चंचल हैं। नारदजी दर्शन देते हैं।]

नारद : नारायण-नारायण! भगवन् प्रणाम, माते प्रणाम!

विष्णु : मुनिवर नारद! यमलोक में यह सब क्या हो रहा है?

नारद : आप तो अंतरयामी हैं भगवन्! आपसे क्या छिपा है?

विष्णु : फिर भी उस मृत्युलोक के प्राणी में इतना साहस कि उसने यमलोक में आकर हाहाकार मचा रखा है!

लक्ष्मी : उस दुष्ट को बहुत कड़ा दंड देना चाहिए?

नारद : नहीं माते नहीं! उस प्राणी का कोई भी दोष नहीं। उसने तो अपनी बुद्धि का प्रयोग किया और यमराजजी उसके जाल में फँस गए।

विष्णु : नारदजी! मैं कुछ समझा नहीं। आखिर, क्या है यह सब?

लक्ष्मी : हमें जल्दी ही यमलोक को प्रस्थान करना चाहिए।

नारद : नारायण-नारायण। आइए मैं समझाता हूँ। मैंने बस थोड़ा सा यमराजजी से मृत्युलोक के मानवों की प्रशंसा कर दी, उन मानवों का गुण-गान कर दिया। बस महाराज यम नाराज हो गए और शायद मुझे चिढ़ाने के लिए वे एक जीवित मानव को यमलोक में ले आए। नतीजा बस आपके सामने है। यमलोक में आकर अब वह मानव हलचल मचा रहा है, वैसे ही जैसे हनुमान ने लंका में हलचल मचाई थी।

लक्ष्मी : मुझे अब अपनी पुरानी यादें न दिलाओ नारद! कितना दुःखमय समय और दृश्य था।

विष्णु : अब मेरी समझ में सब बातें आ रही हैं, हमें देर नहीं करनी है नारद। हमें तुरंत यमलोक चलना होगा, कहीं वह मानव और ज्यादा गड़बड़ न करे।

नारद : नारायण-नारायण! जी भगवन्! शीघ्र ही चलना चाहिए।

दृश्य आठ : जगह यमलोक

पात्र

विष्णु
नारद
यमराज
नवीन
दूत-द्वारपाल

[नशे की हालत में एकदम चूर नवीन आसन पर सोया हुआ है। द्वारपाल चक्कर लगा रहे हैं, यमराज बँधा हुआ है।]

नारद : नारायण-नारायण!
(सभी दूत, द्वारपाल प्रणाम करते हैं।)

विष्णु : पर इसे क्या हुआ? एकदम चिंता रहित घोड़े बेचकर सोया हुआ है!

नारद : भगवान् सोया नहीं, अपने राजा बनने की खुशी में वह आनंद मना रहा है। अभी वह नशे में एकदम मस्त है।

विष्णु : इसे जगाओ, अभी मैं इसका काम तमाम करता हूँ।
(वे खुद जाकर यमराज को खोलते हैं और उसे सहारा देकर बिठाते हैं।)

नारद : ऐसी गलती न कीजिए भगवन्, इसका कसूर क्या है? बेचारा अपना जीवन जी रहा है। मृत्युलोक से वह अपने आप तो आया नहीं, लाया गया, फिर दोष कैसा?

विष्णु : फिर भी इसने छल किया।

नारद : छल कैसा भगवन्, इसने छल नहीं किया। अपने दिमाग को दौड़ाया, बुद्धि से काम लिया।

विष्णु : इसे जगाइए मुनिवर!

नारद : जैसी आज्ञा भगवन्। हे भगत उठो। अब तुम्हारा काम पूरा हुआ।
(वह उठता है, सबको सामने देखकर कुछ आश्चर्य में पड़ जाता है। वह विष्णु के पास जाकर पूछता है।)

नवीन : अरे भई, तुम कौन हो? यहाँ क्यों आए? कैसे आए? *(नारद के पास भी जाकर)* और तुम कौन हो भाई? मैंने दूतों से तो किसी को

भी यहाँ लाने के लिए नहीं कहा था।

विष्णु : अभी मैं बताता हूँ कि मैं कौन हूँ?

नारद : नारायण-नारायण! भक्त मैं नारद हूँ और भगवान् विष्णु तुम्हारे समक्ष खड़े हैं।

नवीन : 'नारायण-नारायण', यह उच्चारण मैंने सुना है पहले भी। शायद सपने में। हाँ-हाँ, आप ही तो थे।

नारद : तुम्हारा दिमाग एकदम तेज है, सब याद रखते हो।

नवीन : और ये भगवान् विष्णु हैं? तो तुम भगवान् विष्णु हो? चलो मेरा जीवन तो सफल और सार्थक हो गया।

(वह झट भगवान् विष्णु के चरणों में गिर जाता है।)

विष्णु : फिर भी जो कुछ तूने किया, इसका दंड मिलेगा।

नवीन : मैंने क्या किया भगवन् जी?

यमराज : प्रभु नहीं, नहीं, इस मृत्युलोक के मानव को आप क्षमा कर दें। मैंने मुनिवर नारद की बात न मानी। अहंकार, घमंड में आकर इस मानव को जीवित पकड़ ले आया। मैं भूल गया था कि इसके परिवार की क्या हालत होगी। अब तो मैं मानता हूँ कि मृत्युलोक के मानव बड़े ही शक्तिशाली, एकदम तेज, गुणवान्, विद्वान्, ज्ञानी, मनोवैज्ञानिक प्राणी हैं। इस बेचारे आदमी का कोई भी दोष नहीं है।

विष्णु : फिर भी, इसने छल किया। नर्कलोक, स्वर्गलोक, यमलोक, मृत्युलोक, सभी लोकों में हलचल मचा दी। इन्हें अपवित्र किया। मांस-मछली लाकर खाया-पिया, नाच किया, मदिरा पान किया। यमराज तक को नहीं छोड़ा। कोड़े से वार किया। इसका दंड यही होगा कि यह सात जन्मों तक कुत्ता बनेगा।

नारद : नारायण-नारायण, परंतु भगवन्…!

विष्णु : जो कह दिया, सो कह दिया। वही होगा।

नारद : परंतु कहीं आप भी धर्मराज की तरह भूल तो नहीं कर रहे हैं?

विष्णु : मुनिवर! मैं कुछ समझा नहीं।

नारद : नारायण-नारायण! समझ जाएँगे भगवन्, समझ जाएँगे।

(नवीन जल्दी से जाकर विष्णु के चरणों में गिर जाता है और पैर पकड़कर रोने लगता है और कहता है।)

नवीन : भगवान् विष्णुजी मुझे क्षमा करें। मैं सात बार कुत्ता बनना पसंद नहीं

करता हूँ। कुत्ता बनना मुझे स्वीकार है, परंतु सात बार नहीं, दुगुना, यानी कि चौदह बार कुत्ता बनना चाहता हूँ।

विष्णु : अजीब है, सात बार नहीं, चौदह बार! पर क्यों?

नवीन : भगवानजी, मेरी एक पत्नी है, एक बूढ़ा बाप तथा बूढ़ी माँ है, एक बहन और बहनोई तथा उनके दो बच्चे हैं। कुल सात लोग हैं। इधर मैंने यमराज के साथ अन्याय किया, यमलोक को अपवित्र किया तो सात बार कुत्ता बनूँगा। उधर मेरे परिवारवालों के प्रति भी मैंने अन्याय किया, उन लोगों को दु:खी किया, इसका भी दंड मिलना चाहिए, यानी सात इधर और मेरे परिवार के सात लोग, कुल चौदह।

नारद : नारायण-नारायण!

विष्णु : मैं कुछ समझ नहीं रहा हूँ, यह एक अजीब मानव है।

नवीन : आप सब समझ गए हैं भगवानजी! भगवान् मैं एक बार मृत्युलोक जाना चाहता हूँ। अंतिम बार। मैं अपने परिवारवालों से मिलकर उन लोगों से क्षमा माँगना चाहूँगा। उधर से लौटकर मैं चौदह जन्मों तक कुत्ता बनूँगा।

विष्णु : एकदम उचित है। इस मानव को मृत्युलोक जाने की आज्ञा है, परंतु परिवारवालों से मिलने के पश्चात् यमलोक में पुनः लाया जाए।

नवीन : परंतु भगवानजी क्या आपको विश्वास है कि मैं मृत्युलोक पहुँचकर पुनः इधर लौटूँगा?

विष्णु : क्या कहा, तो तुम नहीं लौटोगे, फिर छल करने का इरादा है।

नारद : नारायण-नारायण! प्रभु!

विष्णु : मैं इस मानव को समझ नहीं पा रहा हूँ।

नवीन : मैं उधर मृत्युलोक पहुँचकर उन दूतों को उधर ही रोक लूँगा। वे मुझे छोड़ने तो जाएँगे, परंतु लौटेंगे नहीं और वे खुद इधर यमलोक में घटित घटनाओं की कथा सुनाएँगे।

विष्णु : नारायण-नारायण! परंतु भगत तुम्हारी इन बातों पर कितने लोग विश्वास करेंगे?

नवीन : क्यों विश्वास नहीं करेंगे? ये दूत गवाह रहेंगे और फिर उधर सभी जानते हैं कि मैं कितना कामचोर आदमी हूँ, आलसी, शराबी, निखट्टू। कुछ ही दिनों में मैं इतना कैसे बदल गया?

विष्णु : कितने लोग दूतों की बातें पर विश्वास करेंगे?

नवीन : भगवान्जी! तुम भी यमराज की तरह पुराने हो गए हो। समय के साथ चलना सीखो यार, यमराज तो पुराने खयाल के हैं ही, तुम भी बराबर हो। कुछ युग गुजरे इसी मृत्युलोक की एक महिला सावित्री ने यम को परास्त कर दिया था, फिर भी वह नहीं चेता और यमराज को हार स्वीकार हो गई थी। एक बार फिर यमलोक में आकर उसके अपने ही क्षेत्र में मैंने उसे परास्त किया, फिर भी तुम लोग चेतते ही नहीं। मैंने कहा कई बार, बूढ़ा हो चला है, उसे अब अवकाश चाहिए। किसी योग्य आदमी को लाना चाहिए, जो हर प्रकार से ज्ञानी हो।

विष्णु : जैसे...

नवीन : जैसे का प्रमाण तो तुम्हारे पास है भगवानजी!

विष्णु : नीच, पापी!

नवीन : मैं नीच और पापी! भगवानजी के मुख से ऐसे शब्द शोभा नहीं देते। ये सब कथा मैं जाकर मृत्युलोक में सुनाऊँगा और सभी दृश्य दिखाऊँगा भी। मृत्युलोक में भक्तगण बड़े-बड़े मंदिर बनाते हैं, अपने-अपने देवताओं के निवास हेतु लाखों रुपए खर्च करते हैं पूजा-पाठ में, इस आशा से कि भगवानजी दर्शन देंगे कभी। मानव का कल्याण होगा। क्या खाक कल्याण होगा? मैंने तो खुद यथार्थ अपनी आँखों से भगवानजी विष्णु, मुनिवर नारद, धर्मराज के दर्शन किए, तो मुझे इसका इनाम मिला कि चौदह जन्मों तक कुत्ता बनूँगा और जो कभी भगवान् के दर्शन ही नहीं करते, कितने जन्मों तक उन्हें कुत्ता बनना पड़ता है?

नारद : नारायण, नारायण! नवीन की बातों में दम है प्रभु!

यमराज : परंतु प्रभु! मैं अभी तक सोच में हूँ कि यह तो एक शराबी ठहरा। मृत्युलोक में इसकी बातों पर विश्वास कौन करेगा?

नारद : धर्मराज! उस दिन भी आप मुझे समझ नहीं पाए थे और आज भी वह भूल दोहरा रहे हैं। यह मानव बहुत चालाक और बुद्धिमान् है, जो आप लोग नहीं देख पा रहे हैं, मैं देख चुका। जो कुछ यहाँ पर गुजर रहा है, जो भी बातें हम कर रहे हैं, हर एक दृश्य नवीन सब उतार रहा है। मृत्युलोक में जाकर सबको बराबर बताएगा और सुनाएगा।

यमराज : मेरी समझ में कुछ भी नहीं आ रहा है कि मुनिवर, आप क्या कहना चाह रहे हैं?

नारद : नवीन की जेब में उसकी टी-शर्ट में दो यंत्र हैं, जो सबकुछ तसवीर के रूप में खींच रहा है और हमारी बोली भी बराबर बटोर रहा है। हम एक बार फिर फँस गए हैं। मैंने कहा था कि मृत्युलोक के मानव बहुत आगे हैं, विज्ञान के क्षेत्र में। वे कुछ भी कर सकते हैं।

नवीन : जिओ, जिओ नारद! अब देखो क्या है मेरे पास? सुनना चाहते हो, देखना चाहते हो? *(जेब से तथा टी शर्ट से वह यंत्र निकालता है।)* यमलोक वहीं का वहीं रह गया। मृत्युलोक आगे निकल गया यार।

यमराज : मैं सोचता हूँ प्रभु, बड़ी ही इज्जत, प्रेम और श्रद्धा के साथ इस मानव को अपने मृत्युलोक भेज दिया जाए। यह तो उसका सौभाग्य है कि हमसे उसके दर्शन हो गए। प्रभु के दर्शन के पश्चात् तो मानव को स्वर्ग ही की प्राप्ति होती है। हम तो उस मानव को स्वर्ग न भेजकर अपने लोक मृत्युलोक ही भेज रहे हैं। यह तो उसका बड़प्पन है और विशेष बात यह है कि मुझे भी एक सीख प्राप्त हुई कि कभी भूलकर अभिमानी न बनें।

नारद : प्रभु! धर्मराज की बातें सही हैं। मेरी और धर्मराज की आपस की झूठी लड़ाई के कारण भला मृत्युलोक का यह मानव क्यों भुगते? प्रेम और श्रद्धा के साथ इसे मृत्युलोक अपने परिवार के पास भेज दें और इस मानव को ऐसा लगे कि वह एक घोर सपने में लीन है। नारायण, नारायण!

विष्णु : धर्मराज, मुनिवर नारद! आप दोनों को मैंने ध्यान से सुना। एकदम सत्य छिपा है आप दोनों की बातों में। मेरा भी निष्कर्ष वही है, जो आप दोनों चाहते हैं। तथास्तु!

□

पराए हुए अपने

पात्र

बलराज : 70 से ऊपर एक वृद्ध
राजदेव : बलराज के बचपन का मित्र
स्वयम् : बलराज का दामाद
संध्या : बलराज की बेटी, स्वयम् की पत्नी
गुलशन : बलराज का बेटा
पीयूष : बलराज का नाती, गुलशन का बेटा
वसुंधरा : बलराज की बहू, गुलशन की पत्नी

रंगमंच : एक छोटा सा घर, एक ही कमरा, एक कोने में एक छोटी मेज, मेज पर एक-दो थालियाँ, एक छोटी कड़ाही, एक देगची, एक-दो गिलास, बरतन, चम्मच, कुछ दूरी पर एक पलंग, बगल में एक-दो छोटी कुरसियाँ, कोने में एक छोटी अलमारी, ऊपर एक घड़ी, पलंग के नीचे एक-दो बस्ते और एक संदूक।

(परदा उठता है)

[एक बूढ़ा आदमी, उतना कमजोर नहीं, काफी लंबा, हट्टा-कट्टा पलंग पर लेटा है। कुछ समय पश्चात् उठकर बैठ जाता है। इधर-उधर देखता है, फिर घड़ी देखता है, फिर उठकर दरवाजे तक जाता है, बाहर देखता है, कुछ साँस लेकर फिर पलंग पर आकर बैठ जाता है। फिर अपने आप से कहता है…]

बलराज : शाम हो चली, साढ़े पाँच भी बज गए। अभी थोड़ी देर में रात हो

जाएगी। आखिर वह राजदेव है कहाँ? रोज तो वह इस समय आ जाता है, आखिर आज वह कहाँ रह गया? हे भगवान् उसकी रक्षा करना। *(वह उठकर चक्कर लगाता है, तभी बाहर से आवाज आती है— बलराज-बलराज भैया!)*

बलराज : क्या बलराज-बलराज चिल्ला रहा है, खुला है, आ जा।
(वह आदमी प्रवेश करता है। बलराज के समान वह भी काफी लंबा, हट्टा-कट्टा, उम्र लगभग बराबर।)

राजदेव : तू नाराज क्यों हो रहा है? कुछ देर हो गई, काम तो तेरा ही करने गया था, किंतु कुछ देर हो गई।

बलराज : तू कब समय पर कोई काम पूरा करता है? देखते-देखते बहत्तर साल हो गए, अब तक समय पर तूने कोई काम पूरा किया है?
(राजदेव के हाथ में एक छोटा बस्ता है, वह मेज पर रखता है और आकर पलंग पर बैठ जाता है।)

राजदेव : काम तो तेरा ही करने गया था।

बलराज : मेरा काम, कौन सा काम?

राजदेव : तू जल्दी भूल जाता है, भुलक्कड़ बूढ़ा! भूल गया तूने मुझसे क्या कहा था और कहाँ जाने को कहा था?

बलराज : कहाँ जाने को कहा था? मैं तो भूल भी गया।

राजदेव : कुछ दिन पहले तूने मुझसे कहा था, महादेव सोनार के यहाँ जाने को, याद है या फिर भूल गया?

बलराज : हाँ-हाँ, चलो अब याद आई, चलो ठीक है, काम बना?

राजदेव : काम तो बन गया, लेकिन तू तो महादेव सोनार को जानता ही है, एक तो कंजूस, उस पर उसने मुझे घंटों तक इंतजार करवाया। जब बात करने का समय आया तो उसने साफ इनकार कर दिया। जब तेरा नाम लिया तो कहा कि वह तो मेरा बड़ा भाई है, कैसे इनकार कर सकता हूँ!

बलराज : चलो काम तो बन गया न?

राजदेव : काम तो बना, लेकिन जो दाम देना चाहिए था, नहीं दिया। सिर्फ पचास हजार ही दिया।

बलराज : अरे भई चलो पचास हजार तो दिया, जरूरत पड़ने पर गधे को बाप

तो कहना ही पड़ता है।

(राजदेव जेब से पैसा निकालता है।)

राजदेव : तेरी अमानत है भाई, इसे सँभाल ले।

बलराज : अरे पागल, इतने पैसे मैं इस छोटी सी कुटिया में रखूँगा? तेरा दिमाग ठीक भी है? अपने ही साथ रख। मैं बताता हूँ कि तुझे क्या करना चाहिए।

राजदेव : पैसा, मेरे पास रहे या फिर तेरे पास, अंतर क्या है, लेकिन मैं एक बात से डरता हूँ कि एक दिन तेरा बेटा गुलशन यह न कहे कि मैं तुझे ठगकर तेरे पैसे हड़प रहा हूँ।

बलराज : अब हम दोनों में बेटे की बात कहाँ से आ गई? बाल्यावस्था से अब तक तीसरी पीढ़ी तक आ गए। कभी भी हम दोनों के कार्यक्रम पर आज तक किसी ने आवाज उठाई है। आज भाभी भी नहीं रहीं, न ही मेरी पत्नी। उनके जीवनकाल में जब उन दोनों ने हमें नहीं टोका, फिर किसमें इतनी शक्ति कि हमें टोके?

राजदेव : तू एकदम सही कह रहा है, परंतु अब हमारा जीवन हमारा नहीं रहा। अब इस जीवन का क्या भरोसा, बूढ़ी मशीन है, कब जवाब दे दे, किसे पता?

बलराज : देख राजदेव, इतने पैसे इस कुटिया में रहें, ठीक नहीं। अपने पास रख, अपनी बहू को दे देना, वह बैंक में काम करती है, वह जानती है, इनका क्या करना चाहिए। पूछ लेना, वह बताएगी। वह इन्हें पीयूष के नाम जमा कर देगी।

राजदेव : अरे हाँ, बात-बात में मैं भूल ही गया, बहू ने तेरे लिए रात को खाने के लिए कुछ भेजा है, बस्ता मेज पर है। *(वह बस्ता लेकर बलराज को देता है।)*

बलराज : एक लड़की वह भी है, गुणवती, मेधावी, शिष्ट, आदरणीय, पढ़ी-लिखी, ऊँचे स्तर पर काम करनेवाली, पर बिल्कुल घमंडी नहीं।

राजदेव : कुछ भी बोल राज, मेरी भी दो बेटियाँ हैं, परंतु मेरी बहू जैसे दोनों में वह गुण नहीं, मेरी बहू एक अलग लड़की है।

बलराज : और मेरी भी एक बहू है, नीच, अवगुणों से परिपूर्ण, लालची, घमंडी; पढ़ी-लिखी तो है, परंतु नीच, नासमझ, न बड़े-छोटे का आदर-

सम्मान, मुँह लग्गी, कामचोरनी।

राजदेव : क्या करें बलराज, किसको दोष दें, जब अपना ही सिक्का खोटा, तो दूसरों को दोष क्यों दें?

बलराज : एकदम सही, एकदम सही कहा तूने राजदेव, दोष तो मेरे बेटे में है। बेटे ने उसे सिर पर चढ़ा रखा है। बस अब सभी भुगत रहे हैं। मैं तो किसी तरह उस जेल से निकल गया। अब ईश्वर ही जाने गुलशन की क्या गति होगी! ईश्वर उसकी तथा बच्चों की रक्षा करें।

राजदेव : इस विषय पर मैं सोचता हूँ, मैं चुप रहूँ तो ज्यादा अच्छा है।

बलराज : राजदेव, अब कुछ अँधेरा छाने लगा है, मेरे भाई, घर जाते-जाते रात हो जाएगी और फिर साइकिल पर तू आया है, जल्दी निकल।

राजदेव : कम-से-कम मेरी जवानी की एक निशानी तो बची, जो अब तक साथ दे रही है, बाकी...

बलराज : और मैं?

राजदेव : तू तो जवानी की निशानी नहीं यार। जब से होश सँभाला है, अब तक साथ ही तो चले रहे हैं, पता नहीं मंजिल और कहाँ तक है, कितनी लंबी है? जाने कौन किसको पहले धोखा देता है! अच्छा देख, बस्ते में बहू ने कुछ भेजा है, जरूर कुछ खा लेना, चलता हूँ।

(वह निकल जाता है।)

(बलराज काफी समय तक अपने दोस्त को जाते देखता है, फिर लौटकर चिराग जलाता है और फिर एक अगरबत्ती लेकर चारों तरफ आरती करता है और फिर आकर अगरबत्ती रखकर पलंग पर बैठ जाता है, काफी समय तक चुप रहता है।)

बलराज : हे ईश्वर! चलो एक और दिन तो पूरा हुआ। किसी तरह से गुजर ही गया, राजदेव आया, कुछ बातें हुईं, मन खुश हो गया है। भगवान्! रात भी अच्छी तरह गुजर जाए, बस यही कामना है। सभी सुख-शांति से रहें, अच्छे विचार मिलें, बस यही मेरी प्रार्थना है।

(वह मेज के पास जाता है और बस्ता लेकर खोलता है।)

अरे! यह राजदेव की बहू भी क्या बहू मिली है; ससुर की सेवा तो करती ही है, मुझे भी वह नहीं भूलती। रोज ही शाम को कुछ-न-कुछ भेज देती है। अरे यह क्या, पूरियाँ-आलू की सब्जी और दाल

भी है, वाह! मिरची का अचार भी, आज मजा आ जाएगा।

(एक टुकड़ा पूरी लेकर मुँह में डालने का प्रयत्न करता है कि एक गहरी सोच में पड़ जाता है, दूर, एकदम दूर वह खो जाता है उसे बहू की वह आवाज सुनाई देती है, जब बहू और बेटे के साथ वह रहता था।)

(आवाज सुनाई देती है) मोटे भैंसे की तरह मोटा साँड, सुबह से शाम तक घर में बैठे रहना, निखट्टू कहीं का। अभी सात बजे नहीं कि 'बहू भोजन तैयार है, बहू चाय तैयार है?' जैसे मैं उसकी नौकरानी हूँ, जब देखो, खाता ही रहता है, जैसे उसके बाप ने कमाकर रखा है। जाने कब मरेगा, कम-से-कम कुछ शांति तो नसीब होगी। इस उम्र में तो लोग कमा-कमाकर घर लाते हैं, ताकि बच्चे आगे बढ़ें। यह तो साँप बनकर हमें डसने के लिए तैयार है। इतना कुछ कहती हूँ, फिर भी पता नहीं शरीर में कोई लाज-शर्म है भी या नहीं? मैं तो जाकर डूब मरती। *(आवाज बंद हो जाती है।)*

(बलराज अचानक चौंक जाता है, रोटी का टुकड़ा हाथ ही में रह जाता है। वह रोने लगता है। अँधेरा हो जाता है।)

दृश्य दूसरा : जगह वही है

[सुबह का समय है। बलराज चश्मा पहने कुछ पढ़ रहा है और रह-रहकर गिलास उठाकर वह एकदम पढ़ने में ध्यानमग्न है। अचानक बाहर से दरवाजा खटखटाने की आवाज आती है।]

बलराज : अरे भैया, दरवाजा खुला है, भीतर आ जाओ।

(एक चौदह-पंद्रह वर्षीय लड़का प्रवेश करता है। बलराज एकदम लीन है पढ़ने में उसे बिना देखे ही कहता है) अरे राजदेव, आज सुबह-सुबह इधर आ गया, तू खेत नहीं गया?

आवाज : दादाजी।

(बलराज चौंक जाता है, तुरंत उठकर खड़ा हो जाता है और तेजी से लड़के की ओर बढ़ता है। लड़के को पकड़कर सीने से लगा लेता है।) पीयूष मेरे लाल, मेरे कलेजे के टुकड़े, कैसा है तू मेरा बच्चा? *(लड़का दादा के चरण-स्पर्श करता है।)* मेरी अब तक बची आयु

तुझे ही लग जाए, तुम्हारा सदा कल्याण हो, खुश रहो *(पीयूष रोने लगता है।)*

पीयूष : सात महीने गुजर गए, जब अंतिम बार आपको देखा था।

बलराज : कैसा है तू मेरे लाल? घर में सभी लोग कैसे हैं? तेरे माँ-बाप और मेरी प्यारी गुड़िया उर्वशी कैसी है?

पीयूष : आपको सभी की चिंता है, जबकि उधर आपकी चिंता तो दूर, आपकी बात तक नहीं होती। इतने दिन हो गए, क्या किसी ने यह पता लगाने का प्रयत्न किया कि आप कहाँ हैं, किधर हैं? जी रहे हैं या फिर…

बलराज : अरे मेरे कलेजे के टुकड़े! तू खड़ा क्यों है? बैठ-बैठ दादा के पास बैठ। न-न इस कुरसी पर नहीं, पर यहाँ सोफे नहीं हैं बेटे, पलंग पर बैठ। *(पीयूष दादा के पास ही बैठ जाता है।)*

पीयूष : दादाजी, तो आप यहाँ पर रह रहे हैं, हमारे यहाँ से, हमसे इतनी दूरी पर!

बलराज : हाँ बेटे, ताकि मेरी गंध भी तेरी माँ की नाक तक न जाए। अब तो शायद वह एकदम ही खुश रहती होगी?

पीयूष : खुश नहीं दादाजी, अब तो माँ सातवें आसमान में उड़ रही है। पिताजी तो पहले ही गुलाम थे, अब तो उनकी बिल्कुल नहीं चलती। नई गाड़ी भी आ गई है।

बलराज : मालूम है। राजदेव दादा ने बताया था।

पीयूष : राजदेव दादा, वे कोई साधारण इनसान नहीं हैं। मैं जानता हूँ, आपसे हमेशा मिलने आते हैं, उन्होंने आपका साथ आज भी नहीं छोड़ा।

बलराज : अब क्या छोड़ेगा, बचपन से लेकर आज भी मेरा साथ दे रहा है। सिर्फ राजदेव क्या, उसका पूरा परिवार मेरे साथ है। सब मेरा खयाल रख रहे हैं। भगवान् ने मुझे न कोई भाई, न बहन ही दी। मेरे परिवार में मैं इकलौता था, परंतु मुझे कभी अनुभव नहीं हुआ कि मैं अकेला हूँ। मेरे अपनों ने मुझे त्याग दिया, छोड़ दिया, पर वह आज भी लक्ष्मण बनकर राम की सेवा में लगा है। ईश्वर उसकी रक्षा करें।

पीयूष : वे एक सज्जन आदमी हैं, दादाजी।

बलराज : अरे पीयूष, मैं तो पूछना ही भूल गया, आज तू कॉलेज नहीं गया?

पीयूष : यह तो मेरा सौभाग्य है। आज कॉलेज में खेल-कूद का आयोजन है,

जिसमें मैं भाग नहीं ले रहा हूँ, इसीलिए कुछ देर से घर से निकला। मैं मैदान जा ही रहा था कि सौभाग्यवश राजदेव दादा से भेंट हो गई। शायद वे बैंक जा रहे थे। मैंने उनको देख लिया। काफी समय तक हमने बातें कीं। आपका पता तो वे देना नहीं चाहते थे। बस उनको विश्वास दिलाना पड़ा कि मैं किसी से नहीं कहूँगा कि आप इधर रहते हैं, तब जाकर उन्होंने आपका पता दिया।

बलराज : मैंने राजदेव से कहा था कि किसी को भी मेरा पता न दे। जब मैंने उस नर्क को छोड़ दिया, तो छोड़ दिया। मैं नहीं चाहता कि कोई आकर इधर मुझे तंग करे। मैं यहाँ एकदम खुश हूँ। वर्षों तक मैंने उनका अत्याचार सहा। जब और सहा न गया, तो मैंने निर्णय किया कि अब पानी नाक से ऊपर आ गया है, कुछ तो करना चाहिए, इसलिए अच्छा ही निर्णय किया।

पीयूष : जानता हूँ दादा, सब जानता हूँ। पंद्रह साल का मैं हो गया, अब भी माँ के ताने आपके प्रति मुझे याद हैं। किस तरह आप सहन करते थे, यह भी मैं जानता हूँ।

बलराज : मेरी सहनशक्ति समाप्त हो चुकी थी बचुआ। मैं चुपचाप सहन कर रहा था तेरे लिए; तेरी छोटी बहन के लिए और फिर उस जोरू के गुलाम के लिए, आखिर मेरा ही तो बेटा है। तुम दोनों को कैसे मैं छोड़ सकता था? पर छोड़ना पड़ा। कलेजे पर पत्थर रखकर। मर्द होकर जब अपनी औरत को सँभाल न पाया, तो फिर ऐसे मर्द से घर क्या सँभलेगा? उसका भविष्य कैसा होगा? भगवान् जाने! आखिर तेरा तो बाप ही है, मेरा तो बेटा है। *(बलराज रोने लग जाता है।)*

पीयूष : दादाजी! मैं घर में सिर्फ तमाशा देख रहा हूँ, कभी कोई पूछे तो बात करता हूँ, अन्यथा मैं अपने कमरे में ही रहता हूँ। मैं समय का इंतजार कर रहा हूँ, समय आने पर मैं उस घर को ठीक कर दूँगा।

बलराज : नहीं बेटे, तू कुछ भी ऐसा नहीं करेगा, जिससे तेरे परिवार को दुःख पहुँचे और विशेष बात यह कि घर में किसी को भी पता न चले कि तू मुझसे मिलने आया था।

पीयूष : परिवार को दुःख पहुँचे, आप भी तो परिवार ही हैं न? किसी को कैसे पता चलेगा कि मैं आपसे मिलने आया भी था? दादाजी मुझे ऐसा लग रहा है कि आप अब भी यह अनुभव कर रहे हैं कि मैं

नौ-दस वर्ष का हूँ। मैं एस.सी. में भाग ले रहा हूँ इस साल।

बलराज : हाँ दादा, तू तो बहुत बड़ा बन गया है। अब तो तेरी बातों से मुझे भी डर लगने लगा है। बातें करते रह जाएगा या फिर कुछ खाएगा, पिएगा भी?

पीयूष : खाने की बात तो दूर है, हाँ पीने के लिए आपकी प्रिय लस्सी लाया हूँ।

बलराज : तू वाकई बड़ा हो गया है। दादा का खयाल भी रखता है।

पीयूष : दादाजी आपने बताया नहीं कि आप यहाँ पर कैसे जी रहे हैं? उधर इतना बड़ा सा घर, महल जैसा और इधर इस छोटी सी कुटिया में आपको कठिनाई तो बहुत होती होगी?

बलराज : अरे मेरे लाल, मैंने गरीबी देखी है। मेरा जन्म तब हुआ था, जब देश आजाद नहीं था। हम गुलाम बनकर जीते थे। एक ही झोंपड़ी में दस-बारह लोग रहते थे। उस समय यह घर तो महल माना जाता था। अरे मेरे कलेजे के टुकड़े! मेरे लिए यह झोंपड़ी महल से भी बढ़कर है। यहाँ पर जो शांति है, जो आराम है, चैन है, मैं एकदम स्वतंत्र हूँ और फिर बेटे इसी जगह पर मेरा जन्म हुआ था। गरीब माँ-बाप का बेटा था। हम खेती करते थे, गाय पालन करते थे, ईख काटते थे, मैं और दादा राजदेव। इस घर में मैंने तेरी दादी से शादी की, वह भी मेरी खूब मदद करती रही। इसी घर में तेरे पिताजी और फूफू का भी जन्म हुआ। धीरे-धीरे हम उन्नति करने लगे। तेरे पिताजी के विवाह से पूर्व वह बड़ा घर बनवाया, आज जहाँ तुम लोग रहते हो।

पीयूष : तो दादाजी इसका मतलब वह घर भी आप ही का बनवाया हुआ है और आप ही घर से बाहर, वाह! कैसी उलटी गंगा बह रही है?

बलराज : मेरी चिंता मत करना बच्चे, मैं यहाँ खुश हूँ, राजदेव दादा रोज ही आता है। आज जब तेरी भेंट दादा से हुई, तो वह बैंक जा रहा था मेरे ही लिए। मैं ऐसे जीवन का आदी हूँ। यहाँ मैं जी रहा हूँ, जबकि वहाँ पर मैं हर क्षण, पल-पल मर रहा था। जीना चाहता था, जी नहीं पाता था, यहाँ मैं एक आजाद पंछी हूँ।

पीयूष : दादाजी यह तो ठीक है, परंतु जिसने घोंसला बनाया, वह खुद घोंसले से बाहर है, इस पर मुझे विचार करना होगा।

बलराज : अभी तेरे पढ़ने-लिखने, खेलने-कूदने के दिन हैं, बच्चे इन सब

चीजों की तू चिंता छोड़। इन सब चीजों से तू दूर रह।

पीयूष : ठीक है दादाजी! दूर ही रहूँगा, पर ऐसे वातावरण में?

बलराज : नहीं मेरे लाल! यह भी मेरा ही है और मेरे बाद तेरा होगा। इसकी भी आयोजना हो चुकी है।

पीयूष : आप क्या कह रहे हैं, मुझे यह सब नहीं चाहिए, मुझे दादाजी चाहिए।

बलराज : क्या खाएगा, क्या पिएगा? बोल अभी बना देता हूँ।

पीयूष : दादा को देखने आया, वह भी खाली हाथ, कुछ भी नहीं लाया। दादाजी देर हो रही है, अब चलना भी चाहिए। अभी निकलूँगा, तो साढ़े बारह तक कॉलेज पहुँच जाऊँगा, चलता हूँ।

बलराज : एक मिनट, एक मिनट, जरा ठहर।

(बलराज अलमारी के पास जाता है, कुछ निकालता है और लौटकर पीयूष के पास जाता है।)

बलराज : बेटे, ये कुछ पैसे हैं। अपने पास रख, कुछ खरीद लेना।

पीयूष : पैसे लेकर मैं क्या करूँगा? पैसे की तो आपको जरूरत है।

बलराज : पैसे रखकर मैं क्या करूँगा? सब एक दिन तेरा ही तो होगा। *(पीयूष मना करता है, पर बलराम जिद करके उसकी जेब में डाल देता है।)*

बेटे किसी से भी नहीं कहना कि मैं इधर रह रहा हूँ, विशेषकर अपनी माँ को, फूफू को भी नहीं।

पीयूष : पर फूफू तथा फूफा तो इन दिनों विदेश में काम कर रहे हैं, अभी कहाँ लौटेंगे और फिर फूफू तो आपकी जान हैं, लाडली हैं।

बलराज : इसी कारण से, क्योंकि वह यह सुनकर मर जाएगी। *(पीयूष दादा का चरण-स्पर्श करता है।)* बलराज पीयूष को सीने से लगा लेता है और कहता है—जिओ मेरे बच्चे! जिओ और प्रगति करो। *(दरवाजे तक छोड़कर लौट जाता है। पीयूष चला जाता है। फिर स्वयं से कहता है)*

अरे गुलशन नालायक, तू तो एकदम नालायक निकला, पर तेरा बेटा, वह भी इस छोटी सी आयु में है, इतना लायक और शिष्ट मेधावी कैसे निकला? खैर, हे ईश्वर! इस बालक की रक्षा करना। हिरण्यकश्यप के घर प्रह्लाद का जन्म हुआ था।

(वह पलंग पर बैठ जाता है।)

दृश्य तीन : जगह वही है

[शाम का समय है। बलराज हाथ में अगरबत्ती लिये घर में आरती करते हुए घर को सुगंधित कर रहा है, तभी राजदेव आता है।]

बलराज : आ-आ राजदेव, मैं तेरा ही इंतजार कर रहा था।

राजदेव : मेरा इंतजार! क्यों? क्या हुआ?

बलराज : तू तो जानता ही है, एक दिन भी यदि मेरी भेंट तेरे साथ नहीं हुई तो मैं आराम से सो नहीं पाता हूँ।

राजदेव : अरे हाँ, मैं भूल ही जाता। आज दिन में जब मैं बैंक जा रहा था तो रास्ते में पीयूष से भेंट हो गई, बहुत प्यारा लड़का है।

बलराज : क्या हुआ पीयूष को?

राजदेव : उसे क्या होगा? वह तेरे बारे में पूछ रहा था, बड़ा जिद्दी है।

बलराज : कहीं तूने बताया तो नहीं कि मैं इधर रह रहा हूँ।

राजदेव : पागल कुत्ते ने काटा है मुझे कि मैं उसे बता दूँ!

बलराज : अच्छा किया कि तूने उसे नहीं बताया, पर पता नहीं, उसे कैसे मालूम हो गया कि मैं इधर रहता हूँ, शायद किसी ने बताया होगा। आखिर खोजते, पूछते वह इधर मुझे देखने हेतु आ गया, काफी समय उसने मेरे साथ गुजारा।

राजदेव : तो वह यहाँ आया था? आखिर घर का पता उसे लग ही गया, मैंने तो उसे नहीं बताया था।

बलराज : फिर भी वह यहाँ पर आ ही गया। शायद उसके दूसरे दादा ने उसे इधर का पता दिया होगा।

राजदेव : कम-से-कम तुझे तो तसल्ली हो गई कि अपने पीयूष से भेंट हुई।

बलराज : कुछ भी बोल राजदेव! आज मैं एकदम खुश हूँ, कम-से-कम उतने महीनों के पश्चात् उससे मिला, दिल गद्गद हो गया। बड़ा मेधावी और अकलमंद लड़का है।

राजदेव : आखिर पोता किसका है?

बलराज : हाँ, राजदेव आज का दिन कैसा रहा, जो काम दिया था, तूने उसे पूरा किया या फिर कुछ दिक्कत हुई?

राजदेव : बैंक में तो बहू है ही, चलो सब काम ठीक रहा, सब पूरा हो गया।

वकील से भेंट की, वहाँ वकील से भी काम पूरा हुआ, लेकिन उसने बताया कि अदालत में समय तो लगेगा ही।

बलराज : चलो इन सब चीजों से छुटकारा तो मिला।

राजदेव : बलराज, एक बहुत ही अच्छी खबर है।

बलराज : अच्छी खबर, कैसी अच्छी खबर?

राजदेव : अच्छी खबर यह है कि बेटी और दामाद बेटा इन दिनों देश में हैं। सुनने में आया है कि वे एक महीने देश में रहेंगे, फिर चले जाएँगे। हवाई अड्डे से वे दोनों सीधे तुम्हारे घर गए। जब गुलशन ने बताया कि पिताजी अब यहाँ नहीं रहते, कहीं और रहने चले गए हैं, तो दोनों एकदम चिंतित हुए, आखिर पिताजी कहाँ रह रहे हैं? वे लोग एक क्षण भी गुलशन के यहाँ नहीं ठहरे, वहाँ से चले गए। कल रात्रि में एकदम देर से उन लोगों ने घर पर फोन किया था, तब मैंने उन लोगों से कहा कि तू अपने पुराने घर *(गाँव)* में रह रहा है। आखिर मैं संध्या बेटी से झूठ क्यों बोलूँ? वह एकदम उदास थी। संध्या बेटी बहुत रो रही थी। वे लोग कभी भी यहाँ आ सकते हैं।

बलराज : मेरी आँखें तरस रही हैं अपने बेटी-दामाद तथा नातियों को देखने के लिए। तूने मुझे एकदम ही अच्छी खबर सुनाई है।

राजदेव : ओ बलराज भैया! आज मैं एकदम थक गया हूँ। एकदम सुबह से निकला हूँ, शहर गया, उधर से सीधे तेरे पास ही आ गया। अब कुछ आराम करना चाहता हूँ, चलता हूँ; हाँ और एक बात भूल गया, शहर से तेरी मनपसंद दाल-पूरी भी लाया हूँ। जब खरीदी मैंने, एकदम गरम थीं, खा लेना।

(थैले से उसे निकालकर मेज पर रखता है।)

अच्छा चलता हूँ, सुबह भेंट होगी। *(वह निकल जाता है।)*

(बलराज काफी समय तक पलंग पर बैठा रहता है, सोचता है।)

बलराज : आखिर किस तरह से उस निर्लज्ज औरत ने संध्या तथा दामाद-बेटे का स्वागत किया होगा। उस घर में शत्रु तो मैं था, मेरी बेटी और दामाद तो नहीं। खैर, जब भेंट होगी तो पता चलेगा।

(वह उठकर मेज के पास जाता है, दाल-पूरी लेता है। अचानक उसे चक्कर सा आने लगता है, वह अब गिरेगा, तब गिरेगा। किसी तरह धीरे-धीरे वह पलंग के पास आ जाता है, कुछ देर पश्चात्।)

बलराज : ऐसा मुझे कभी नहीं हुआ, ऐसा चक्कर और दिल में दर्द का अनुभव पहले कभी नहीं हुआ, आखिर ऐसा क्यों, राजदेव से पूछूँगा।

दृश्य चार : जगह वही

[बलराज पलंग पर लेटा हुआ है। कुछ समय पश्चात् उठकर बैठ जाता है और अपने आपसे कहता है।]

बलराज : राजदेव तो शाम को ही आएगा, दिन में समय कहाँ उसे बेचारे को। इतने सारे काम, खेत जाना, मजदूरों को देखना, घर में सब देखभाल। उसके बेटे और बहू को समय कहाँ मिलता है? अब शाम को मेरे यहाँ आना, मेरी चिंता करना, भगवान् उसकी रक्षा करना।
(उसी समय कोई आवाज देता है, बलराज!)

बलराज : अरे भई दरवाजा खुला है, आ जाओ।
(उसी समय राजदेव प्रवेश करता है और उसके पीछे एक जवान आदमी तथा एक जवान औरत।)

संध्या : पिताजी!

बलराज : मेरी लाडली, मेरा कलेजा, स्वयम् बेटे आओ, आओ तुम लोग कैसे हो?
(दोनों बलराज को पकड़ लेते हैं) बलराज रोने लगता है।

बलराज : मेरा दिल गद्गद हो गया, पूरे एक वर्ष बाद मुलाकात हो रही है। कैसा है विदेश का जीवन और उधर की नौकरी? बैठो-बैठो, तुम लोग खड़े क्यों हो और मेरे दोनों फूल कहाँ हैं?

संध्या : वे दोनों दादा और दादी के साथ दुकान में रहना पसंद करते हैं। उधर ही रह गए, अभी तो हमें काफी दिन रहना है, सुबह ले आएँगे।

स्वयम् : पिताजी आप कैसे हैं? ये सब क्या हो गया? एक वर्ष अभी पूरा नहीं हुआ, हम विदेश चले गए और इतना कुछ हो गया! नहीं-नहीं, मैं आपको ऐसी हालत में नहीं छोड़ सकता, आपको कदापि यहाँ रहने नहीं दूँगा।

राजदेव : दामाद-बेटे, यह बलराज जो है न, बहुत ही ढीठ आदमी है। बड़ा जिद्दी आदमी है, किसी की बात नहीं मानता।

संध्या : पिताजी, मैं तो भाभी को जानती हूँ, कैसी औरत है, पर पिताजी! भैया कैसा आदमी है, जो आपको घर छोड़ने दिया?

बलराज : अरी संध्या बेटी, वह बेचारा क्या कहेगा? औरत का गुलाम जो ठहरा! खुद जो अपना भविष्य नहीं सोच सकता, वह दूसरों के बारे में क्या सोच सकता है?

स्वयम् : मैं गुलशन से बात करूँगा, आखिर मेरा भी तो हक बनता है कि मैं पूछूँ क्या बात है? उसका बहनोई जो ठहरा!

बलराज : समय नष्ट न करना स्वयम् बेटे। अपने आपको उसके सामने मूर्ख नहीं बनाना, नीच नहीं बनना।

स्वयम् : आखिर घर के मालिक तो आप ही हैं? सब आपने बनाया है।

राजदेव : जब मेरी बात उस पर कोई असर नहीं करती तो भला…

संध्या : मैं तो उसकी छोटी बहन हूँ, मेरा तो अधिकार है पूछने के लिए।

बलराज : अरे बेटे! तुम लोग आए हो कुछ समय के लिए। खाओ, पिओ, जिओ, घूमो, इन झँझटों से तुम लोग दूर रहो।

राजदेव : मैं सोचता हूँ, बलराज सही कह रहा है, इन सबसे तुम लोग दूर रहो।

संध्या : इस उम्र में मेरे पिताजी इस झोंपड़ी में अकेले रहें? इस समय तो उन्हें राजा बनकर जीना चाहिए था, पर भिखारी बनकर जी रहे हैं।

राजदेव : भिखारी नहीं, संध्या बेटी! आज भी बलराज राजा बनकर जी रहा है। मैं वचन देता हूँ, मैं रोज शाम को उसे देखने आता रहूँगा।

बलराज : बेटी किस बहस में हम पड़ गए, अभी तक पूछा नहीं कि तुम लोग क्या खाओगे, क्या पिओगे? अभी मैं तैयार कर देता हूँ। तुम लोग जानते भी हो कि मैं भोजन बनाने में कितना माहिर हूँ!

संध्या : चिंता करने की बात नहीं, हम खुद आपके लिए कुछ लाए हैं—गरम-गरम बिरयानी।

बलराज : अभी तो नहीं खाऊँगा, तुम लोगों के आने के पूर्व मैंने चाय पी थी और कुछ खा भी लिया। दोपहर में खा लूँगा थोड़ा सा।

स्वयम् : पिताजी मुझे आपसे कुछ जरूरी बातें करनी हैं।

बलराज : जरूर-जरूर करो बेटे। संध्या के सामने या फिर हम कहीं बाहर चलें।

स्वयम् : सबके सामने, संध्या क्यों बाहर जाए? मुझमें और संध्या में भेद

कहाँ? और फिर राजदेव चाचा और आपमें मैं कभी भी भेद नहीं करता।

बलराज : जिओ–जिओ मेरे बच्चे!

स्वयम् : मैं कुछ विचार तय करके ही यहाँ आया हूँ, यानी कि हम दोनों ने कुछ सोचा है।

बलराज : कौन सा विचार?

स्वयम् : आप यहाँ नहीं रहेंगे? आप हमारे साथ विदेश चलेंगे। हमें और एक वर्ष उधर काम करना है, फिर सदा के लिए स्वदेश लौट आएँगे।

राजदेव : यह विचार तो एकदम सही है।

बलराज : इसका मतलब राजदेव तू भी मुझसे ऊब गया?

राजदेव : यह क्या कह रहा है?

संध्या : चाचा तो एकदम सही कह रहे हैं।

बलराज : बिल्कुल गलत कह रहा है। मुझ पर विश्वास रख कि मैं यहाँ एकदम खुश हूँ, यहाँ मैं आजाद महसूस करता हूँ। हाँ, वहाँ पर मैं एक जेल में बंद था। यह घर मेरा अपना है, किसी चीज की कमी नहीं, अपने मन का मालिक हूँ, बैंक में पैसा है, सरकार की ओर से पेंशन मिलती है, मुफ्त की सवारी है और क्या चाहिए, किस चीज की कमी है?

संध्या : हमारी कमी है पिताजी! आपका चेहरा कह रहा है कि आपको हमारी कमी का अनुभव होता है।

स्वयम् : कुछ भी बहस नहीं, हमने तय कर लिया कि आप हमारे साथ आ रहे हैं।

बलराज : जब तय कर ही लिया है, तो फिर बहस क्यों कर रहे हैं? क्या तुम लोगों को लगता है कि मैं उधर जाकर खुश रहूँगा?

राजदेव : संध्या बेटी, स्वयम् बेटे! इस पर हमें सोचना चाहिए, हम वृद्ध लोग हैं। कुछ ऐसे भी वातावरण होते हैं, जो हमारे लिए लाभदायक नहीं होते हैं, इस पर भी विचार करना चाहिए।

स्वयम् : आप सही कह रहे हैं चाचाजी।

राजदेव : दिन में तुम दोनों काम पर चले जाओगे, बच्चे स्कूल चले जाएँगे। बूढ़ा घर में अकेला क्या करेगा? बीमार हो जाएगा। यहाँ तो मैं रोज शाम को गपशप करने आ जाता हूँ।

संध्या : इस पर विचार करना होगा। *(उसी समय स्वयम् का मोबाइल बजता है। जेब से मोबाइल निकालकर)*

स्वयम् : हलो! हलो! हाँ जी, बोल रहा हूँ, नमस्ते। हाँ-हाँ, एकदम सही, आज ही, ठीक है, तुरंत निकल रहा हूँ।

संध्या : क्या बात है, कोई समस्या?

स्वयम् : नहीं-नहीं, जो सामान हमने कार्गो के जरिए भेजा था, वह पहुँच चुका है। आज ही जाकर लेना होगा।

बलराज : क्या बात है बेटे, कोई घटना या समस्या?

स्वयम् : नहीं-नहीं पिताजी, हमें तुरंत निकलना होगा, शहर जाना होगा। पिताजी हमें चलना होगा, सुबह या परसों तक हम बच्चों को लेकर इधर आपके यहाँ आ जाते हैं। एक-दो दिन यहीं पर गुजारेंगे हम सब एक साथ मिलकर।

बलराज : बच्चों को लेकर इस छोटे से घर में रहोगे? क्या बच्चे ऐसी जगह पर रहना पसंद करेंगे?

संध्या : नाना के साथ वे जंगल में भी रह लेंगे।

बलराज : पर मैं नहीं चाहता कि बच्चे आकर ऐसे माहौल में रहें।

स्वयम् : जब आप ऐसे माहौल में रहे हैं, तो फिर बच्चे क्या नहीं रह सकेंगे? अभी चलते हैं, आऊँगा तो विचार करेंगे। संध्या चलो, चलिए, राजदेव चाचा।

राजदेव : नहीं, तुम लोग चलो, मैं कुछ समय पश्चात् आऊँगा।

स्वयम् : ठीक है, चलते हैं। जल्दी शहर पहुँचना है। पिताजी कल शाम को या परसों हम आते हैं, बच्चों को लेकर, चलो संध्या।
(दोनों निकल जाते हैं।)

राजदेव : कितने नेक बच्चे हैं दोनों।

बलराज : और कितना नेक है मेरा बेटा गुलशन!
अरे राजदेव अच्छा हुआ, जो तू गया नहीं उन दोनों के साथ।

राजदेव : आखिर क्यों?

बलराज : कुछ जरूरी बात करनी है।

राजदेव : अब कौन सी जरूरी बात रह गई है। जरा सुनूँ?

बलराज : कल मैं···कल जब तुम चले गए शाम को, काफी समय तक मैं बैठा रहा। कुछ समय पश्चात् कुछ खाना लेने गया कि अचानक एक

अजीब तरह का चक्कर आने लगा कि अब गिरूँ, तब गिरूँ काफी समय तक चक्कर आता रहा, पता नहीं कब नींद आ गई!

राजदेव : क्या यह पहली बार हुआ?

बलराज : हाँ, एकदम पहली बार, जाने कैसा चक्कर था?

राजदेव : चक्कर! वह भी पहली बार, ज्यादा तनाव से ऐसा होता है, पर तू, तुझे कैसा तनाव?

बलराज : तनाव, मैं बिल्कुल तनाव नहीं करता हूँ।

राजदेव : अभी घर जाऊँगा, तो डॉक्टर राधे को फोन करके पूछूँगा कि ऐसा क्यों हो रहा है!

बलराज : तू क्यों चिंता लेता है यार, कुछ चक्कर आ गया तो सिर फोड़ने लगा? दुनिया में कितने लोगों को चक्कर आता रहता है।

राजदेव : आज मैं कुछ ज्यादा थक गया हूँ, तू भी थक गया है, थोड़ा आराम कर, मैं चलता हूँ।

बलराज : हाँ-हाँ, तू जा, मैं भी थोड़ा आराम करता हूँ, कुछ थकावट का अनुभव हो रहा है, जाकर थोड़ा लेट जाता हूँ।

राजदेव : अपना खयाल रखना, मैं चलता हूँ।

(वह निकल जाता है। बलराज जाकर एक गिलास पानी लेकर पीता है कि अचानक हिचकी आने लगती है, एक बार, दो, तीन, चार कि अचानक चक्कर आने लगता है। वह स्वयं को सँभालता है, पर गिर जाता है।)

दृश्य पाँच : जगह वही है

(राजदेव का प्रवेश)

राजदेव : अरे बलराज भैया! इस वक्त तू सोया है, कल जब इधर से गया, तो देखा बहू दाल-पूरी और खीर बना रही थी, फिर से सब लेकर इधर आने की हिम्मत नहीं हुई, तो आज लेकर इधर आ गया। हाँ रात्रि में मैंने डॉक्टर राधे को फोन किया था, वह कह रहा था कि एक जनरल चैकअप अनिवार्य है, वह भी जल्दी। उसने दो प्रकार की गोलियाँ खरीदने को कहा था, सुबह और शाम को लेना जरूरी है। एक सप्ताह तक, पर चैकअप एकदम अनिवार्य है, जल्द-से-जल्द।

बलराज : मैं सोचता हूँ, डॉक्टर ठीक कह रहा था। जल्द ही राधे से जाकर मिल लेना चाहिए। कल शाम को जब तू गया, मैं एक गिलास पानी लेकर पी ही रहा था कि अजीब प्रकार की हिचकी हुई, फिर चक्कर आने लगा और मैं गिर पड़ा। मुझे खुद पता नहीं कि मैं कब उठकर पलंग पर गया। सुबह उठा तो लगा, जैसे शक्ति नहीं है, फिर से आकर पलंग पर लेट गया।

राजदेव : इसका मतलब डॉक्टर सही था, उठ, जल्दी आज ही हम डॉक्टर राधे के पास जाते हैं, जल्दी तैयार हो जा। मैं जल्दी घर जाता हूँ और बेटे से कहता हूँ, कार लेकर आए।

बलराज : नहीं-नहीं, आज नहीं। डॉक्टर से तय कर लेना, कल चलते हैं।

राजदेव : तू जिद्दी-का-जिद्दी ही रहेगा। उठ थोड़ी खीर और एक दाल-पूरी खा ले, तभी तो ये गोलियाँ खा सकेगा।

बलराज : तो तूने गोलियाँ खरीद ली हैं!

राजदेव : जब डॉक्टर राधे ने कहा, ये गोलियाँ जल्द ही लेनी चाहिए, तो मैं सीधे दवाखाना पहुँच गया, बल्कि दवाखाने में गुलशन से भी भेंट हुई, पूछ रहा था तेरे बारे में। बस मैंने कह दिया तेरे ही लिए कुछ दवाइयाँ खरीदने आया हूँ।

बलराज : उससे तूने क्यों कहा, नहीं कहना चाहिए था।

राजदेव : जान-बूझकर मैंने उससे कहा। ये गोलियाँ हैं, तुरंत दो खा लेना और कुछ खाना भी खा लेना, मुझे जल्दी जाना है। खेत जाना होगा, सुबह को आऊँगा डॉक्टर के पास जाने के लिए।

(एक गिलास पानी लेकर गोलियों के साथ बलराज को पिलाता है और कहता है।)

अभी चलता हूँ, जरूर कुछ खा लेना।

(वह निकल जाता है। बलराज काफी समय तक लेटा रहता है, फिर कुछ समय पश्चात् उठकर मेज के पास जाता है, टोकरी खोलता है, तभी आवाज आती है पिताजी, पिताजी!)

बलराज : कौन? भीतर आ जा।

(चालीस वर्ष के लगभग उम्र का एक आदमी प्रवेश करता है)

गुलशन : पिताजी क्या हुआ आपको?

बलराज : अरे तू गुलशन! रास्ता कैसे भूल गया तू?

गुलशन : राजदेव चाचा से भेंट हो गई दवाखाने में। आप ही के लिए कुछ दवाई खरीद रहे थे, तब पता चला कि आप बीमार हैं। रहा नहीं गया, देखने आ गया।

बलराज : रहा नहीं गया या फिर देखने आ गया कि और कितनी साँसें बाकी हैं?

गुलशन : आखिर मेरा दोष क्या है? क्या इस तरह कोई घर छोड़कर आता है? आप तो जानते ही हैं कि मेरे पास समय नहीं है।

बलराज : जब तेरे पास समय नहीं, तो फिर अपना समय गँवाने क्यों आ गया बेटे, मैंने तो तुझे नहीं बुलाया? जब इतने महीनों से इधर हूँ, तो तुझे समय नहीं मिला मुझे देखने के लिए, फिर आज यह मेहरबानी क्यों? अभी जी रहा हूँ, अभी मरूँगा नहीं और यदि मर भी गया, तो तुझ पर बोझ नहीं बनूँगा।

गुलशन : आखिर मेरा दोष क्या है? संध्या-स्वयम् आए थे। दोनों मुझे ही दोषी मान रहे हैं। आप मुझे ही दोषी बना रहे हैं। राजदेव चाचा, उनका सारा परिवार मुझे ही दोषी मानता है। आखिर मैं क्या करूँ?

बलराज : तुझे कुछ नहीं करना है। बस, यहाँ से निकल और अपनी नौकरी में जा।

गुलशन : देखिए पिताजी, इस समय तो मैं जल्दी में हूँ, समय नहीं मेरे पास, कुछ पैसे हैं, आप रख लीजिए। एक अच्छे डॉक्टर से इलाज जरूर करवा लीजिए।

बलराज : गुलशन बेटे, ये पैसे क्या हैं, ये हजार, दो हजार, तीन हजार, चार हजार। इस प्रकार के पैसे मैंने बहुत कमाए और बहुत हैं भी अब तक। मेरी बात मान, ये पैसे किसी बैंक में जमा कर दे। बाद में जब जरूरत पड़े, निकाल लेना सूद के साथ, काम आएँगे। मेरा संबंध तेरे साथ तभी समाप्त हो गया, जिस दिन तेरी पत्नी मेरी बेइज्जती कर रही थी और तू चुपचाप तमाशा देख रहा था। तेरी पत्नी मुझे तरह-तरह की गालियाँ दे रही थी और तू सुनकर अनसुनी कर रहा था। आज तू रिश्ता जोड़ने आया है, कौन सा रिश्ता और कैसा रिश्ता? *(गुलशन निकल जाता है, बिना कुछ कहे। बलराज जाकर लेट जाता है, कुछ समय तक फिर आँख लग जाती है। बाहर से आवाज आती है—मिस्टर बलराज, मिस्टर बलराज! बलराज एकदम निद्रा*

में है, वह चौंक जाता है। आवाज फिर आती है।)

स्त्री स्वर : मिस्टर बलराज!

(बलराज उठकर बैठ जाता है।)

बलराज : कौन है भई? दरवाजा खुला है, भीतर आ जाओ।

(पैंतीस-चालीस वर्षीय एक औरत प्रवेश करती है और कहती है।)

औरत : तो आप इस गलीज जगह में अपना अंतिग समय बिता रहे हैं?

बलराज : ओ, तो आप हैं बहू!

वसुन : प्लीज बहू नहीं, मैं आप जैसे लोगों से कोई रिश्ता रखना पसंद नहीं करती, मेरा नाम वसुंधरा है या फिर मिसेज गुलशन।

बलराज : तो हाँ, श्रीमती गुलशनजी! कैसे आना हुआ? रास्ता भटक गई या फिर और कुछ रामायण पाठ सुनाना है?

वसुन : मुझे आप जैसे निखट्टू लोगों से न कोई लगाव है, न ही कोई आदर-सम्मान। एक तो धरती पर बोझ हैं ही, परिवार पर भी बोझ है। जब कोई आवाज उठाओ तो घर छोड़कर चले जाते हैं, सिर्फ अपने बच्चों को नीचा दिखाने के लिए।

बलराज : तो फिर यहाँ पर अपनी इज्जत गँवाने क्यों आ गईं, ऐसे गलीज स्थान पर श्रीमतीजी?

वसुन : मुझे क्या किसी पागल कुत्ते ने काटा है कि मैं यहाँ आऊँ? मैं सिर्फ यह कहने आई हूँ कि इन दिनों आपका दामाद तथा आपकी बेटी देश में हैं। अभी गुलशन ने फोन करके बताया कि आप मर रहे हैं, ऐसा न हो कि आपके मरने के पश्चात् आपकी बेटी और दामाद आपकी अर्थी मेरे घर से उठाने का प्रयत्न करें। उन दोनों को सावधान कर देना।

बलराज : इसकी चिंता आप न करें। इसकी तैयारी हो चुकी है और मेरी अर्थी इसी गलीज जगह से उठेगी, अब आप जा सकती हैं। इस गलीज जगह में आकर गलीज की बू आ रही है आपकी जुबान से।

वसुन : My foot! you dirty old man.

बलराज : हाँ, जाते-जाते और एक बात सुनती जाइए, यदि आपके शरीर में एक माँ और एक बाप का खून है, तो दोबारा यहाँ मत आइएगा।

(वह तेजी से निकल जाती है। बलराज पलंग पर काफी समय तक बैठा ही रह जाता है, फिर उठकर एक अगरबत्ती जलाता है। कोने में

रखा हुआ दीया जलाता है। चारों तरफ आरती करता है, फिर जाकर अगरबत्ती दीये के पास रख देता है और स्वयं से कहता है)
हे प्रभु! ऐसे अनेक लोग हैं, जो राह भटक जाते हैं। इन लोगों को राह दिखाना और रोशनी दिखाना, आखिर तेरे ही बच्चे हैं।
(वह मेज के पास जाता है, टोकरी खोलता है। कुछ लेकर मुँह में डालता है कि अचानक हिचकी आरंभ होती है। वह पानी लेकर पीता है कि तभी उसे चक्कर आने लगता है। वह इधर-उधर भटकता है, और फिर गिर जाता है।)

दृश्य छह : अगले दिन सुबह

राजदेव : बलराज भैया, जाग गए या अभी तक सोए हो?
अरे यह क्या दरवाजा तो खुला है। आज जानता है डॉक्टर राधे के पास जाना है, सवेरे ही उठ गया। कम-से-कम एक बार तो मेरी बात मान जा।
(अचानक वह देखता है कि बलराज तो मेज के पास गिरा पड़ा है। वह तेजी से बलराज के पास जाता है)
बलराज भैया क्या हुआ, यहाँ कैसे पड़े हुए हैं?
(वह उसे उठाने की कोशिश करता है, तो खयाल आता है कि उसका शरीर तो एकदम ठंडा हो चुका है और कठोर भी। एक क्षण वह बैठ जाता है, कुछ सोचता है।)
मैंने सोचा कम-से-कम एक बार तो मेरी बात मान जाएगा और डॉक्टर के पास जाएँगे···वाह दोस्त, दोस्त हो तो तुझ जैसा! हर जगह हम एक साथ रहे; बचपन से लेकर अब तक और जब ऊपर जाने के लिए बुलावा आया, तो चुपके से धोखा देकर अकेला ही भाग गया! तूने क्या दोस्ती निभाई बलराज भैया? वाह! उफ तक नहीं की, चुपचाप सहता रहा और अंत समय में कोई किसी को भी तकलीफ नहीं दी तूने। तुझे मैं बार-बार प्रणाम करता हूँ।
(वह जोर-जोर से रोने लगता है।)

☐

तहकीकात

पात्र

शोभनासिंह	: मिसेज सिंह
पार्वती देवी	: एक पड़ोसिन
तीर्थ शर्मा रामप्रताप	: ए.सी.पी. (सी.आई.डी.) ब्रांच
उर्मिला	: शोभना सिंह का एक रिश्तेदार
अश्विनी कुमार	: एक वकील
सिद्ध	: तीर्थ शर्मा का बेटा
फूल कुमारी	: तीर्थ शर्मा की माँ
वेदिता	: शोभना की सहेली
सी.पी.	

दृश्य एक : हवाई अड्डे का वातावरण–चहल-पहल

[कुछ समय पश्चात् आकाश में हवाई जहाज नजर आना, तत्पश्चात् हवाई अड्डे पर जहाज से यात्रियों का उतरना।]

दृश्य दो : सी.पी. ऑफिस

[ऑफिस में सी.पी. बैठे हैं । कुछ फाइल देख रहे हैं, लिख रहे हैं, कुछ समय पश्चात् टेलीफोन।]

सी.पी. : हाँ, जी yes। ठीक है, भेज दो।

(कुछ समय बाद पैंतालीस वर्ष के लगभग एक हट्टा–कट्टा, काफी

लंबा आदमी द्वार पर आता है। दरवाजा खटखटाता है।)

सी.पी. : Yes come in. आ जाओ (आदमी प्रवेश करता है।)

आवाज : A.C.P. तीर्थ शर्मा Reporting Sir.
(तीर्थ सेल्यूट करता है। सी.पी. भी खड़े होकर सेल्यूट करता है।)

सी.पी. : आओ तीर्थ (हाथ मिलाता है) अब आराम से बैठो। यात्रा कैसी रही?

तीर्थ : काफी ठीक रही सर।

सी.पी. : कुछ सीखने का मौका मिला?

तीर्थ : बहुत कुछ सर।

सी.पी. : क्या सर-सर लगा रहा है, यहाँ तो हम सिर्फ दो हैं?

तीर्थ : फिर भी आपका ऑफिस है।

सी.पी. : आपका! यह आपका कैसे हो गया? तुमसे अब आप? इन पंद्रह दिन में सिद्ध को और मौसी को कठिनाई तो नहीं हुई?

तीर्थ : कल विदेश से लौटा, ज्यादा बातचीत नहीं हुई। सुबह उठकर इधर आ गया।

सी.पी. : क्या करें, हमारा काम ही ऐसा है। जनता की सेवा, फिर अपनी सेवा। सिद्ध तो अब बच्चा नहीं रहा, अब कॉलेज जाता है।

तीर्थ : सिद्ध की चिंता मुझे नहीं है, अब माँ दिनोदिन बूढ़ी हो रही है। सत्तर की हो गई।

सी.पी. : मैं भी तुम पर बोझ डालना नहीं चाहता, पर कुछ ऐसे काम हैं, जो तुम्हारे हवाले सौंप देता हूँ, तो ऐसा लगता है कि काम पूरा समझो। अब देखो, वह शोभना सिंह का केस।

तीर्थ : क्या हुआ उस केस को?

सी.पी. : होगा क्या, आज भी अधूरा पड़ा है। तुम तो शोभना सिंह को जानते ही हो, किस परिवार की औरत है! बार-बार मुझे उत्तर देना पड़ता है और फिर उसका वकील अश्विनी कुमार!

तीर्थ : यह केस तो एस.पी. कन्हैया ने लिया था?

सी.पी. : हाँ लिया तो था। छह महीने तक लेकर सोया रहा और अब एम.एफ. में बदली हो गई। फिर मैंने यह केस एस.पी. दौलत को दिया। अब वह अवकाश लेना चाहता है, उसने छुट्‌टी की माँग की है, आखिर उसका अधिकार है।

तीर्थ : तो एस.पी. दौलत ने भी केस छोड़ दिया।

सी.पी. : कोई चारा नहीं।

तीर्थ : समझदारों के लिए इशारा काफी है, जब मुझे सी.पी. ने बुलाया है तो कुछ बात ही नहीं उठती है और फिर भला तीर्थ शर्मा कैसे सी.पी. को इनकार करें? बचपन का मित्र जो ठहरा! मित्र भी कहते हो, फायदा भी उठाते हो।

सी.पी. : ऐसा मत कहो, दु:ख होता है, पर क्या करूँ? तुम्हारे काम करने का तरीका ही कुछ अलग है।

तीर्थ : इसीलिए सभी लोग फायदा उठाते हैं।

सी.पी. : मुझे इनकार मत करना।

तीर्थ : प्रश्न ही नहीं उठता, मित्र जो ठहरा।

सी.पी. : काश! कि मैं तुम्हारा तरीका अपना पाता, तो यह केस मैं खुद ले लेता। *(फाइल तीर्थ को सौंपता है)* पूछना भूल गया, कुछ पिओगे?

तीर्थ : बिल्कुल नहीं।

सी.पी. : अब मैं चैन से साँस ले पाऊँगा, जानता हूँ; नतीजा अच्छा ही आएगा।

तीर्थ : खैर, काम तो पूरा हुआ, मैं जा सकता हूँ। कुछ काम है शहर में।

सी.पी. : ठीक है, जाकर अपना काम पूरा करो। दोपहर में यहीं आ जाना, एक साथ जाकर कहीं खाना खाएँगे। काफी महीने हो गए एक साथ हमने खाना नहीं खाया।

तीर्थ : ठीक है, काम समय पर पूरा हो गया तो आ जाऊँगा। *(सेल्यूट करता है और निकल जाता है।)*

दृश्य तीन : जगह मिसेज सिंह का घर

[बड़ा मकान। बैठक खूब सजी-धजी, सुंदर तसवीरें, बड़े-बड़े सोफे, टेलीफोन, कुछ कुरसियाँ, कोने में एक छोटी मेज है। मेज पर कुछ पुस्तकें आदि हैं।]

(एक पैंतीस-चालीस वर्षीय औरत सोफे पर बैठी अखबार पढ़ रही है। वह पढ़ाई में ध्यान मग्न है। दरवाजे की घंटी बजती है। वह औरत उठकर देखने जाती है।)

मिसेज सिंह : ओ, आप हैं, मिसेज पार्वती, नमस्ते, आइए अंदर।

पार्वती : नमस्ते, मिसेज सिंह।

मिसेज सिंह : कृपया, आप बैठिए, कैसी हैं, कैसे आना हुआ?

पार्वती : माफी चाहती हूँ, आपको तकलीफ देने आ गई हूँ।

मिसेज सिंह : बिल्कुल नहीं, क्या सेवा कर सकती हूँ?

पार्वती : गत दो दिनों से आपका घर बंद था, तो आपसे मिल न पाई।

मिसेज सिंह : हाँ-हाँ घर बंद था। मैं अपने चाचाजी के घर चली गई थी। बस कुछ समय पहले लौटी। उर्मिला को भी अपने माँ-बाप के यहाँ भेज दिया था। आज शाम तक शायद लौटेगी। हाँ मिसेज पार्वती! कोई काम था?

पार्वती : काम तो बिल्कुल नहीं, बात यह है कि कल शाम को जब मैं नौकरी से घर लौट रही थी, तो मैंने देखा आपके द्वार के पास एक खूब सुंदर सफेद गाड़ी खड़ी थी। एक अजीब व्यक्ति घर की ओर देख रहा था। काफी लंबा-चौड़ा शरीर था। मुझे देखकर उसने मुझे टोका और पूछा। क्षमा कीजिए मैडम, क्या यही मिसेज सिंह का घर है?

पार्वती : मैंने उसे कुछ पूछने का मौका ही नहीं दिया। सिर्फ 'हाँ' कहा और आगे बढ़ गई, कुछ गलत तो नहीं किया?

मिसेज सिंह : मोटा, ताजा, लंबा, बलवान्, आखिर कौन हो सकता है?

पार्वती : मैंने उस व्यक्ति से कुछ भी नहीं पूछा।

मिसेज सिंह : चलो अच्छा ही किया, ईश्वर जाने कौन होगा?

पार्वती : मेरा काम था, आपको संकेत करना, अच्छा चलती हूँ।

मिसेज सिंह : आप बहुत अच्छी हैं मिसेज पार्वती, बहुत धन्यवाद। (द्वार तक छोड़ने जाती है।)

(उसी समय टोकरी लिये, अठारह-बीस के लगभग एक जवान लड़की प्रवेश करती है।)

मिसेज सिंह : अरे उर्मिला तुम आ गई।

उर्मिला : जी हाँ, मिसेज सिंह।

मिसेज सिंह : सब सामान रसोईघर में रख दो और हाथ-मुँह धो लो।

उर्मिला : जी मैडम।

मिसेज सिंह : आखिर कौन आया होगा? कम-से-कम अपना नाम तो उसे बताना चाहिए था *(उसी समय टेलीफोन बजता है)* हलो`` हाँ``हाँ,

मैं ही बोल रही हूँ, हाँ-हाँ, दो-तीन दिन से घर पर नहीं थी, चाचा के यहाँ चली गई थी। हाँ, आ जाओ, मैं घर ही पर हूँ। जरूरी काम? आ जाओ? इंतजार कर रही हूँ *(फोन रखती है। उसी समय उर्मिला भी तौलिए से मुँह पोंछती हुई बाहर आती है।)*

उर्मिला : मैडम, आप कुछ लेंगी?

मिसेज सिंह : अभी नहीं *(उर्मिला भीतर चली जाती है। सिर सोफे पर रखकर कुछ आराम करना चाहती है, तभी कोई दरवाजा खटखटाता है। मिसेज सिंह खुद उठकर देखने जाती है।)*

मिसेज सिंह : ओ आप हैं अश्विनीजी, आइए इतनी जल्दी आ गए!

अश्विनी : मैं इधर ही था, तो सोचा, आपसे मिलता चलूँ।

मिसेज सिंह : अच्छा किया, मिलने आ गए, तंग आ गई हूँ इस जीवन से। इसीलिए दो दिन के लिए चाचा के यहाँ चली गई थी। मैं खुद आपको फोन करनेवाली थी।

(अश्विनी भीतर आता है।)

मिसेज सिंह : आराम से बैठ जाइए, फिर कुछ बातें करते हैं, क्या पिएँगे?

अश्विनी : नहीं, नहीं। अभी-अभी एक दोस्त के यहाँ से पीकर ही आ रहा हूँ।

मिसेज सिंह : कहाँ पहुँचे हैं हम, और कितना समय लगेगा?

अश्विनी : मिसेज सिंह कुछ मत पूछिए, सब गड़बड़ है, सब गड़बड़।

मिसेज सिंह : आखिर क्या हुआ, जान सकती हूँ?

अश्विनी : मिसेज सिंह एस.पी. कन्हैया से तो केस आगे नहीं बढ़ा। एस.पी. दौलत, जो एक अपना आदमी था, वह अवकाश ले रहा है। अब कुछ दिन पहले यह केस ए.सी.पी. तीर्थ शर्मा को सौंपा गया। एक तो वह सी.पी. का पुराना मित्र है, बचपन के दोस्त हैं, एक साथ पुलिस में भरती हुए। बहुत सख्त और कठोर आदमी। अपने काम से कभी पीछे नहीं हटता है। सी.पी. तो खुद उससे डरता है, वकील लोग भी उसके सामने पानी-पानी हो जाते हैं।

मिसेज सिंह : और आप भी?

अश्विनी : सच कहूँ मिसेज सिंह उसके सामने मैं क्या? लेकिन एक बात है, मेरा उससे एक अच्छा संबंध है।

मिसेज सिंह : केस उसके हाथ में रहे या किसी के हाथ में, मेरा उन लोगों से क्या लेना-देना?

अश्विनी : बात तो ठीक है मिसेज सिंह, पर उसका काम करने का तरीका अलग होता है। आदमी तो वह नेक है, लेकिन जहाँ तक काम की बात है, वह काम से मतलब रखता है। आया था मुझसे मिलने। काफी चर्चा हुई केस पर, इधर दो बार आपसे मिलने भी आया, पर भेंट नहीं हुई।

मिसेज सिंह : तो वे ही थे, मेरी पड़ोसिन बता रही थी कि एक व्यक्ति आया था, काफी लंबा-मोटा ताजा।

अश्विनी : एकदम, सही। निस्संदेह वही होगा।

मिसेज सिंह : अब तो मुझे डर लगने लगा है।

अश्विनी : नहीं, नहीं मिसेज सिंह, वह इतना डरावना आदमी तो नहीं है, खलनायक नहीं, एकदम नायक लगता है, पर काम करने का तरीका एकदम खलनायक जैसा, अपना काम मजाक-मजाक में शुरू करता है, फिर गंभीर बन जाता है।

मिसेज सिंह : जिस दिन वह आएगा, मैं आपको बुला लूँगी।

अश्विनी : देखिए मिसेज सिंह, जब तक वह आपके यहाँ आता है, पूछताछ करता है, अपनी तहकीकात करता है, ठीक है, लेकिन एक बार वह जब ऊब जाता है गलत उत्तर से, तब वह आना बंद कर देता है तथा सीधे अपने ऑफिस में ही बुलाता है। तब वह एक दूसरा आदमी बन जाता है, जंगली बन जाता है।

मिसेज सिंह : यदि उन्होंने मुझे ऑफिस बुलाया, तो मैं मौन धारण कर लूँगी, उत्तर दूँगी, अपने वकील के सामने…

अश्विनी : एकदम सही, इसीलिए तो मैं आपसे मिलने यहाँ आ गया। कभी भी उनके ऑफिस आप अकेली मत जाइएगा।

मिसेज सिंह : एकदम पक्का।

अश्विनी : मिसेज सिंह, कृपया मुझे आज्ञा दीजिए, सफर लंबा है, पर इतना तय है कि वह कभी भी आ सकता है।

(अश्विनी जाता है। मिसेज सिंह दरवाजे तक छोड़ने जाती है, लौटकर पुकारती हैं।)

मिसेज सिंह : उर्मिला-उर्मिला बेटी!

उर्मिला : जी मैडम। *(बाहर आती है।)*

उर्मिला : जी मैडम!

मिसेज सिंह : तूने चाय पी ली?

उर्मिला : नहीं मैडम।

मिसेज सिंह : थोड़ी चाय बनाओ, हम दोनों के लिए।

× × ×

[उर्मिला बैठक साफ कर रही है, तभी कोई दरवाजा खटखटाता है। उर्मिला जाकर खोलती है।]

उर्मिला : जी साहब, किससे मिलना है?

व्यक्ति : क्या यही मिसेज सिंहजी का घर है?

उर्मिला : हाँ साहब, अंदर आइए।
(ए.सी.पी. तीर्थ शर्मा प्रवेश करता है।)

उर्मिला : आप बैठिए, मैं मैडम को बुलाती हूँ *(भीतर जाती है।)*
(तीर्थ तब तक इधर-उधर घर का वातावरण देखता है। उसी समय मिसेज सिंह प्रवेश करती है।)

मिसेज सिंह : आप, आप कौन? किससे मिलना है आपको?
(कुछ क्षण वह अवाक् एकदम चुप, मौन मिसेज सिंह को देखता रह जाता है, तब अचानक मिसेज सिंह उसे टोकती है।)

मिसेज सिंह : आपने बताया नहीं कि आपको किससे मिलना है?

तीर्थ : ओ! माफी चाहता हूँ, आप ही मिसेज सिंह हैं?

मिसेज सिंह : जी हाँ एकदम, कहिए कैसे आना हुआ?

तीर्थ : आना पड़ गया, क्या करें, काम ही ऐसा है। जी, मुझे तीर्थ कहते हैं, तीर्थराज शर्मा रामप्रताप। ए.सी.पी., सी.आई.डी. ब्रांच *(कार्ड निकालकर बताता है)* कुछ क्षण के लिए मिसेज सिंह अवाक् रह गई, कहीं खो गई, तभी तीर्थ ने मौन तोड़ा।

तीर्थ : दो बार इधर आया, पर दरवाजा बंद था, लौटना पड़ा।

मिसेज सिंह : मैं दो दिन यहाँ नहीं थी, चाचाजी के यहाँ चली गई थी, आप खड़े क्यों हैं, बैठ जाइए।
(तीर्थ जाकर अपना सूटकेस मेज के पास रखता है, तब वह कहता है।)

तीर्थ : धन्यवाद! वह इधर-उधर सब सामानों को देखता है। *(जाकर*

अलमारी के शीशे में अपना चेहरा देखता है, टेलीफोन देखता है।)

नहीं, नहीं। मुझे नहीं लगता है।

मिसेज सिंह : आपने कुछ कहा?

तीर्थ : नहीं-नहीं, बस मैं कह रहा था कि इधर सब बहुत सुंदर है। अश्विनी कुमार मेरा अच्छा दोस्त है, उसने जिद की कि मैं पूछताछ-तहकीकात आप ही के घर आकर करूँ, अन्यथा मैं किसी के यहाँ नहीं जाता। ऑफिस में बुला लेता हूँ, शायद वही आपका वकील है।

मिसेज सिंह : शायद नहीं, निस्संदेह वही मेरा वकील है।

तीर्थ : ऐसी आशा है कि आपको बचा लेगा।

मिसेज सिंह : जब मैं दोषी हूँ ही नहीं, तो बचाने की बात कहाँ आती है?

तीर्थ : खैर, वक्त ही बताएगा? कौन खूनी कहता है कि उसने खून किया है, लेकिन, जब··· सीधी उँगली से घी कहाँ निकलता है?

मिसेज सिंह : तो आप पक्का मानते हैं कि खून मैंने किया है?

तीर्थ : मैंने कब ऐसा कहा? हम पुलिसवाले बस ऐसे ही होते हैं, सभी को शक की नजर से देखते हैं।

(तीर्थ इधर-उधर चक्कर लगाता है, मेज के पास, टी.वी. के पास, अलमारी के पास, फिर वह सीधे घर की चौखट के पास जाता है। आधा शरीर चौखट के बाहर तथा आधा शरीर चौखट के अंदर। कभी पेट के जरिए तो कभी पीठ के जरिए लेट जाता है, फिर आकर मिसेज सिंह के पास ही सोफे पर बैठ जाता है।)

तीर्थ : मिसेज सिंह एक बात कहूँ!

मिसेज सिंह : जरूर कहिए, क्या पूछना चाहते हैं आप?

तीर्थ : यही कि आपका घर बहुत बड़ा है, सुंदर भी है, आप ही की तरह।

मिसेज सिंह : क्या ये सब भी शामिल हैं तहकीकात में?

तीर्थ : आप तो नाराज हो गईं।

(उठकर वह अलमारी के पास जाता है और आईना देखता है।)

मिसेज सिंह आपके पास आईना तो है, लेकिन प्रयोग नहीं करती हैं। यदि आप आईना देखतीं, तब पता लगता कि मैं झूठ नहीं

कह रहा हूँ। *(टी.वी. के पास जाकर)*

तीर्थ : आप कभी टी.वी. देखती हैं?

मिसेज सिंह : जी, कभी-कभी समय मिलने पर।

तीर्थ : समय मिलने पर, मैं समझा नहीं, आपके पास तो समय-ही-समय है।

मिसेज सिंह : क्यों समय-ही-समय है?

तीर्थ : मेरे कहने का मतलब यह है कि आप मंत्रालय में एक ऊँची अधिकारी थीं और इन दिनों आप निलंबित हैं, यानी कि आपकी नौकरी पर रोक है, फिर दिन भर आप क्या करती हैं?

मिसेज सिंह : तो क्या आप यह समझते हैं कि मैं उठती हूँ और टी.वी. के पास बैठ जाती हूँ?

तीर्थ : मैंने ऐसा तो नहीं कहा न मिसेज सिंह। मैं यह जानना चाहता था कि आप दिन भर क्या करती हैं?

मिसेज सिंह : नाम मात्र मेरी नौकरी पर रोक है, पर मैं एक ग्रेजुएट हूँ, एकाउंटेंट हूँ, जितना वेतन सरकार मुझे देती थी, उससे दुगुना कमा रही हूँ, प्राइवेट में।

तीर्थ : वाह! Nice, Nice यह तो एक बहुत अच्छी खबर है। माफी चाहता हूँ, काम ही ऐसा है, क्या आप इस बड़े घर में अकेली रहती हैं?

मिसेज सिंह : जी नहीं।

तीर्थ : कोई आपके साथ रहता है?

मिसेज सिंह : रहता नहीं, रहती है। इतने बड़े घर में अकेले रहना क्या आसान है? पर क्या करूँ मजबूरी है, रहना पड़ रहा है। बस दूर के एक रिश्तेदार की बेटी है, जो इन दिनों मेरे साथ रह रही है।

तीर्थ : तो आपका एक बेटा भी है न?

मिसेज सिंह : जी हाँ, मेरा एक बेटा भी है।

तीर्थ : तो फिर कहाँ है आपका बेटा?

मिसेज सिंह : फ्रांस में।

तीर्थ : फ्रांस में! मैं कुछ समझा नहीं।

मिसेज सिंह : मेरा पूरा परिवार, यानी कि मेरी माँ, दो भाई, दो भाभियाँ, उनके बच्चे सब फ्रांस में हैं। जब यह घटना घटी तो मैं काफी दिनों

तक बंद थी। मेरे चाचाजी मेरे बेटे को लेकर अपने यहाँ ले गए। मेरे दोनों भाई, मेरी माँ मुझे देखने स्वदेश आए। माँ ने जिद की कि मैं अपने बेटे को उन लोगों के साथ भेज दूँ, क्योंकि यहाँ कब तक मुकदमा चलेगा, फैसला क्या होगा, पता नहीं। देखते-देखते इतने महीने गुजर गए, बूढ़ा चाचा कब तक मेरे बेटे को आखिर देख सकता था?

मिसेज सिंह : उधर ही बेटे का पालन-पोषण, नानी, मामा-मामी की देखरेख में हो रहा है, एक प्रकार से मैं खुश हूँ, लेकिन बेटे की बहुत याद आती है। *(वह रोने लगती है।)*

तीर्थ : आपको तो खुश होना चाहिए कि आपका बेटा उधर है, सही लोगों के मार्गदर्शन में पढ़ाई-लिखाई हो रही है। एक प्रकार से आप चिंता रहित हैं।

मिसेज सिंह : चिंतारहित, आपका मतलब क्या है?

तीर्थ : मिस्टर सिंह तो रहे नहीं, बेटा फ्रांस में है और क्या चाहिए? आपके पास नौकरी है, पैसा है, जवान हैं, सुंदर भी हैं, एक नया जीवन आप आरंभ कर सकती हैं।

मिसेज सिंह : मुझे मर्द जात से ही नफरत है।

तीर्थ : ओह! मर्द जात से नफरत, इसीलिए आपने मिस्टर सिंह को हमेशा के लिए हटा दिया, रास्ता साफ।

मिसेज सिंह : मैंने उनकी हत्या नहीं की, मरते दम तक मैं यही कहूँगी कि मेरा हाथ साफ है, इस विषय में मैं कुछ नहीं जानती।

तीर्थ : खून करने के पश्चात् आप क्यों नहीं यूरोप भाग गईं, किसी को कुछ पता नहीं चलता?

मिसेज सिंह : चली जाऊँगी, एक बार इन मुसीबतों से आजाद हो जाऊँ। नहीं रहूँगी, चली जाऊँगी।

तीर्थ : आपको लगता है कि आप आजाद हो जाएँगी?

मिसेज सिंह : नरकलोक से लेकर स्वर्गलोक तक मुझे विश्वास है। अपने आप पर, सच्चाई पर, कानून पर।

तीर्थ : आपका केस पढ़ा भी, देखा भी, मुझे कम विश्वास है; आप फँस गई हैं।

मिसेज सिंह : मैं जानती हूँ कि मैंने ऐसा काम नहीं किया, ईश्वर साक्षी है।

जिसने भी मुझे ऐसी हालत में फँसाया है, उसे दंड तो भगवान् ही देगा। मैंने कभी भी किसी का बुरा नहीं चाहा।

तीर्थ : मिसेज सिंह, कानून को गवाह, सबूत चाहिए, भगवान् का विश्वास नहीं।

मिसेज सिंह : मैं पूरी तरह से फँस गई हूँ, यहाँ मेरा कोई नहीं, बूढ़ा चाचा और बूढ़ी चाची हैं। उनके अलावा कोई नहीं, सब विदेश में हैं। बाकी रिश्तेदार, मेरे ससुरालवाले, उन लोगों की नजरों में मैंने ही अपने पति का खून किया, बुरी नजरों से वे लोग मुझे देखते हैं।

तीर्थ : कभी-कभी ऐसा लगता है मिसेज सिंह कि वाकई आप निर्दोष हैं और मैं आपकी मदद करूँ, फिर सोचता हूँ कि औरत जात तथा साँप में कोई अंतर नहीं। औरतें जब रोती हैं तो मगरमच्छ के आँसू बहते हैं, जिस तरह आप मर्दों पर विश्वास नहीं करतीं, उसी तरह मैं भी औरतों पर विश्वास नहीं करता, सब एक ही तरह की हैं।

मिसेज सिंह : लगता है कि काफी जानकारी है आपको औरतों के विषय में।

तीर्थ : खैर, थोड़ी सी जो है, बस मेरे लिए काफी है, मिसेज सिंह। देखिए मिसेज सिंह काफी समय हो गया, मुझे चलना चाहिए, सुबह क्या आप घर पर रहेंगी या फिर काम पर जाएँगी?

मिसेज सिंह : दो दिनों की छुट्टी ली थी, सुबह तो काम पर जाना होगा, क्यों?

तीर्थ : बात यह है मिसेज सिंह कि इस केस में सत्रह गवाह हैं, उन सभी से तो मिलना है, तहकीकात करनी है। यदि आप काम पर नहीं जातीं तो मैं कहता कि आप अपने वकील के ऑफिस में आ जातीं और मैं भी, आपके वकील से मिलना मुझे एकदम अनिवार्य है।

मिसेज सिंह : कल तो किसी तरह काम पर जाना होगा।

तीर्थ : ठीक है आप काम पर जाइए, मैं अश्विनी से मिल लूँगा। O.K. मिसेज सिंह चलता हूँ। *(निकल जाता है।)*

(कुछ ही समय पश्चात् वह लौटकर फिर आता है और कहता है।)

तीर्थ : मिसेज सिंह Sorry, क्षमा चाहता हूँ। मेरी यही एक कमजोरी है, जहाँ भी मैं जाता हूँ, कुछ-न-कुछ भूल जाने की आदत है मुझे, देख रही हैं न, मेरा सूटकेस यहीं रह जाता।

मिसेज सिंह : अब तो कुछ नहीं भूला?

तीर्थ : पता नहीं, घर जाकर पता लगाऊँगा कि दिल मेरे पास ही है या कहीं पीछे रह गया। *(वह चला जाता है।)*

दृश्य चार : तीर्थ अपने ही घर में है

[वह बैठक में बैठा अखबार पढ़ रहा है। उसी समय बारह-तेरह वर्षीय लड़का भीतर कमरे से निकलकर आता है।]

सिद्ध : पिताजी-पिताजी!

तीर्थ : अरे सिद्ध, हाँ बेटे आ बैठ।

(सिद्ध आकर पिताजी के पास बैठ जाता है।)

तीर्थ : कुछ कह रहा था?

सिद्ध : जी हाँ, आज तो आप काम पर नहीं जाएँगे?

तीर्थ : No. बिल्कुल नहीं, आज काम पर नहीं, नहीं जाएँगे।

सिद्ध : आज का कार्यक्रम क्या है?

तीर्थ : कार्यक्रम, कैसा कार्यक्रम?

सिद्ध : आज रविवार है पिताजी, क्या पूरा दिन घर पर रहेंगे?

तीर्थ : दादी कहाँ है?

सिद्ध : दादी रसोईघर में है।

तीर्थ : जरा दादी को बुलाओ। *(सिद्ध उठकर जाता है)* कुछ ही समय बाद सत्तर के लगभग उम्र की एक बुढ़िया सिद्ध के साथ बैठक में आती है।

माँ : तीर्थ बेटे! कुछ काम था? क्या कह रहा है तू?

तीर्थ : बहुत दिन पश्चात् आज रविवार के दिन मैं काम पर नहीं गया और घर पर हूँ।

माँ : यह तो एकदम ही बहुत अच्छी बात है।

तीर्थ : कहीं जाने की इच्छा है, माँ?

माँ : मैं बूढ़ी औरत, कहाँ जाऊँगी तीर्थ, क्यों न सिद्ध को लेकर कहीं समुद्र तट पर घूम आओ तुम दोनों!

सिद्ध : हम समुद्र तट जाएँ और मेरी बूढ़ी दादी घर की रखवाली करें, नहीं-नहीं।

तीर्थ : क्यों न हम गंगा तालाब की ओर से होते हुए जंगल की ओर प्लेन शाँपाई की ओर चलें! उधर ही खाना-वाना खाकर शाम तक लौट आते हैं।

माँ : गंगा तालाब आज नहीं, आगामी रविवार को चलेंगे।

तीर्थ : आगामी रविवार को क्यों···क्या है आगामी रविवार को?

सिद्ध : पिताजी आज सात अक्तूबर है। इसका मतलब आगामी रविवार को चौदह तारीख होगी और उस दिन मेरा जन्मदिन।

माँ : हाँ, एकदम सही, मेरा पोता 13 साल का हो जाएगा। गत साल मैंने विनती की थी कि इस साल मैं फिर आऊँगी।

तीर्थ : चौदह तारीख, अक्तूबर।

सिद्ध : इस तारीख से आपको इतनी चिढ़ क्यों?

तीर्थ : चिढ़ क्यों बेटे, इस तारीख को तो मेरा जीवन आबाद हुआ था। मेरे घर तेरे जैसे बेटे का जन्म हुआ था; पर कैसे भूल जाऊँ उस तारीख को, मेरा जीवन बरबाद भी हुआ था।

माँ : उन पुरानी बातों को दोहराने से क्या मतलब? अपने बेटे के बारे में सोच, उसके भविष्य के बारे में सोच, अपने बारे में सोच। आज तो मैं हूँ, कल क्या होगा? इस पर सोच।

सिद्ध : पिताजी आगामी रविवार को कैसे मनाएँगे मेरा जन्मदिन? अपने कुछ दोस्तों को बुलाऊँ?

तीर्थ : मैंने गत साल ही कह दिया था न कि जब तू चौदह साल का होगा, धूमधाम से तेरा जन्मदिन मनाएँगे।

सिद्ध : यह भी ठीक है और एक साल सही।

माँ : तीर्थ बेटे, जब कहीं जाने का विचार ही कर रहा है तो क्यों न हम फूलमत मौसी के यहाँ चलें। पूरा वर्ष गुजर गया, हम उधर नहीं गए हैं। सफर लंबा है, घूमते-घामते जाएँगे, पूरा दिन उधर गुजारेंगे। रात तक आ जाएँगे। फुलमत भी खुश हो जाएगी। मेरी मौसी की बेटी है, पर आदर तो सगी बहन से भी ज्यादा करती है। क्या विचार है तीर्थ बेटे?

तीर्थ : माँ आपकी आज्ञा, ईश्वर की आज्ञा। उधर ही चलते हैं, जल्दी तैयार हो जाओ। तीस मिनट में चलते हैं। सिद्ध, तुम जल्दी से मोटर साफ कर दो, मैं फुलमत दादी के लिए कुछ फल आदि लेकर आता हूँ बाजार से।

दृश्य पाँच : अश्विनी कुमार का ऑफिस

[अश्विनी कुमार अपने ऑफिस में बैठा है, कुछ फाइल देख रहा है। उसी समय टेलीफोन की घंटी बजती है, वह उठाता है।]

अश्विनी : हलो, ओह ए.सी.पी. तीर्थजी! कैसे याद किया? हूँ...एकदम अरे भैया...ऑफिस तो तुम्हारा है...आज्ञा लेने की क्या बात, आ जाओ, स्वतंत्रतापूर्वक बातें करेंगे। हूँ, हूँ, इंतजार कर रहा हूँ... *(टेलीफोन रखता है अपने काम में लग जाता है, कुछ ही समय पश्चात् टेलीफोन...)*

हलो : सर! ए.सी.पी. आए हैं।

अश्विनी : भीतर भेज दो।

(अश्विनी कुमार तीर्थ का स्वागत करता है। इज्जत के साथ बैठने के लिए कहता है।)

अश्विनी : ए.सी.पी. तीर्थ साहब! कृपा करके बैठो।

तीर्थ : क्या ए.सी.पी.-ए.सी.पी., तीर्थ काफी है।

अश्विनी : O.K, O.K. तीर्थ, अब चलेगा?

तीर्थ : एकदम सही चलेगा।

अश्विनी : हाँ तीर्थ बोलो, क्या सेवा कर सकता हूँ?

तीर्थ : मिसेज सिंह का केस जो है, उसी विषय पर कुछ विचार-विमर्श करने आया हूँ। सत्रह गवाह हैं, लगभग सभी से मिल चुका हूँ। एक सही निष्कर्ष नहीं निकल रहा है। गवाहों के भिन्न-भिन्न विचार हैं। तुम तो उसके वकील हो, तुमसे वह खुलकर बातें कर लेती है, जबकि मैं उसके लिए नया हूँ और फिर मेरे काम करने का तरीका तो तुम जानते हो? उसकी बातों से कभी लगता है कि वह बेकसूर है। तुम्हारा क्या खयाल है? तुम्हें लगता है कि वह खूनी है?

अश्विनी : देखो तीर्थ, वकील का काम तो ऐसा है कि वह मुकदमा लड़े और खूनी को भी निर्दोष साबित करे, जबकि तुम लोगों का काम हमारे कामों के विपरीत है। अब केस तो तुम्हारे हाथ में है, पता नहीं कि तुम किस नतीजे पर पहुँचे हो।

तीर्थ : गंभीरतापूर्वक मैंने केस पढ़ा। मिस्टर और मिसेज सिंह में बिल्कुल नहीं बनती थी। पाँच बार मिसेज सिंह ने अपने पति के प्रति रिपोर्ट लिखवाई है, उधर पाँच बार पति ने भी पत्नी के प्रति रिपोर्ट लिखवाई है। पति का कहना था कि उसकी पत्नी उसे धोखा दे रही थी और अपने सीनियर ऑफिसर के साथ उसका कुछ चक्कर था। मैं उस अफसर से मिल चुका हूँ। बहुत नेक आदमी है, पर इतना तय है कि मिस्टर सिंह और उस सीनियर ऑफिसर की पत्नी में चक्कर चल रहा था।

अश्विनी : कहीं ऐसा तो नहीं कि मिस्टर सिंह अपना दोष छिपाने के लिए अपनी पत्नी को बदनाम कर रहा था।

तीर्थ : सही, एकदम सही। मेरा विचार और तुम्हारा विचार एकदम मिलता-जुलता है। मिस्टर सिंह एक गिरा हुआ इनसान था। अनेक औरतों से उसके संबंध थे। अपना दोष छिपाने के लिए वह कुछ भी कर सकता था।

अश्विनी : शोभना मेरे अच्छे दोस्तों में से एक है।

तीर्थ : यह शोभना कौन है?

अश्विनी : अरे भाई शोभना सिंह यानी कि मिसेज सिंह। मुझे ऐसा लगता है कि वह ऐसा काम कदापि नहीं कर पाएगी, उसे मैं अच्छी तरह से जानता हूँ। शायद बहुत करीब होने से वह कुछ ऐसी बातें याद हों, जो वह मुझे नहीं बता रही है। तुम उसे अपना सही रूप दिखाओ, शायद डर से वह तुम्हें कुछ बता दे।

तीर्थ : पहली बार तो मैं बहुत अच्छा आदमी बनकर गया था, अब शायद कुछ तरीका बदलना चाहिए। चलो यह भी कोशिश कर लेंगे। देखते हैं नतीजा।

अश्विनी : मेरे विचार से यह सही होगा।

तीर्थ : अच्छा अश्विनी, तुम्हारा काफी समय लिया, माफी चाहता हूँ। मुझे आज्ञा दो। *(हाथ मिलाता है और निकल जाता है।)*

दृश्य छह : मिसेज सिंह का घर

[घंटी बजती है, उर्मिला जाकर देखती है, तीर्थ घंटी बजाता है।]

उर्मिला : साहब, आप, आइए।

तीर्थ : मिसेज सिंह घर पर हैं?

उर्मिला : जी, घर ही पर हैं। आप बैठिए, बुलाती हूँ *(वह भीतर चली जाती है।)*

मिसेज सिंह : ए.सी.पी. साहब! आप इस वक्त?

तीर्थ : क्या करूँ मजबूरी है, कौन नहीं चाहता कि इस वक्त वह अपने घर में रहे। सुबह आऊँ तो आपको ऑफिस में पहुँचना है, देर होगी, दिन में आऊँ तो आप घर नहीं, मेरे चीफ को नतीजा चाहिए, क्या करूँ? माफी चाहता हूँ कि आपको इस वक्त तंग करने आ गया।

मिसेज सिंह : मैं समझती हूँ, आप थके हुए से लगते हैं, कुछ लेंगे?

तीर्थ : नहीं-नहीं बहुत धन्यवाद, एक-दो प्रश्न पूछने हैं?

मिसेज सिंह : अवश्य, जरूर पूछिए।

तीर्थ : मिसेज सिंह, यह जो आपकी पड़ोसिन है, मिसेज पार्वती देवी कैसी औरत है?

मिसेज सिंह : क्यों, क्या हुआ?

तीर्थ : जब भी यहाँ आता हूँ या तो मुझसे कुछ प्रश्न करती है, या तो खिड़की के जरिए झाँक मारती है कि क्या हो रहा है। यह बुरी आदत है।

मिसेज सिंह : आप उनसे साफ क्यों नहीं कह देते कि आप कौन हैं, बस सब खेल समाप्त हो जाएँगे।

तीर्थ : मुझे वह औरत कुछ चंचल, छम्मक-छल्लो लगती है।

मिसेज सिंह : यह तो आप जानें ए.सी.पी. साहब, मैं नहीं।

तीर्थ : मुझे उस पर कुछ शक होने लगा है।

मिसेज सिंह : पुलिसवाले तो सभी पर शक करते हैं।

तीर्थ : शक तो मुझे आप पर भी है।

मिसेज सिंह : शक, मुझ पर, कैसा शक?

तीर्थ : आप पर तो अनेक शक हैं। पहला शक तो मैं नहीं, जनता करती है, कानून करता है, पति की हत्या। दूसरा शक, आपकी चाल।

मिसेज सिंह : मेरी चाल, क्या हुआ मेरी चाल पर?

तीर्थ : बनिए मत मिसेज सिंह। हाथी के दो प्रकार के दाँत होते हैं—एक खाने के लिए, दूसरे दिखाने के लिए।

मिसेज सिंह : आप साफ-साफ कहिए, आखिर कहना क्या चाहते हैं, आपका मतलब क्या है?

तीर्थ : मतलब मेरा साफ है, आपके सीनियर ऑफिसर मिस्टर जागीर से आपका संबंध क्या है?

मिसेज सिंह : क्या बकवास है? यह एक कलंक है, मुझे नीचा दिखाने के लिए। अजीब बात है कि आप यहाँ तक गिर जाएँगे?

तीर्थ : *(एकदम क्रोधित अवस्था में)* मिसेज सिंह मैं गिरा हुआ हूँ या आप, मैं नहीं जानता, पर आपके पति और मिस्टर जागीर में बिल्कुल नहीं बनती थी। ये दोनों कुत्ते-बिल्ली की तरह जीते थे।

मिसेज सिंह : तो इसका मतलब यह नहीं कि मेरा कोई संबंध था उनसे या फिर मैं उनकी दूसरी पत्नी या रखैल थी।

तीर्थ : यह तो मैं नहीं कहता मिसेज सिंह, पर आपके पति और आपमें जो बार-बार लड़ाई होती थी, मिसेज जागीर ही जड़ थे। आपके पति ने आपके खिलाफ पाँच रिपोर्ट लिखवाई हैं। सभी में यह जिक्र है कि आपका संबंध, आपका कोई चक्कर चलता है मिस्टर जागीर से।

मिसेज सिंह : मेरे कुछ दोस्तों ने बताया था कि आप एक नीच आदमी हैं, गिरे हुए हैं। अपने लक्ष्य तक पहुँचने के लिए आप कुछ भी कर सकते हैं, तरह-तरह से दोष लगाकर या फिर कलंकित करके।

तीर्थ : दुनिया जानती है कि मैं एक गिरा हुआ आदमी हूँ। पर मैं अपना काम कर रहा हूँ, विश्वास नहीं तो फिर जाइए पुलिस स्टेशन में पढ़ लीजिए रिपोर्ट। मैं वे पाँच तारीख देता हूँ और फिर यदि आपको लगता है कि मैं आपको तंग कर रहा हूँ, रंज कर रहा हूँ, तो फिर अपने वकील को फोन कीजिए। मुझ पर केस कीजिए। लीजिए मोबाइल, सी.पी. को फोन कीजिए या फिर मानव अधिकार ऑफिस को लिखिए, कहिए उन लोगों से कि मैं आपको परेशान

कर रहा हूँ, बलात्कार का दोष लगाएँ मुझ पर। इन दिनों यही तो चलता है हमारे देश में, किसी औरत से कुछ कहो, बस, काफी है। उसकी इज्जत लूटने की कोशिश की गई, उसके साथ बलात्कार हुआ। ऐसा लगता है कि इस देश में अब कानून है ही नहीं।

मिसेज सिंह : मैंने क्या ऐसा कह दिया कि आप लाल-पीले हो रहे हैं? कौन चुप रह सकता है, ऐसे गलत इल्जाम लेकर?

तीर्थ : बस-बस-बस मिसेज सिंह! मैं एक गिरा हुआ नीच आदमी हूँ। यह पहली बार किसी ने मुझसे कहा। पच्चीस सालों से मैं पुलिस अफसर हूँ। मैं कभी किसी के घर में जाकर तहकीकात नहीं करता, सब मेरे ऑफिस में आते हैं। आपके वकील अश्विनी के कहने पर आपके यहाँ आना स्वीकार किया। क्या यही सुनने के लिए, कलंकित होने के लिए? मिसेज सिंह, मैं अपने ऑफिस में एक उँगली का प्रयोग नहीं करता। पाँचों उँगलियों को एक साथ मिलाकर प्रयोग करता हूँ और नतीजा, उत्तर फटाफट आने लगते हैं। जैसे तेज हवा के झोंके से पेड़ों से सूखे पत्ते झरने लगते हैं, निर्दोष भी 'हाँ' बोलने पर मजबूर हो जाता है। ओ.के. मिसेज सिंह चलता हूँ। (जाने लगता है।)

मिसेज सिंह : ए.सी.पी. साहब! मैं हाथ जोड़कर माफी चाहती हूँ, यदि मेरे किसी ऐसे शब्द से आपको धक्का लगा। मैं अपने शब्दों को वापस लेती हूँ। कोई बात नहीं, आप ऑफिस में बुलाना चाहते हैं, आ जाऊँगी, पर इस तरह नाराज होकर मत जाइए। एक बार मैं फिर से कहती हूँ कि मेरा कोई चक्कर नहीं मिस्टर जागीर से। हम अच्छे दोस्त हैं, वे मेरे सीनियर हैं, उनकी इज्जत करती हूँ।

तीर्थ : मिसेज सिंह यह भी मैं जानता हूँ। आप क्या सोचती हैं कि मैं सिर्फ आपके यहाँ तहकीकात के लिए या फिर आपको नाराज करने आ जाता हूँ! इन कुछ दिनों में मैं लगभग सभी गवाहों से मिल चुका हूँ। मुझे कुछ ऐसी बातें भी पता चली हैं कि आप सुनकर आश्चर्य में एकदम दंग रह जाएँगी। आपका पति आपका नाम जोड़ता था मिस्टर जागीर से। इसके पीछे भी एक राज है। उसके ही हित में वह आपका नाम बदनाम करता था मिस्टर जागीर से, जबकि बात कुछ और ही थी। खैर, इस विषय पर

चर्चा नहीं करूँगा, यह मैंने किसी से वादा किया है, परंतु अंत समय में यदि निष्कर्ष नहीं निकला तो यह विषय उठाना होगा, आप समझदार हैं, इशारा काफी है।

मिसेज सिंह : ए.सी.पी. साहब! मैं जिद नहीं करूँगी, क्योंकि आपने किसी से वादा किया है। कैसा वादा? यह भी नहीं पूछूँगी, लेकिन···

तीर्थ : लेकिन-वेकिन कुछ भी नहीं, एक औरत है, जिस पर मैं बहुत शक करता हूँ, बहुत चालाक समझती है अपने को। जिस दिन मेरे पंजे में आ गई, तब पता चलेगा कि ए.सी.पी. तीर्थ क्या चीज है? बहुत प्रश्न करती है।

मिसेज सिंह : मुझे नहीं लगता कि वह इन सब चीजों में शामिल है।

तीर्थ : शांत पानी की गहराई नापना कठिन है मिसेज सिंह।

मिसेज सिंह : मेरे पति तथा मेरे साथ तो उसका संबंध एकदम अच्छा है।

तीर्थ : खैर, समय बोलेगा, वह कुछ रुककर, फिर साहस लेकर··· मिसेज सिंह जिस काम के लिए आया था, वह तो अधूरा रह गया।

मिसेज सिंह : कौन सा काम, कुछ तो बोल सकते हैं?

तीर्थ : रविवार 14 यानी कि इस रविवार की रात को आप क्या कर रही हैं?

मिसेज सिंह : हर रात की तरह रविवार की रात को में अपने यहाँ रहूँगी, क्यों कोई बात है?

तीर्थ : न-न, विशेष कोई बात नहीं।

मिसेज सिंह : फिर क्यों पूछ रहे थे?

तीर्थ : मिसेज सिंह, मैं चाहता था कि रविवार की रात आप मेरे यहाँ आएँ।

मिसेज सिंह : आपके यहाँ आऊँ! पर क्यों, आखिर बात क्या है?

तीर्थ : देखिए मिसेज सिंह बात यह है कि उस दिन मेरे बेटे का जन्मदिन है।

मिसेज सिंह : ओ! बेटे का जन्मदिन, बधाई, कम-से-कम आप बेटे का जन्मदिन तो मना सकते हैं, पर ऐसा सौभाग्य मुझे कहाँ?

तीर्थ : इसीलिए मैं चाहता था कि आप इस अकेलेपन से निकलें, कुछ बाहर जाएँ, इस तरह सुबह से शाम तक चिंता में डूबी न रहें।

मिसेज सिंह : उस घटना के पश्चात् मैं कहीं भी नहीं जाती हूँ। ये समाजवाले भी अजीब हैं, उनकी नजरों में मैं खूनी हूँ, अजीब तरह से देखते हैं। जिस दिन कानून सिद्ध कर देगा कि मैंने अपने पति का खून किया है, उस दिन खूनी कहलाऊँगी। अभी तो सिर्फ शक किया गया है कि मैं खूनी हूँ। लेकिन समाज मुझे अभी से ही खूनी मानता है।

तीर्थ : समाज का काम है बकना। बकने दीजिए। कुत्ता हर एक घटना पर भौंकना शुरू कर देता है। क्या भौंकने से समाज का काम रुक जाता है।

मिसेज सिंह : खैर, मुझे क्षमा करें, निस्संदेह मैं नहीं आऊँगी।

तीर्थ : आ जातीं तो कम-से-कम मेरा छोटा सा परिवार खुश हो जाता। फिर भी आपके फैसले की इज्जत करता हूँ, खैर···

मिसेज सिंह : अगर आपके यहाँ मैं आ जाती हूँ, तो उस भीड़-भाड़ में कोई तो मुझे पहचान लेगा कि मैं मिसेज सिंह, जिस पर इन दिनों अपने पति के खून का मुकदमा चल रहा है, अब सोचिए मिस्टर ए.सी.पी. आपकी क्या इज्जत रह जाएगी?

तीर्थ : जो बात आप सोच रही हैं, वह एकदम गलत है।

मिसेज सिंह : नहीं ए.सी.पी. साहब, नहीं आऊँगी, बिल्कुल नहीं।

तीर्थ : ठीक है, जो निर्णय आपने किया है, वही सही। चलता हूँ। *(निकलता है)*

(कुछ क्षण पश्चात् वह फिर से आता है।) मिसेज सिंह!

तीर्थ : क्षमा कीजिए मिसेज सिंह, मेरा चश्मा भीतर रह गया है। आदत से मजबूर हूँ, जब भी यहाँ आता हूँ, कुछ-न-कुछ भूल ही जाता हूँ। कहीं ऐसा तो नहीं कि एक दिन मैं अपना दिल ही यहाँ भूल जाऊँ।

(मिसेज सिंह कुछ नहीं कहती, तीर्थ भीतर जाता है। मेज पर पड़ा चश्मा लेता है, आँखों पर लगाता है और मिसेज सिंह के पास आकर··)

तीर्थ : क्षमा करें मिसेज सिंह, सिर्फ आपके यहाँ नहीं, जहाँ भी जाता हूँ कुछ-न-कुछ भूल जाने की आदत बन गई है। *(निकल जाता है।)*

दृश्य सात : ए.सी.पी. का घर–रात का समय

[जगह बैठक, सोफे-कुरसियाँ आदि हैं। बीच में एक छोटी मेज है। सिद्ध इधर-से-उधर चक्कर लगा रहा है''' घड़ी देख रहा है, दरवाजे की ओर जाता है, बाहर देखता है, फिर पुकारता है''']

सिद्ध : दादी, ओ दादी!

(भीतर से आवाज आती है) हाँ बेटे, अब क्या है?

सिद्ध : साढ़े छह बज गए, आखिर पिताजी किधर रह गए?

(बूढ़ी दादी बाहर आती है।)

दादी माँ : थोड़ा सब्र कर, आ जाएगा, कहीं काम में फँस गया होगा।

सिद्ध : बात सब्र की नहीं दादी, अभी पिताजी आएँगे, इधर सजाएँगे, उधर सजाएँगे, समय निकलता जाएगा। इधर-उधर करते साढ़े आठ-नौ बज जाएँगे। मुझे खाना खाकर जल्दी सोना है। सवेरे चार बजे उठकर पाठ याद करना है, दो दिन पश्चात् परीक्षा आरंभ हो रही है।

दादी माँ : हाँ-हाँ, यह तो मैं एकदम ही भूल गई थी। जल्दी कर, जल्दी से उसे फोन लगा।

(सिद्ध जेब से मोबाइल निकालता है और फोन करता है, नहीं लगता है, फिर प्रयत्न करता है। उसी समय पिताजी प्रवेश करते हैं। एक हाथ में एक बड़ा बस्ता है, दूसरे हाथ में मिठाई है। सिद्ध दौड़कर उनकी मदद करता है, फिर सोफे पर जाकर बैठ जाता है।)

दादी माँ : तीर्थ बेटे, कुछ पिएगा।

तीर्थ : हाँ माँ, एक गिलास ठंडा पानी।

(माँ भीतर जाती है और तुरंत आती है। हाथ में गिलास है। तीर्थ को पानी देती है, तीर्थ पानी पीता है और एक साँस लेता है।)

दादी माँ : काम में देर हो गई, तीर्थ बेटे।

तीर्थ : नहीं माँ, बिल्कुल नहीं। कुछ सामान ढूँढ़ रहा था, बस देर हो गई।

दादी माँ : ठीक है, थोड़ा आराम कर ले।

तीर्थ : नहीं माँ, मैं जरा हाथ-मुँह धो लेता हूँ, शरीर को थोड़ा ठंडा कर लेता हूँ, तब तक, तुम दोनों मेज को सजा दो।
सिद्ध बेटे, जरा दादी की मदद कर देना।
(तीर्थ भीतर चला जाता है।)
सिद्ध मिठाई लेकर मेज पर सजाता है। एक-दो फूल आदि मेज पर रखता है। दादी उसकी मदद करती है। कुछ ही क्षण बाद तीर्थ भीतर से आता है शरीर पोंछता हुआ और कहता है।

तीर्थ : माँ, खाना-वाना सब तैयार है न?

दादी माँ : हाँ बेटे, सब तैयार है।

सिद्ध : इधर भी सब तैयार है।

तीर्थ : हाँ, बेटे देर नहीं करेंगे। आज मैं बहुत थक गया हूँ और फिर सुबह छह बजे मुझे ऑफिस पहुँचना है तथा विशेष बात तो यह है कि दो दिन पश्चात् सिद्ध की परीक्षा शुरू हो रही है।

माँ : हाँ सिद्ध, तू तैयार हो जा, जल्दी से।

सिद्ध : दादी मैं तो तैयार हूँ, जैसा हूँ, वैसा ही ठीक है।
(तीनों मेज के पास जाते हैं। सिद्ध मोमबत्ती को जलाता है और हाथ में छुरी लेकर तैयार है। दादी और तीर्थ गाते हैं 'जन्मदिन अभिनंदन, जन्मदिन सिद्ध को अभिनंदन।' सिद्ध मोमबत्तियों को बुझाता है और मिठाई (केक) काटता है, फिर ताली बजाते हैं। सिद्ध कुछ मिठाई लेकर तीर्थ को खिलाना चाहता है, तभी…)

तीर्थ : नहीं बेटे, पहले इस देवी का मुँह मीठा करा और आशीर्वाद ले। आज तू इतना बड़ा हुआ तो इस देवी की कृपा से। तेरी दादी तो है ही, तेरी माँ भी है, तेरी भगवान् भी है, तेरी रक्षिका भी है।
(सिद्ध दादी को मिठाई खिलाता है और चरण-स्पर्श करता है। दादी सिद्ध को सीने से लगा लेती है और कहती है।)

दादी माँ : जीता रह, मेरा कलेजे का टुकड़ा, किसी की नजर तुझे न लगे। उन्नति कर, प्रगति कर। पिताजी का नाम एक दिन रोशन कर
(फिर सिद्ध पिताजी को मिठाई देता है, पिताजी भी कुछ मिठाई लेकर सिद्ध के मुँह में डालते हैं। सिद्ध पिताजी का आशीर्वाद लेता है, पिताजी उसे अपने सीने से लगाते हैं और जोर-जोर से रोने लगते हैं, माँ उन्हें रोकती है।)

दादी माँ : तीर्थ बेटे अपने को सँभाल, आज तेरा बेटा तेरह साल का हो गया, अभी देखते रहना, कुछ ही साल में यह छह फीट का नौजवान बन जाएगा तेरे ही जैसा, रोता क्यों है, अभी मैं मरनेवाली नहीं। *(तीर्थ बस्ता खोलता है और एक बड़ा तोहफा निकालकर सिद्ध को देता है।)*

तीर्थ : जो तूने माँग की थी, बस। यहाँ नहीं, अपने कमरे में खोलकर देख लेना, समय दौड़ रहा है। चलो खाना खाते हैं, सुबह जल्दी जागना है, काम पर जाना है और तुझे अपना पाठ याद करना है।

दृश्य आठ : मिसेज सिंह का घर

[मिसेज सिंह घर ही पर हैं, सोफे पर बैठी है, उसकी एक सहेली के साथ में बातचीत जारी है, उसी समय घंटी बजती है। मिसेज सिंह जाकर दरवाजा खोलती है।]

मिसेज सिंह : ओ आप···ए.सी.पी. साहब! आइए।
(तीर्थ भीतर आता है।)

मिसेज सिंह : मेरी सहेली है मिसेज वेदिता कासी और आप हैं ए.सी.पी. तीर्थराज।

वेदिता : हलो मिस्टर ए.सी.पी. साहब।

तीर्थ : नमस्ते मिसेज वेदिता, खुशी हुई आपसे मिलकर।

वेदिता : क्यों, क्यों खुशी हुई?

तीर्थ : अरे भाई, आ गया दोनों को रंज करने। निस्संदेह कुछ अच्छी ही बातें चल रही थीं।

वेदिता : मान गई ए.सी.पी. साहब, आपका अनुभव। कुछ अच्छी ही बातें चल रही थीं।

तीर्थ : ओह! माफी चाहूँगा, आ गया मैं आपकी खुशी भंग करने। कोई बात नहीं, आप लोग अपनी बातें कीजिए, मैं चलता हूँ, फिर आ जाऊँगा, मेरा तो काम ही ऐसा है।

वेदिता : नहीं, आप रहिए, मैं चलती हूँ, मैं तो निकल ही रही थी कि आप आ गए। काफी महीने गुजर गए शोभना से भेंट नहीं हुई थी। नौकरी से घर जा रही थी, सोचा मिलती चलूँ, दर्शन हो जाएँगे, हाल-चाल भी पूछ लेंगे, अभी घर जाते-जाते शाम भी हो जाएगी।

(वह उठ खड़ी होती है।)

तीर्थ : कुछ भी हो, कुछ समय तो आप ठहरनेवाली थीं।

वेदिता : शायद, आपकी बात भी मान लेती हूँ।

तीर्थ : मानना चाहिए, आप बहुत ही दिलचस्प महिला हैं।

वेदिता : खैर, फिर कभी, शोभा चलती हूँ, फोन करते रहना।

मिसेज सिंह : बहुत खुशी हुई तुम मिलने आ गई, इतने दिनों के बाद। सड़क पर सावधानी से गाड़ी चलाना।

वेदिता : तुम चिंता न करो, घर पहुँचकर फोन करती हूँ।

मिसेज सिंह : ए.सी.पी. साहब, आप खड़े क्यों हैं, बैठिए।

तीर्थ : जी, बहुत धन्यवाद। काफी समय गाड़ी में बैठा रहा, कुछ समय खड़ा होकर बात करना बेहतर होगा।

मिसेज सिंह : कुछ लेंगे?

तीर्थ : नहीं-नहीं, धन्यवाद। एक बात कहूँ मिसेज सिंह?

मिसेज सिंह : जरूर पूछिए।

तीर्थ : आपकी जितनी भी सहेलियाँ हैं, इतनी सुंदर क्यों हैं? यह, जो अभी गई, बहुत ही सुंदर है। आपकी पड़ोसिन को लीजिए, आपके सीनियर ऑफिसर की पत्नी को लीजिए।

मिसेज सिंह : और आपकी पत्नी कैसी हैं?

तीर्थ : अच्छी तरह से देखा नहीं, देखकर फिर बताऊँगा।

मिसेज सिंह : अजीब उत्तर है।

तीर्थ : आपकी इस सहेली को पहली बार देख रहा हूँ।

मिसेज सिंह : मैं खुद काफी महीनों बाद मिल रही हूँ।

तीर्थ : मैं कुछ समझा नहीं?

मिसेज सिंह : जहाँ मैं पहले काम करती थी, उसी ऑफिस में वेदिता भी काम करती है। जब मैं उधर काम करती थी, तब तो लगभग प्रति सप्ताह ही मेरे घर आ जाती थी।

तीर्थ : और अब?

मिसेज सिंह : मैंने कहा न, उस हादसे के बाद शायद दूसरी बार आई थी।

तीर्थ : आपके दिमाग में कुछ बैठता है?

मिसेज सिंह : मैं कुछ समझी नहीं।

तीर्थ : वह आपसे मिलने आती थी या फिर आपके पति से?

मिसेज सिंह : मुझसे मिलने आती थी, मेरे पति से क्यों मिलने आती?

तीर्थ : उलटी खोपड़ी? सुबह से शाम तक आप दोनों एक ही ऑफिस में, शाम तक···और काम के पश्चात् घर जाने के बदले वह आपके घर आ जाती थी, कुछ तो बात है?

मिसेज सिंह : सभी को आप शक की ही नजरों से देखते हैं। मेरे पति की हत्या के पीछे, मैं तो फँस ही गई हूँ और जो सत्रह गवाह हैं, उनको भी आप शक ही की नजरों से देखते हैं। कहीं ऐसा तो नहीं कि अपने घर में आप अपनी पत्नी को भी ऐसी ही नजरों से देखते हैं?

तीर्थ : मेरे यहाँ सब उलटा था, मेरे यहाँ मेरी पत्नी मुझ पर शक करती थी।

मिसेज सिंह : करती थी? मैं समझी नहीं।

तीर्थ : पुरानी बातों का जिक्र क्यों करें? मेरे लिए यह औरत नई है। आपके ऑफिस में कई बार गया, आपके सीनियर, उनकी पत्नी, अन्य अफसरों से भी मिला, पर इस औरत को वहाँ कभी नहीं देखा।

मिसेज सिंह : उससे आपका क्या लेना-देना, आम खाइए, पेड़ गिनने से क्या मतलब?

तीर्थ : शायद गवाहों में एक और बढ़ गया। इस औरत वेदिता से तो मुझे मिलना ही होगा।

मिसेज सिंह : मिल लीजिएगा, कौन मना कर रहा है? कुछ भी नहीं होनेवाला। मैं तो पूरी तरह से फँस गई हूँ।

तीर्थ : मिसेज सिंह, जिस काम के लिए आया, वह तो मैं भूल गया।

मिसेज सिंह : कौन सा काम आन पड़ा?

तीर्थ : यही कि कल शाम को बेटे का जन्मदिन मनाया गया। आपको भी बुलाया था, पर आप नहीं आईं, अत: थोड़ी सी मिठाई आपके नाम से लाया था, सुबह से शाम हो गई, अब समय मिला, तो मैंने सोचा कि घर लौटने से पहले आपको मिठाई देता चलूँ।

मिसेज सिंह : यह तो आपका बड़प्पन है, आपने मुझे याद किया।

(तीर्थ बैग खोलता है। एक कटोरी निकालता है और मिसेज सिंह को देता है।)

मिसेज सिंह : धन्यवाद, ए.सी.पी. साहब, मेरी ओर से बधाई जरूर दीजिएगा और मेरा आशीर्वाद भी।

तीर्थ : यह तो कल शाम को भी आकर दे सकती थीं।

मिसेज सिंह : वैसी भीड़ में मैं एक कलंकित औरत कैसे आ सकती थी?

तीर्थ : कैसी भीड़? बिल्कुल भीड़ न थी, केवल तीन लोग थे।

मिसेज सिंह : केवल तीन लोग! मैं समझी नहीं?

तीर्थ : मेरी बूढ़ी माँ थी, मेरा बेटा था और मैं। हर साल हम इसी तरह सिद्ध का जन्मदिन मनाते हैं।

मिसेज सिंह : और सिद्ध की माँ यानी कि आपकी पत्नी?

तीर्थ : मेरी पत्नी नहीं है?

मिसेज सिंह : ओह! माफी चाहती हूँ, क्या हुआ था उन्हें?

तीर्थ : क्या हुआ था उसे, कुछ भी नहीं, मेरे यहाँ से भाग गई।

मिसेज सिंह : क्या कह रहे हैं आप?

तीर्थ : वैसा ही चौदह अक्तूबर का दिन था। सिद्ध दो वर्ष का हो रहा था। तैयारियाँ चल रही थीं। रात्रि में मेरे ससुरालवाले आनेवाले थे। धूम-धाम से दूसरी वर्षगाँठ मनानेवाले थे। अभी कुछ ही महीने पूर्व मैं इंस्पेक्टर बना था। नई नौकरी मिली थी, नए विभाग में। सुबह घर से निकला, उन लोगों से कहा कि चार-पाँच बजे तक आ जाऊँगा। नतीजा यह हुआ कि मैं साढ़े दस बजे घर लौटा। घर में सन्नाटा था। माँ ने दरवाजा खोला। सब जैसे-के-तैसे पड़े थे। सिद्ध माँ की पलंग पर सोया था, माँ मुझे पकड़कर रोने लगी। माँ से सब कथा सुनने के बाद मैं तुरंत ससुर, साले, अपनी पत्नी से मिलने गया। फाटक तो बंद था, किसी तरह फाटक पार किया, परंतु मेरे सालों और ससुर ने मिलकर मेरा बहुत अच्छा 'स्वागत' किया, नतीजा काफी दिनों तक अस्पताल में रहना पड़ा।

मिसेज सिंह : आपकी पत्नी ने आपकी रक्षा नहीं की?

तिथि : वह घर से बाहर आई ही नहीं। मैंने सोचा, बड़े घर की बेटी है, कुछ दिन बाद क्रोध शांत हो जाएगा और बच्चे की याद तो अवश्य आएगी। कभी-न-कभी वह लौट आएगी। एक दिन घर लौटा तो देखा तलाक के कागज मेज पर पड़े थे। तब मैंने सोच

लिया कि यह औरत अपने दिमाग से नहीं सोचती, अन्यों के दिमाग के प्रयोग से ही अपने दिन गुजार रही है। मैंने तलाक के कागज पढ़कर हस्ताक्षर कर दिए और उसे भेज दिया।

मिसेज सिंह : अब वह कहाँ है?

तीर्थ : पता नहीं, कितने साल गुजर गए, कभी भी उसको नहीं देखा। सुनने में आया था कि वह यूरोप चली गई थी।

मिसेज सिंह : आपने फिर दूसरी शादी क्यों नहीं की?

तीर्थ : साँप विषैला होता है। जितना भी उसे दूध पिलाओ, उसके अंदर जहर ही होता है, अमृत नहीं। मैंने तय कर लिया कि मैं शादी नहीं करूँगा। यदि शादी कर ली होती, दूसरी औरत तो मिल जाती, किंतु दूसरी औरत को अपना बच्चा चाहिए, नतीजा मेरा सिद्ध अनाथ हो जाता। एक तो दो साल की आयु में उसकी माँ ने उसे छोड़ दिया, बाद में मैं उसे छोड़ दूँ! लड़के का क्या भविष्य बनता? आज मेरा बेटा तेरह साल का है, शिष्ट, मेधावी, परिश्रमी है। दादी और बाप का प्यार मिलता है उसे। देखते-देखते एक दिन बड़ा नौजवान बन जाएगा।

मिसेज सिंह : *(आँखों से आँसू पोंछती हुई)* पहली बार जब आप मुझसे मिलने आए, तो मैंने सोच लिया था कि यह आदमी इनसान तो है ही नहीं, वह किसी का दुःख क्या समझेगा? मैं गलत थी। कभी-कभी इनसान दूसरे इनसान के चेहरे को देखकर धोखा खा जाता है, कितनी मानवता छिपी है आपमें, अब मुझे नजर आ रही है। आप भी एक पति थे और मेरा भी एक पति था, मैंने क्या नहीं सहा अपने जीवन में?

तीर्थ : मिसेज सिंह, शाम हो चली, मुझे चलना चाहिए, पर जाने से पहले एक बात कहूँगा, यदि आज्ञा हो तो?

मिसेज सिंह : अवश्य, जरूर कहें।

तीर्थ : हम पुलिसवाले चेहरे से कठोर नजर आते हैं, क्या करें, मजबूरी है। यदि हम गांधीवाद अपनाकर चोर-खूनी को पकड़ना चाहें तो क्या वे मानेंगे कि हाँ मैंने खून किया है? जबरदस्ती कठोर, बेदर्द बनना पड़ता है। शक्ति प्रयोग करना पड़ता है। आप ही का विषय लें। सत्रह गवाह हैं और एक अठारहवीं भी लिस्ट में आ

गई। कभी इसके हाथ, कभी उसके हाथ, कुछ दिनों से यह केस मेरे हाथ में है। जितने भी गवाह हैं, उनमें से एक तो निस्संदेह खूनी है। क्या वह मानने को तैयार है कि उसने खून किया है?

मिसेज सिंह : आप एकदम सही हैं।

तीर्थ : अच्छा मिसेज सिंह चलता हूँ।

मिसेज सिंह : कृपया एक मिनट, एक मिनट दीजिए मुझे। वह भीतर जाती है और कुछ ही क्षण पश्चात् वह फिर से आती है। एक लिफाफा हाथ में है, वह उसे तीर्थ को देती है।

तीर्थ : यह क्या है मिसेज सिंह?

मिसेज सिंह : यह आपके लिए नहीं, आपके बेटे सिद्ध के लिए एक छोटी सी भेंट है। मेरी शुभकामनाएँ और आशीर्वाद भी जरूर उसे दीजिएगा।

तीर्थ : मैंने सोचा कि कहीं आप मुझे प्रेम-पत्र तो नहीं दे रही हैं या कोई रिश्वत! लेकिन यह सिद्ध के लिए है, तो इनकार नहीं करूँगा।

मिसेज सिंह : ए.सी.पी. साहब, मुझे नहीं लगता कि आप बिकनेवाले अफसर हैं। *(वह निकल जाता है।)*

दृश्य नौ

[अश्विनी कुमार अपने ऑफिस में है, कुछ कार्य में लगा है, तभी टेलीफोन (मोबाइल) बजता है।]

अश्विनी : हलो, हलो हाँ ए.सी.पी. साहब नमस्तेजी, हाँ-हाँ, तेरा ऑफिस भी ठीक है, लेकिन वहाँ पर अन्य अफसर लोग रहेंगे। हमारी बात तो एकदम राज की बात होनी चाहिए। हाँ-हाँ, मेरा ऑफिस ही ठीक रहेगा। तू मेरे ही यहाँ आ, हाँ-हाँ, मैं मिसेज सिंह को फोन करके कह देता हूँ कि कुछ समय के लिए मेरे ऑफिस में आ जाएँ, ठीक है, मिलते हैं। अच्छा, ठीक है।

(फिर टेलीफोन उठाकर सहायक से कहता है।)

देखो मिसेज सिंह को फोन लगाओ और कहो कि जल्द-से-जल्द मेरे ऑफिस में आ जाएँ। टेलीफोन रखकर फाइल देखता है। उसी समय टेलीफोन फिर बजता है।

हलो, हूँ, ठीक है अंदर भेज दो। *(ए.सी.पी. तीर्थ ऑफिस में*

प्रवेश करता है। अश्विनी उसका स्वागत करता है।)
आ यार, तेरा स्वागत है। आराम से बैठ।
(तीर्थ बैठ जाता है।)

अश्विनी : कोई नया परिवर्तन?

तीर्थ : बहुत परिवर्तन हुआ, कल दोपहर से।

अश्विनी : तब तो बहुत अच्छी खबर है। यह तो मैं जानता हूँ। जब ए.सी.पी. तीर्थ किसी चीज में हाथ डालता है, तो नतीजा खुद-ब-खुद आ निकलता है।

तीर्थ : कल दोपहर एक गवाह से मिलने उसके ऑफिस में गया था। काफी कुछ सामने आ गया है। सिर्फ मिसेज सिंह से कुछ दिन, समय आदि निश्चित करने हैं, फिर।···
सुबह भी उसके ऑफिस गया, अभी तक नहीं आई थी। सब मिसेज सिंह पर निर्भर है, फिर उम्मीद करता हूँ।

अश्विनी : ऐसा लगता है कि मिसेज सिंह में अब कुछ जान आएगी।
(टेलीफोन बजता है, हलो) भेज दो भीतर।

अश्विनी : स्वागत है आपका मिसेज सिंह।

मिसेज सिंह : मैं तो डर ही गई थी, जब मुझसे कहा गया कि जल्द-से-जल्द मैं आपसे मिलूँ।

तीर्थ : तो अब डरना छोड़ दिया क्या?
लिफाफे में आपने मेरे बेटे को क्या दिया था?

मिसेज सिंह : लिफाफा बेटे के नाम था। आपका नहीं, प्रश्न यदि करना हो तो बेटे को करना चाहिए?

तीर्थ : देखिए मिसेज सिंह, मेरे पास समय कम है। मुझे कुछ ऐसे प्रश्न करने हैं, उम्मीद है कि आपको सब याद होगा।

मिसेज सिंह : कोशिश करूँगी, आप पूछिए।

तीर्थ : अपनी पड़ोसिन पार्वती देवी को आप कब से जानती हैं? कैसी औरत है वह?

मिसेज सिंह : जब से मेरी शादी हुई, उनको पड़ोसिन के रूप में जानती हूँ। वे बहुत बोलती हैं, पर मेरे साथ उनका अच्छा संबंध है।

तीर्थ : और आपके पति के साथ कैसा संबंध था?

मिसेज सिंह : सुनने में आया है कि दोनों स्कूल के जमाने से अच्छे दोस्त थे।

तीर्थ : और जब भी आप और आपके पति में लड़ाई होती थी, वह सबसे पहले समझौता कराने आ जाती थी।

मिसेज सिंह : वह जानती थी कि मेरे प्रति अन्याय हो रहा है।

तीर्थ : जिस दिन आपके पति की हत्या हुई, उससे पूर्व रात्रि में आप और मिस्टर सिंह में लड़ाई हुई। मिसेज पार्वती देवी के सामने आपके पति ने कहा था कि आपको गोली मार देगा। जो रिपोर्ट आपने स्टेशन में लिखवाई है और मिसेज सिंह गवाह है। नतीजा, बेचारे मिस्टर सिंह को गोली लग गई।

मिसेज सिंह : जो कुछ उन्होंने कहा था, वही रिपोर्ट मैंने लिखवाई।

तीर्थ : आपके पति ने भी अगली सुबह यानी कि गोली लगने से पूर्व आपके खिलाफ रिपोर्ट लिखवाई और उसमें कहा था कि लड़ाई का कारण यह है कि आपका संबंध आपके सीनियर से है।

मिसेज सिंह : यह तो सरासर झूठ है, पूर्व में भी मैंने कहा है।

तीर्थ : मैं जानता हूँ, क्योंकि मैंने भी आपको बताया है कि आपके सीनियर तथा उसकी पत्नी से भी मेरी बात हो चुकी है, यह गलत है। मिसेज सिंह अब जरा चलते हैं आपके ऑफिस की ओर।

अश्विनी : अरे भैया, तहकीकात जारी रखो, इतनी भी जल्दी क्या है? गला सूख गया होगा।

(वह टेलीफोन उठाता है।)

अश्विनी : हाँ, तीन गरम चाय भिजवा दो, अमर। *(बहुत धन्यवाद।)*

मिसेज सिंह : उस दिन मैं जरा देर से नौकरी पर गई थी।

तीर्थ : जानता हूँ, पहले आप स्टेशन गईं, रिपोर्ट लिखवाईं, फिर तीस मिनट देर से आप ऑफिस पहुँचीं और ऑफिस में सभी को पता चल गया देर से आने का कारण।

(कोई दरवाजा खटखटाता है। सभी चुप हो जाते हैं। एक लड़का प्रवेश करता है, तीन चाय के साथ। अश्विनी सभी को चाय देता है।)

(एक घूँट चाय गले के नीचे उतारते हुए।)

तीर्थ : दोपहर में आपको सीनियर ने आकर कहा कि आप लोगों को नौकरी के बाद छह बजे तक ओवर टाइम काम करना है, तो आपने मिसेज सिंह एक घंटे की छुट्टी की माँग की। आपने

सीनियर से कहा कि कुछ खरीदारी करनी है, छह बजे जब आप निकलेंगी तो सभी दुकानें बंद हो जाएँगी। इसलिए सीनियर ने आपको तीन से चार बजे तक की छुट्टी दी।

मिसेज सिंह : पर, ये सब बातें आपको किसने बताईं?

तीर्थ : मिसेज सिंह हम पुलिसवाले हैं, सब खबर रखते हैं।

अश्विनी : आप चिंता न करें मिसेज सिंह। आपके सीनियर की गवाही इस तरह से है, क्योंकि यहीं पर इसी ऑफिस में उन्होंने गवाही दी थी, मैं उनका भी वकील हूँ।

मिसेज सिंह : ओह! तो उनको वकील क्यों चाहिए?

अश्विनी : उनकी सुरक्षा के लिए, कभी भी, कुछ भी हो सकता है!

तीर्थ : एकदम सही। कुछ लोगों ने ओवरटाइम काम करने से मना कर दिया और एक ने तो बीमार होने का बहाना भी किया।

मिसेज सिंह : मैं तो तीन बजे बाहर चली गई, चार बजे आई तो सीधे अपने ऑफिस में गई, आपको पता नहीं चला कि बीमार होकर चली भी गई।

तीर्थ : इसमें कोई संदेह नहीं कि ऑफिस से घर जाने का समय पंद्रह मिनट है, उधर से लौटने के लिए पंद्रह मिनट और बाकी तीस मिनट अपने पति का काम तमाम करने के लिए, क्यों?
मिसेज सिंह क्या विचार हैं? आपके पति की हत्या हुई। इसी बीच तीन और चार बजे के बीच···तो आप अंदाजा लगा सकती हैं कि खूनी कौन है? मिसेज सिंह?

मिसेज सिंह : इतना लड़ने-झगड़ने के बाद भी, गवाहों की सुनवाई के बाद भी मैं आखिर में आकर वहीं रुक गई।

अश्विनी : नामुमकिन, एकदम गलत, केस को फिर से देखना चाहिए।

तीर्थ : केस को फिर से देखने की जरूरत नहीं, केस बंद। केस को मैं कुछ ही समय में बंद करने जा रहा हूँ। मुझे तो कल शाम ही से पता चल गया कि खूनी कौन है? बस मुझे मिसेज सिंह से कुछ विशेष जानकारियाँ चाहिए थीं।

अश्विनी : मेरी समझ में कुछ भी नहीं आ रहा है।

तीर्थ : मेरी समझ में सब कुछ आ रहा है।

(तब तक मिसेज सिंह रूमाल निकालकर आँखें पोंछती है।)

तीर्थ : मिस्टर अश्विनी कुमार, आप कैसे वकील हैं, मिसेज सिंह आपसे मिलने आईं, चालीस मिनट तक बातें हुईं तलाक पर, फिर मिसेज सिंह से आवेदन भरवाए। आपको दिन और तारीख याद है? आवेदन तो आपकी फाइल ही में रह गया, क्योंकि इसकी जरूरत ही नहीं पड़ी।

(अश्विनी फाइल खोलता है, जबकि मिसेज सिंह¨ ।)

मिसेज सिंह : फाइल देखने की जरूरत नहीं, मुझे एकदम याद है, एक घंटे की छुट्टी की माँग की थी। आपसे मिलने आई थी। काफी समय तक तलाक पर बातें हुईं, फिर मैं ऑफिस चली गई। काम कर ही रही थी कि फोन आया, मेरा पति अस्पताल में है।

तीर्थ : जब आप ऑफिस में थीं और इससे पूर्व तीन तथा चार बजे के बीच वकील के यहाँ थीं तो खून कैसे कर सकती हैं? यह प्रश्न मुझे नहीं, वकील को करना चाहिए।

अश्विनी : एकदम सही, लेकिन जिसने भी यह खून किया है, बहुत सोच-समझकर बहुत तैयारियों के पश्चात् ही किया है।

तीर्थ : कितना ही चालाक क्यों न हो, फँस गया है। आज शाम तक मेरा काम पूरा हो जाएगा इस केस से।

मिसेज सिंह : तो इसका मतलब है कि मैं साफ हूँ, इस खून के कलंक से बच गई।

अश्विनी : एकदम साफ।

(मिसेज सिंह उठकर, हाथ जोड़ती है। अश्विनी को पकड़कर सीने से लगाती है, फिर जाकर ए.सी.पी. तीर्थ के गालों को चूम लेती है और हाथ मिलाती है।)

मिसेज सिंह : ए.सी.पी. साहब, आपके काम करने का तरीका अजीब है। मैंने सपने में भी नहीं सोचा था कि इस जाल से निकल पाऊँगी।

तीर्थ : अभी खुश होने से कुछ नहीं होगा, मैं तो पहले से जानता था कि आप बेकसूर हैं, मुझे सबूत और अच्छे गवाह चाहिए थे, अभी तो सबसे बड़ा काम है, जाकर दोषी व्यक्ति को गिरफ्तार करना। लगभग सभी तैयारियाँ हो चुकी हैं, हर प्रकार के सबूत भी हैं।

मिसेज सिंह : आखिर वह खूनी कौन है, क्यों उसने मेरे पति की हत्या की?

तीर्थ : वह खूनी कौन है? आप लोग भली-भाँति उसको जानते हैं। घर

का आदमी है, मिसेज सिंह, वह तो आपके यहाँ आती-जाती थी। आज भी आपके साथ अच्छी दोस्ती निभाने का ढोंग करती है, सिर्फ यह जानने के लिए कि क्या हो रहा है।

अश्विनी : कहीं मिसेज पार्वती देवी की बात तो नहीं कर रहा है तू? उस पर तो मुझे बहुत दिनों से शक है।

तीर्थ : नहीं-नहीं, वह तो खाली टीन है, डम-डम-बम-बम करती रहती है। जिसने यह काम किया, एकदम ही चालाकी और चुपचाप सावधानी से किया।

मिसेज सिंह : आखिर कैसे?

तीर्थ : मिसेज सिंह! अपने पति को तो आप खूब जानती थीं। आपके पति को एक अजीब बीमारी थी।

मिसेज सिंह : अजीब बीमारी! कैसी बीमारी थी उन्हें?

तीर्थ : उसकी अजीब बीमारी सुंदर औरतें थीं। औरतों को देखकर वह बीमार हो जाता था। नतीजा, उस औरत ने आपके पति का इलाज कर दिया, हमेशा के लिए।

मिसेज सिंह : कैसे अकेली औरत ने उतने बड़े बलवान आदमी को मार डाला?

तीर्थ : पुलिस स्टेशन में रिपोर्ट लिखवाकर आप कुछ देर से काम पर गईं। अपने सीनियर से आपने कथा सुनाई, क्योंकि आपके पति और उनमें बिल्कुल नहीं बनती थी। फिर ओवरटाइम की बात आई। आपने खरीदारी के लिए एक घंटे की छुट्टी की माँग की, जबकि सच्चाई यह है, आप आईं थीं यहाँ इसी ऑफिस में अपने वकील से तलाक की बात करने। उस औरत ने बीमार होने का बहाना किया और घर लौट गई। वास्तव में वह अपनी पूरी योजना बनाकर ही ऑफिस से निकली थी। वह जानती थी कि मिस्टर सिंह घर पर हैं। वह ढाई और तीन बजे के बीच सिंह साहब के घर गई। काफी समय तक दोनों में बातें हुईं और बात बिगड़ने लगी। पाँच सालों की अजीब दोस्ती को त्यागकर मिस्टर सिंह नया चक्कर चला रहा था, जिससे मोहतरमा को एकदम चिढ़ थी। बात बिगड़ती गई और सिंह साहब को देर हो रही थी, क्योंकि चार बजे नई बेगम से मिलने का वादा था। औरत ने बैग खोला और पिस्तौल निकाली; डर दिखाने के लिए, पर सिंह

साहब ने ललकारकर कहा, 'औरतें बनीं मर्दों से प्यार करने के लिए, गोली चलाने के लिए नहीं। मैं जा रहा हूँ, देखो तुम्हें जो करना है, वह कर लो,' बस गोली चल गई—एक-दो और तीन! सिंह साहब मुँह के बल गिर पड़ा। आधा शरीर कमरे के अंदर और आधा शरीर चौखट के बाहर। वह औरत डर गई, वह भागना चाहती थी, फिर सोचा यदि आगे से निकलूँगी तो सिंह साहब उसे पकड़ सकता था। सिंह साहब काफी बलवान आदमी जो था। औरत ने पीछे की खिड़की खोली और चुपचाप निकल पड़ी। सिंह साहब उठने की कोशिश कर रहा था, खून बहता चला जा रहा था। मिस्टर सिंह ने खुद एंबुलेंस को फोन किया और उन्हें अस्पताल पहुँचाया गया। जब आपको फोन किया गया ऑफिस में, तब तक मिस्टर सिंह जीवित था। मिसेज सिंह यह है संपूर्ण कहानी।

(मिसेज सिंह सिसक-सिसककर रो रही थी।)

अश्विनी : मिसेज सिंह! सँभालें अपने आपको। जो होना था, वह तो हो गया।

मिसेज सिंह : कुछ भी हो, मेरी शादी हुई थी उनसे, मेरे पति थे।

तीर्थ : श्रद्धालु श्रोताओ, संपूर्ण कथा समाप्त हुई। अब मुझे आगे के लिए सोचना चाहिए। मेरे कुछ अफसर इंतजार कर रहे हैं, जाकर उस श्रीमती को अरेस्ट करना है। पता नहीं कि वह मान जाएगी या उसके परिवारवाले कुछ हलचल मचाएँगे।

मिसेज सिंह : ए.सी.पी. साहब अभी भी आपने नहीं बताया कि वह श्रीमती कौन है, जिसने मुझे विधवा बनाया?

तीर्थ : मैंने तो सोचा कि अब तक आप जान गई होंगी, इसीलिए चुप हैं आप!

मिसेज सिंह : मिसेज पार्वती देवी!

तीर्थ : बिल्कुल नहीं, बल्कि आपकी अच्छी सहेली, वेदिता। जिस तरह आपने कहा था कि वह हर सप्ताह आपसे मिलने आ जाती है। आपके साथ तो वह रोज ही मिलती थी ऑफिस में, फिर घर में आकर आपसे मिलने का सवाल ही नहीं उठता था। वह आती थी आपका नाम लेकर, पर विशेषता थी उसका प्रेमी।

अश्विनी : विश्वास का अब दुनिया में कोई मोल नहीं रहा।

तीर्थ : अच्छा दोस्तो! मुझे चलना चाहिए, मेरे लिए अभी तक बहुत काम अधूरा है, उसे आज ही पूरा करना होगा, मिसेज वेदिता की गिरफ्तारी।

अश्विनी : तीर्थ तूने मेरा काम आसान कर दिया। आसान क्या, मुझे तो अब कुछ करना ही नहीं चाहिए।

तीर्थ : *(मिसेज सिंह के पास जाकर)* मैं कोशिश करूँगा कि आपका पासपोर्ट जल्द मिल जाए, ताकि आप अपने बेटे से मिलने फ्रांस जा सकें।

मिसेज सिंह : मेरा बेटा फ्रांस में रहना पसंद नहीं करता, वह मेरे पास आना चाहता है। मैं भी आपका अनुकरण करना चाहती हूँ, जिस तरह आप अपने बेटे का पालन कर रहे हैं।

तीर्थ : लौट आता तो चलो, मेरे बेटे को एक छोटा भाई मिल जाता।

मिसेज सिंह : मैं समझी नहीं।

अश्विनी : *(हँसकर)* मिसेज सिंह आप एकदम समझ गई हैं।

तीर्थ : *(जाने लगता है, फिर लौटकर)* यदि छह बजे तक काम पूरा हुआ, तो साढ़े छह बजे फोन करूँगा। इंतजार करेंगी आप, इंतजार करेंगी, उत्तर तो दे सकती हैं? कोई बात नहीं, उत्तर मिल गया। वह दरवाजा खोलता है जाने के लिए, तभी…

मिसेज सिंह : ए.सी.पी. साहब, साढ़े छह बजे मैं आपके फोन का इंतजार करूँगी।

□

आखिर क्यों?

पात्र

नर्वदा	:	उम्र पैंतालीस साल के लगभग
अमर	:	नर्वदा का पति (पचास साल के लगभग)
अविनाश	:	नर्वदा-अमर का बेटा
सृष्टि	:	नर्वदा-अमर की बेटी
प्रेम	:	अमर का दोस्त
विश्वनाथ	:	अमर का मित्र (पुलिस–एस.पी.)

दृश्य एक

[सुबह का समय है, आठ बजे के लगभग, टेलीफोन की घंटी बजती है, नर्वदा बैठक में आती है और टेलीफोन उठाने जाती है।]

नर्वदा : हलो, हलो, कौन? ओह आप हैं भैया, प्रणाम भैया, सुबह–सुबह, सब ठीक, कुशल–मंगल तो है?…ओ माँ? माँ को क्या हुआ, डॉक्टर के पास ले गए? हूँ–हूँ, तो अभी कुछ अच्छी है। चलो, ठीक है, समय निकालकर मैं आ जाती हूँ। *(टेलीफोन रखती है।)*

(नौकरी पर जाने के लिए अमर तैयार हो चुका था; हाथ में सूटकेस लिये वह बैठक में आता है।)

अमर : अरे भई सुबह–सुबह आखिर किसका फोन था?

नर्वदा : विजय भैया ने फोन किया, कह रहे थे कि माँ बहुत बीमार हो गई है कल रात से।

अमर : माँ, और बीमार! अरे नर्वदा तुम्हारी माँ अपने जमाने की मीना कुमारी थी, नाटक अच्छा कर लेती है, अभी रविवार को तो वहाँ हम गए थे, तब तो एकदम ठीक और अच्छी थी, कूद रही थी, सोलह वर्ष की कन्या की तरह।

नर्वदा : बूढ़ी औरत है, क्या समय लगता है बीमार होने में।

अमर : ठीक है भई, आज तो मेरे पास समय नहीं, तुम कुछ समय निकालकर माँ को देख आना, देर हो रही है, चलता हूँ।

(एक-दो पग आगे बढ़ाता है, फिर नर्वदा के पास जाकर‥)

अमर : अरे हाँ, वह तुम्हारा लाट साहब किधर है, अभी तक सो रहा है या उठ भी चुका है। आज स्कूल नहीं है, तो इसका मतलब यह नहीं कि वह देर तक सोया रहे। जल्दी-जल्दी उसे उठाओ।

नर्वदा : आप क्यों उस बेचारे के पीछे पड़े रहते हैं, जवान लड़का है, उसे उसका अपना जीवन जीने दीजिए।

(उसी समय पंद्रह-सोलह वर्ष की लड़की कक्ष में आती है।)

सृष्टि : भैया के साथ आपकी इतनी दुश्मनी क्यों पिताजी? कल रात को देर तक पढ़ रहा था। मैंने खुद यह देखा था, शायद इसीलिए अभी तक सो रहा है!

अमर : ओह! तो तुम अपने भैया की वकील हो! वकालत तुम अच्छी कर लेती हो।

सृष्टि : वकालत नहीं पिताजी, मैं जो सच्चाई है, वही कह रही हूँ।

अमर : अच्छा नर्वदा, देर हो रही है, चलता हूँ, हाँ, सृष्टि तुम तो स्कूल जा रही हो?

सृष्टि : एकदम जा रही हूँ, अरे बाप-रे-बाप, देर हो रही है।

(भीतर भागती है, अमर भी निकल जाता है।)

(नर्वदा कुछ आगे बढ़ती है और पुकारती है।)

नर्वदा : अरे अवि बेटा, सूर्य काफी चढ़ चुका है, सिर में दर्द होगा, जल्दी उठ जा।

(भीतर से सृष्टि बस्ता लेकर आती है।)

सृष्टि : माँ देर हो चली है, बस चली जाएगी, मैं चलती हूँ।

नर्वदा : सब सामान, पैसे सब ले चुकी न?

सृष्टि : माँ सोलह साल की हूँ, मैं अपनी जिम्मेदारी उठा सकती हूँ। आप

मेरी इतनी चिंता क्यों करती हैं?

नर्वदा : हाँ-हाँ मेरी माँ, अब तुम सचमुच बड़ी हो गई हो। हाँ, एकदम ही बड़ी हो गई है। *(सृष्टि निकल जाती है।)*

(नर्वदा बैठक की सफाई में लग जाती है, तभी अविनाश बैठक में आता है।)

अवि : माँ!

नर्वदा : अरे अवि बेटा।

अवि : पिताजी चले गए?

नर्वदा : अभी-अभी तो गए।

अवि : और सृष्टि?

अवि : वह भी चली गई।

अवि : माँ! क्या पिताजी ने मेरे लिए कुछ पैसे छोड़े हैं?

नर्वदा : पिताजी को मालूम है कि तुम्हारे पैसे समाप्त हो गए हैं। रसोईघर की मेज पर रखे हुए हैं, ले लेना। जल्दी से हाथ-मुँह धो लो, मैं अभी तुम्हारे लिए चाय आदि के अलावा कुछ खाना तैयार कर देती हूँ, नानी कुछ बीमार पड़ गई है। मैं उसे देखने जाऊँगी, तुम घर ही पर रहना मेरे आने तक।

अवि : हाँ-हाँ माँ, घर ही पर रहूँगा, मेरा भी कुछ काम अधूरा पड़ा है, मौके का लाभ उठाकर पूरा कर लूँगा।

(अविनाश भीतर चला जाता है।)

दृश्य दो : जगह वही है

[अविनाश आराम से बैठा हुआ अखबार पढ़ रहा है, कुछ खा रहा है और कभी-कभी एक घूँट चाय पी लेता है। कुछ ही समय पश्चात् नर्वदा एकदम तैयार होकर वहाँ आती है।]

नर्वदा : अवि बेटा!

अवि : हाँ माँ!

नर्वदा : देखो, रसोई में भोजन है, समय पर खा लेना। मैं यूँ गई और नानी को देखकर तुरंत ही लौट आऊँगी।

अवि : ठीक है माँ। *(नर्वदा निकल जाती है।)*

(अविनाश अखबार पढ़ता जा रहा है और कुछ खा भी रहा है।

अचानक टेलीफोन की घंटी बजती है। वह फोन उठाने जाता है।)

अवि : अवि, हलो, हलो··· ओ हो, तुम हो, यार प्रेम कैसा है तू, किधर से बोल रहा है? मैं–मैं–मैं तो घर ही में हूँ, अकेला भी हूँ।
नहीं–नहीं, चिंता की कोई बात नहीं, माँ नानी के यहाँ गई है। क्या कहा, सामान है! देर मत कर जल्दी से घर आ जा, मैं यहीं हूँ, फोन रखता हूँ। *(वह फिर से सोफे पर बैठ जाता है, आराम से चाय पीता है, कुछ खाता है, तभी घंटी बजती है, अविनाश देखने जाता है।)*

अवि : अरे प्रेम! इतनी जल्दी आ गया, आ भीतर आ।

प्रेम : मैं जानता हूँ कि आज विश्वविद्यालय बंद है, इसीलिए मैंने तुम्हें घर ही में फोन किया।

अवि : सही फोन किया, सामान लाया है?

प्रेम : अरे यार, एकदम ताजा माल है।
(अविनाश भीतर जाता है और पैसे लेकर आता है। प्रेम को पैसे देता है, प्रेम पैसे गिनता है और जेब से कुछ निकालकर अविनाश को देता है।)

प्रेम : अच्छा यार, माल आज ही प्राप्त हुआ, ताजा है, इसीलिए अनेक जगहों पर जाना है। आज ही मुझे रमन, रोमी, संदेश आदि के यहाँ जाना होगा। वे भी बेचैनी से इंतजार कर रहे हैं। मैं चलता हूँ, सुबह मिलते हैं, स्कूल में।
(अविनाश प्रेम को दरवाजे तक छोड़ने जाता है, फिर लौटकर आराम से सोफे पर बैठ जाता है और वह उस द्रव्य का प्रयोग करता है। फिर कुछ समय पश्चात् वह एक पुस्तक लेता है। कुछ पृष्ठ उलटता है, फिर धीरे-धीरे उसकी आँखें बंद हो जाती हैं। काफी घंटों तक वह वहीं सोफे पर लेटा रहता है। फिर माँ प्रवेश करती है।)

नर्वदा : यह लड़का भी अजीब है, इतना बड़ा हो गया है, अपना खयाल तक नहीं रखता है। पढ़ते-पढ़ते यहीं सो गया, प्याले में अभी तक चाय भी बाकी है, हे भगवान्!
(उसे जगाने की कोशिश करती है।)

नर्वदा : अरे बेटे अवि, अवि उठ। अपने कमरे में चलो और आराम से सो जाओ।
(माँ उसकी मदद करती है और अवि को उठाने का प्रयत्न भी करती है।)

दृश्य तीन : जगह वही है

[अमर आराम से सोफे पर बैठा अखबार पढ़ रहा है। उसी समय¨]

सृष्टि : गरम-गरम चाय, गरम गरम चाय के साथ गरम-गरम समोसे और गरम-गरम भुजिया, गरम-गरम दिमाग भी ठंडा हो जाता है। पिताजी इनको खाइए, फिर कहिए कि आपकी बेटी कमाल की है या नहीं? मैंने तैयार किया है।

अमर : जब मेरी बेटी ने तैयार किया है तो खाना ही चाहिए, आखिर मैं भी देखूँ कि मेरी बेटी कमाल की है या नहीं!

(वह उनमें से एक लेकर मुँह में डालता है। उसी समय दरवाजे की घंटी बजती है, अमर उठना चाहता है, तभी सृष्टि कहती है।)

सृष्टि : पिताजी! आप आराम से गरम-गरम चाय पीजिए, मैं देखती हूँ। *(वह दरवाजे के पास जाती है।)*

अरे नाथ चाचा! प्रणाम चाचाजी, आइए-आइए चाचाजी, पिताजी घर ही पर हैं।

(विश्वनाथ एक लंबा, तगड़ा, चौड़े शरीरवाला आदमी, पचास के लगभग, नाथ को देखकर अमर खड़ा हो जाता है।)

अमर : अरे नाथ भैया, आओ-आओ *(उठकर उनका स्वागत करता है)* कहो, सब कुशल-मंगल है न, आराम से बैठो, फिर हम बातें करते हैं, बेटी सृष्टि, चाचा के लिए कुछ गरम¨ क्या लोगे नाथ?

नाथ : अरे भैया, अभी-अभी मैं चाय पीकर ही निकला।

अमर : अगर थोड़ी सी चाय पी लो मेरे यहाँ तो कुछ भी नुकसान नहीं होगा।

(उसी समय सृष्टि चाय लेकर आ जाती है।)

सृष्टि : चाचाजी यह चाय भी और भुजिया भी मैंने खुद तैयार की है, खाकर फिर आप कहिएगा! *(देकर चली जाती है।)*

अमर : अरे नाथ, मेरे यार, कभी एक महीना गुजर जाता है हमारी भेंट नहीं होती है, एक समय था, जब¨खैर!

नाथ : मानता हूँ, मानता हूँ मेरे यार, पड़ोसी मनुष्य का सबसे बड़ा परिवार है। हम तो पड़ोसी कम, दो भाई की तरह हमारा जीवन गुजरा है,

बचपन से लेकर अब तक। बचपन, जवानी और अब बूढ़े भी हो रहे हैं, पर क्या करूँ, दोष तो मेरा है। मेरा काम ही ऐसा है। तुम तो आठ–साढ़े आठ बजे घर से निकलते हो। नौ बजे तक काम आरंभ करते हो। चार बजे ऑफिस बंद। साढ़े चार–पाँच के बीच तुम घर लौट आते हो और मैं जब घर से निकलता हूँ तो सभी को मालूम होता है कि मैं घर से निकल रहा हूँ, पर लौटने का समय···काश कि मुझे खुद मालूम होता कि आज मैं छह बजे तक घर लौट आऊँगा! कभी–कभी तो सुनैना से लड़ाई भी हो जाती है, लेकिन सुनैना एक अजीब औरत है, वह विश्वास पर जीती है, शक पर नहीं जीती। शक पर तो मैं जीता हूँ, क्या करूँ? मेरी मजबूरी है, मेरा काम ही ऐसा है।

अमर : अरे मेरे भैया! विश्वास ही पर तो यह दुनिया टिकी हुई है। अरे भई चाय ठंडी हो रही है। पी लो, फिर आराम से बातें करते हैं।

नाथ : आराम से? काश कि मेरे जीवन में कुछ आराम मिलता! आज रविवार है, तुम लोगों की छुट्टी है, तभी तो मैं तुमसे मिलने आया। मुझे तो आज भी काम पर जाना है, ईश्वर जाने कब लौटूँगा, शाम को, रात्रि में या आते–आते सुबह भी हो जाए। *(चाय उठाकर पीता है।)*

इन दिनों मेरा काम इतना बढ़ गया है, जहाँ देखो चोरी, लूटमार, खून–खराबा, बलात्कार, नाकाबंदी, गाँजा, चरस, अन्य द्रव्यों का व्यापार। पता नहीं कैसे इन कुव्यवहारों को हम रोक सकते हैं?

अमर : हाँ, नाथ, किसी विशेष काम के लिए मिलने आया था?

नाथ : काम तो पड़ गया यार, तभी तो मिलने आ गया।

अमर : आज्ञा करो, मुझसे जो भी हो सकता है, जरूर पूरा करूँगा। निस्संकोच बोलो क्या सेवा कर सकता हूँ?

नाथ : ध्यान देकर मेरी बातों को सुनना, गलत निष्कर्ष नहीं निकालना। तुम मेरे अपने हो, इसलिए तो आया हूँ।

(अमर एकदम गंभीर हो जाता है और कहता है।)

अमर : आखिर बात क्या है? चिंतारहित होकर मुझे साफ–साफ कहो।

नाथ : यार! मेरे भाई! तुम्हारी शरण में आ तो गया हूँ, परंतु पता नहीं कि मैं सही कर रहा हूँ या गलत, पर जो सच्चाई है, वह तो सच्चाई है सामने है।

अमर : सच्चाई, कैसी सच्चाई? मैं सचमुच ही अब डरने लगा हूँ। दिल

धड़कने लगा है, आखिर बात क्या है? मुझे इस तरह असमंजस में मत डालो।

नाथ : अमर! इस समय अविनाश कहाँ है?

अमर : आज रविवार है, इस समय तो वह सो रहा है।

नाथ : बस, मैं अविनाश ही का विषय लेकर आया हूँ। अविनाश एक होनहार मेधावी नौजवान है और फिर डॉक्टरी सीख रहा है। एक-दो साल पश्चात् निस्संदेह वह एक अच्छा डॉक्टर बन जाएगा, इसमें तो संदेह नहीं।

अमर : यह तो सत्य है नाथ, तुम लोगों का आशीर्वाद रहा, तो अवश्य ही वह डॉक्टर बन जाएगा, मेरा भी एक सपना है कि··

नाथ : आशीर्वाद तो है यार, हमारे गाँव का बेटा है। डॉक्टर बनेगा, गाँव की इज्जत बढ़ेगी, गाँव का नाम होगा, परंतु अमर भैया तुम्हें नहीं लगता कि अविनाश पर कुछ ज्यादा ध्यान देना होगा, ऐसा न हो कि देर हो जाए!

अमर : नाथ! अविनाश को क्या हुआ? ज्यादा ध्यान क्यों, क्या बात है? कुछ हुआ है क्या?

नाथ : अभी तक तो कुछ बिगड़ा नहीं, ऐसा न हो कि देर हो जाए!

अमर : पहेलियाँ न बुझाओ। बात क्या है, साफ-साफ कहो, क्या हुआ अविनाश को?

नाथ : अविनाश को होगा क्या, बस उसे रास्ते पर लाना होगा, कुछ मार्ग भटक रहा है।

अमर : मार्ग भटक रहा है! मैं कुछ समझा नहीं। साफ-साफ बोलो नाथ! आखिर तुम मेरे मित्र, मित्र क्या, भाई समान हो।

नाथ : जब मैंने पहली बार उसे देखा, मेरी आँखों को विश्वास ही नहीं हो रहा था कि यह हमारा अपना अविनाश है। सोचा कहीं मैं सपना तो नहीं देख रहा हूँ।

अमर : आखिर, आखिर, तुम कहना क्या चाहते हो? मुझे भ्रम में मत डालो यार, जल्दी बोलो!

नाथ : देखो यार! मुझे भी अभी नौकरी पर जाना है, हजार रास्ते नहीं अपनाऊँगा, सीधे-सीधे बोलता हूँ, अविनाश रास्ता भटक गया है। वह नशीले द्रव्य का प्रयोग करता है।

अमर : नाथ! तुम्हारा दिमाग तो ठीक है या खुद सुबह-सुबह कुछ चरस प्रयोग करके मेरे यहाँ आ गया है, How dare you?

नाथ : सच्चाई कड़वी होती है अमर, इसलिए मैं तुम्हारे यहाँ आना भी नहीं चाहता था, पड़ोसी होता तो मैं नजरअंदाज कर देता, परंतु हम दोनों तो बचपन के दोस्त हैं, मैं कैसे चुप रहूँ? मैं तो इसलिए आया हूँ कि हम बैठकर कुछ उपाय ढूँढ़ें, न कि बहस करें। ऐसा न हो कि देर हो जाए। मेरे अफसरों ने उसे कई बार देखा, मेरे कहने पर उसको रोका नहीं। क्या तुम्हें ऐसा लगता है कि मैं उसको नाम बदनाम कर रहा हूँ?

अमर : हम बचपन के दोस्त हैं नाथ, तुम्हें हमेशा से अपना छोटा भाई मानता हूँ, लेकिन तुम तो मेरे परिवार का नाम बदनाम करने में बिल्कुल कसर ही नहीं कर रहे हो?

नाथ : मैं कब तुम को दुश्मन मानता हूँ, अपना मानता हूँ, तभी तो सुबह-सुबह तुमसे मिलने आ गया हूँ।

अमर : मुँह के सामने भाई भी कहते हो और पीठ पर वार भी कर रहे हो। मुझे पता नहीं था कि तुम भी मेरे बेटे के भविष्य से जलते हो। कहते हैं कि साँप और पुलिस अफसर पर कभी विश्वास नहीं करना चाहिए, दोनों का आक्रमण जहरीला ही होता है।

नाथ : देखो अमर! मैं चुप हूँ, क्योंकि मैं तुम्हारे घर में हूँ और बिन बुलाए आ गया हूँ। इसका मतलब यह नहीं कि तुम जो भी बकना चाहो, मैं सुनता चला जाऊँ। अगली बार यह मत कहना कि मैंने संकेत नहीं किया था।

अमर : बस-बस, Enough, Enough, Enough, भाई भी कहते हो और खंजर से वार भी करते हो! मुझे अपने बेटे पर विश्वास है। मेरा बेटा मुझे धोखा कभी दे ही नहीं सकता। तुमने गलत दरवाजा खटखटाया है अफसर साहब! बाहर जाने का रास्ता तुम्हें मालूम है।

नाथ : सच्चाई इतनी कड़वी होती है कि लोग उसको ग्रहण करना जहर समझते हैं, जबकि वह इलाज की जड़ होती है। खैर, बाद में पछताओगे।

अमर : नाथ, मैंने कहा न कि तुम्हें बाहर जाने का रास्ता मालूम है, शायद तुमने समझा नहीं। काम पर जाने के लिए देर हो जाएगी, अब जा सकते हो।

दृश्य चार

[नर्वदा सोफे पर बैठी है, चावल साफ कर रही है। अपने कार्य में एकदम लीन है कि टेलीफोन की घंटी बजती है। नर्वदा फोन उठाने जाती है···]

नर्वदा : हलो, हलो, ओ आप हैं। क्या हुआ? क्या?, कहाँ?··· कैसे यह सब हुआ? पर हे भगवान् मैं क्या करूँ? *(फोन रखती है।)*

(आकर अपनी जगह पर बैठ जाती है।)

हे भगवान्! यह सब क्या हो रहा है? मेरे बेटे की रक्षा करना। *(उठकर इधर-उधर चक्कर लगाती है। फिर फोन के पास जाकर फोन उठाती है।)*

नर्वदा : हलो, हूँ, मैं अमर की पत्नी बोल रही हूँ, मैं उनसे बात कर सकती हूँ। ओ, हाँ, हाँ, बारह बजे, वे उधर से निकल चुके। घर लौट रहे हैं, अच्छा-अच्छा ठीक है।

(फोन रखती है।)

(उसी समय अमर प्रवेश करता है। नर्वदा जाकर अमर को पकड़कर रोने लगती है।)

नर्वदा : यह सब क्या हो रहा है, आखिर क्यों, क्यों ऐसा किया?

अमर : मेरा दोस्त, जो मेरे भाई से भी ज्यादा प्रिय, जो मेरा प्यारा था, सच कह रहा था, मुझे उसकी बात कड़वी लगी। मैंने उसे गलत समझा, आज मेरा बेटा बंद है। कम-से-कम उसकी बात पर ध्यान दिया होता! मैं कुछ करनेवाला नहीं हूँ, वहीं पर सड़ेगा।

नर्वदा : नहीं-नहीं, ऐसा मत कीजिए। उसके बिना मैं मर जाऊँगी। आज शुक्रवार है, अगर आज उसे छुड़ाया नहीं तो कम-से-कम सोमवार तक उसे वहीं पर रहना पड़ेगा। मैं आपके हाथ जोड़ती हूँ, पैर पड़ती हूँ, कुछ भी कीजिए। क्यों नहीं आप अपने मित्र को फोन करते हैं?

अमर : मेरी समझ में कुछ भी नहीं आ रहा है कि मैं क्या करूँ? आखिर ऐसी आदत उसने कब सीखी, आखिर इस घर में उसे किस चीज की कमी थी? बकरा जब चरबी से पूर्ण हो जाता है, तो हरी घास छोड़ वह लकड़ी खाता है।

नर्वदा : यह बाद में सोचेंगे, अभी आप कुछ कीजिए, जल्दी।

अमर : शायद तुम ठीक कह रही हो। कुछ करना चाहिए, कहीं देर न हो जाए!

(वह टेलीफोन के पास जाकर फोन उठाता है।)

अमर : हलो···मुख्य केंद्र···Head Quarters···oh धन्यवाद, मैं A.C.P. S.K. विश्वनाथ से बातें कर सकता हूँ Oh yes yes···thank you.

अमर : हलो, हलो ए.सी.पी. नाथ, मैं हूँ अमर, हूँ-हूँ, मेरा भाई, मेरा यार! मैंने तुम्हें गलत समझा। मैं हाथ जोड़कर तुमसे क्षमा-प्रार्थना करता हूँ, मैंने तुम पर विश्वास नहीं किया, मैंने बेटे पर विश्वास किया और सच्चाई पर ध्यान नहीं दिया। नतीजा बस हमारे सामने है। हलो, हाँ-हाँ, हाँ सुन रहा हूँ, हाँ। एकदम, एकदम सही, तुरंत आ रहा हूँ। *(फोन रखता है।)*

नर्वदा : क्या बात हुई?

अमर : दोस्त, आखिर दोस्त होता है। समय आने पर दोस्त ही काम आते हैं। उतना कुछ हो गया, पर दिल में नहीं रखा। नाथ सब तैयारियाँ कर चुका है। एक वकील से भी उसने बातें कर ली हैं, मुझे तुरंत नाथ के ऑफिस जाना होगा।

नर्वदा : देर मत कीजिए, जल्दी जाइए।

(अमर भीतर जाता है, कुछ सामान आदि लेकर आता है। बिना कुछ कहे निकल जाता है।)

(नर्वदा आकर सोफे पर बैठ जाती है और रोती है, फिर न जाने कब उसकी आँखें लग जाती हैं। अचानक जब आँखें खोलती है, सृष्टि उसके सामने है।)

सृष्टि : माँ क्या बात है, सोफे पर ही सो गई? अपने कमरे में जाकर कुछ आराम कर लो।

नर्वदा : नहीं, अचानक आँखें लग गईं, चल तू हाथ-मुँह धो ले, मैं अभी आती हूँ। *(सृष्टि भीतर चली जाती है।)*

(उसी समय अविनाश और अमर प्रवेश करते हैं।) नर्वदा जल्दी से अविनाश के पास जाती है और कहती है, "हे मेरे लाल! यह तूने क्या किया, परिवार का नाम बरबाद कर दिया, क्या इज्जत रह गई? पिताजी का खयाल भी नहीं आया, आखिर इन चीजों के संग में पड़ने से पहले अपने परिवार, अपने पिताजी के नाम का खयाल

किया होता! डॉक्टर बनकर दूसरों का इलाज करना था न?''

(अविनाश कुछ नहीं कहता, एकदम चुप है। अमर भी कुछ नहीं कहता, भीतर चला जाता है।)

नर्वदा : चल बेटे, तू भी थक गया होगा। सुबह से, चल जल्दी से शरीर को ठंडा कर ले, मैं चाय बनाती हूँ।

(उसी समय अमर अपने कमरे से निकलता है और बैठक में आता है, हाथ में एक बड़ी पेटी है। आपे से बाहर होकर एकदम गरजता है।)

अमर : अविनाश! तू खूब जानता है कि तूने क्या किया है? तेरे चाचा नाथ ने तुझे छोड़ दिया, तेरे नाम पर दाग तक न लगने दिया, तेरा नाम बदनाम न होने दिया, परंतु मैं अमर, हाँ अमर, तेरा बाप, तुझे माफ नहीं करूँगा, तुझे दंड तो मिलेगा, काश यह दंड इससे पहले मिला होता। *(वह अविनाश पर पेटी से वार करता है। अविनाश चुपचाप सहन करता है, कुछ भी नहीं कहता। नर्वदा चिल्लाती हुई दौड़ी आती है, भीतर से सृष्टि भी आवाज सुनकर दौड़ी आती है। सीधे जाकर पिता के पैर पड़ती है।)*

सृष्टि : पिताजी! आप क्या कर रहे हैं, किस भूल के लिए आप इस तरह भैया को मार रहे हैं? ऐसे तो लोग जानवर को भी नहीं मारते। जिंदगी में पहली बार आपको ऐसे रूप में देखा। यदि भैया ने कोई भूल की भी है, तो क्या मारने से भूल खत्म हो जाती है? आखिर सुधारने के और अनेक तरीके भी हैं।

(अमर पेटी फेंक देता है और एक कोने में चला जाता है। नर्वदा उसके पास जाती है और कहती है।)

नर्वदा : यह आप क्या कर रहे थे, ऐसा रूप मैंने आज तक कभी नहीं देखा। मुझे पता भी नहीं था कि आप इतने क्रोधी स्वभाव के इनसान हैं! मैं सचमुच ही एकदम डर गई हूँ। सुधारने के अनेक तरीके होते हैं। जवान बेटे पर कोई हाथ भी उठाता है क्या? कहते हैं जब बेटा कंधे तक आ जाता है तो बेटे को दोस्त बना लेना चाहिए। अविनाश तो कद में आपसे भी ज्यादा लंबा है। भूल तो हो गई है, क्या मारने-पीटने से भूल माफ हो जाएगी?

अमर : अच्छा रहेगा यदि तुम चुप रहो, तुम्हारे लाड़-प्यार ने इसे सिर पर

चढ़ा रखा है। तुम क्या चाहती हो कि मैं इसे गले लगाकर कहूँ, शाबाश मेरे लाल! जिओ, अमर रहो, क्या बाप का नाम रोशन किया है। आँखें खुलीं, दिन में जागकर सपना देख रहा था। सपना बस सपना ही रह गया, मैं कहीं का न रहा।

(वह जोर-जोर से रोने लगता है। सृष्टि भी जाकर पिताजी को पकड़कर रोती है। धीरे-धीरे अविनाश पिताजी के पास जाता है और पिताजी के पैर पकड़कर रोने लगता है तथा कहता है।)

अविनाश : पिताजी! गलती तो मुझसे हो गई है, जो दंड आपने दिया, वह बहुत कम था। माफी माँगने का हक तो मुझे नहीं है। फिर भी मैं कोशिश करूँगा कि मैं आपके दिल में वह स्थान प्राप्त करूँ, जिस दिल में मैंने आपको दर्द दिया। उसका इलाज मैं खुद करूँगा। *(अमर चुप ही रहता है।)*

दृश्य पाँच : जगह वही है

[अविनाश अपने कार्य में लगा है। अपनी पुस्तकों को सँभाल रहा है और कुछ नोट भी कर रहा है।]

(उसी समय नर्वदा बैठक में आती है।)

नर्वदा : बेटा अवि! काम पूरा हुआ या और बाकी है?

अवि : काम कभी पूरा होता है माँ! बस कोशिश में हूँ कि जल्द इन कार्यों को पूरा कर दूँ, क्यों कोई काम था माँ?

नर्वदा : नहीं बेटा, नहीं, काम जारी रखो। कोई काम नहीं था, हाँ, मैंने भगवान् से प्रार्थना की थी कि जब तुम ठीक हो जाओगे तो मंदिर में प्रसाद चढ़ाने जाऊँगी। मैं जरा शिवालय होकर अभी आती हूँ, अपना खयाल रखना।

अवि : ठीक है माँ, तुम जाओ, मैं घर ही पर हूँ।

(नर्वदा निकल जाती है।)

(काफी समय तक अपनी तैयारी जारी रखता है। कुछ समय पश्चात् उसके हाथ काँपने आरंभ हो जाते हैं। देखते-देखते शरीर भी काँपना शुरू हो जाता है, माथे से पसीना बहने लगता है। वह सहन करता है, फिर उठता है। इधर-उधर चलता है।)

अवि : नहीं–नहीं, मैंने पिताजी को वचन दिया है, मर जाऊँगा, पर इन द्रव्यों का प्रयोग नहीं करूँगा; नहीं, तो नहीं, प्रयोग नहीं करूँगा।

(वह फोन के पास जाता है, उठाता है, फिर रख देता है। आखिर वह फोन उठा ही लेता है।)

अवि : हलो, हलो, हलो, हूँ, मैं प्रेम के साथ बात कर सकता हूँ क्या, घर पर नहीं है, ओ हलो–हलो–हलो कट गया। अच्छा हुआ कि प्रेम घर पर नहीं है, अन्यथा पिताजी को दिया हुआ वचन टूट जाता।

(वह अब भी थर–थर काँप रहा है। वह अलमारी के पास जाता है। अलमारी खोलता है। एक शीशी लेता है, शीशे से भरी गोलियाँ निकालता है और मुँह में डाल लेता है। धीरे–धीरे शरीर का काँपना बंद होने लगता है। वह आकर सोफे पर बैठ जाता है और अपने बैग को सँभालता है। अचानक उसे कुछ हिचकी होने लगती है। धीरे-धीरे हिचकी बढ़ जाती है और पेट का दर्द आरंभ होता है।)

(वह पेट पकड़कर जोर–जोर से चिल्लाता है।)

अवि : माँ, माँ, कहाँ हो तुम माँ? जल्दी आ जाओ, मैं मर रहा हूँ माँ! मेरी जान जा रही है, मैंने देखा तक नहीं, क्या खा लिया माँ–पिताजी मेरी जान बचाइए, सहन नहीं हो रहा है। माँ मैं मर रहा हूँ, जल्दी आ जाओ।

(वह फोन के पास जाना चाहता है, तभी मुँह से लार टपकने लगती है, वह फोन पकड़ना चाहता है, गिर जाता है। उठने के लिए कोशिश करता है, नहीं उठ पाता है। रेंगता हुआ वह सोफे के पास जाता है। किसी तरह वह सोफे तक पहुँच जाता है। सोफे पर बैठने के लिए कोशिश करता है, वह एकदम गिर जाता है। कुछ समय पश्चात् माँ वापस लौटती है। अविनाश के पास जाकर कहती है।)

नर्वदा : यह लड़का कभी नहीं सुधरेगा, जहाँ पढ़ता है, वहीं सो जाता है। अजीब बात है, अभी एक घंटा भी नहीं हुआ, मैं गई और यह बेचारा यहीं सो गया।

(उसे उठाने के लिए प्रयत्न करती है।)

नर्वदा : अवि, अवि बेटा उठ, उठ अवि, प्रसाद लाई हूँ, मुँह में डाल ले।

(जब माँ अवि को उठाती है, तब चिल्ला उठती है, अवि मेरे लाल, यह क्या हो गया, वह जोर–जोर से रोने लगती है।)

□

विश्वास

पात्र

महाराज वीरेंद्र	: राजा
अनुराधा	: महाराज वीरेंद्र की पत्नी
रतन सिंह	: राजा का मंत्री
बादल	: राजा वीरेंद्र का बेटा
गुरु योगानंद	: राजगुरु
रोहित	: राजा, राजकुमारी दामिनी के पिताजी
दामिनी	: राजकुमारी
शिवजी	: भगवान्
द्वारपाल	: गायक
नौकरानियाँ	: गायिका
द्वारपाल	: गायिकाएँ, नर्तकियाँ, संगीतकार

(परदा उठता है)

दृश्य एक : जगह राजसभा

पात्र

राजा

रानी

शिवजी की मूर्ति

[राजा-रानी पूजा में बैठे हुए हैं।]

दोनों : हरि ओ३म् नमः शिवायः

(एक शिव भजन गाते हैं·· कुछ समय पश्चात् भजन समाप्त होता है और राजा प्रार्थना करते हैं। शिवजी की आराधना करते हैं।)

राजा : हे भगवन्! तू तो दयालु है, कृपालु है, अंतरयामी है, सभी लोगों के दुःखों को दूर करनेवाला, आखिर हमसे कैसी भूल हो गई है कि मुझे यह दंड प्राप्त हो रहा है? मेरी प्रजा खुश है, चारों तरफ आनंद-ही-आनंद है। जब मेरी प्रजा खुश है, मैं खुश हूँ, मेरी प्रजा की आँखों में आँसू हैं, तो मेरी आँखें रोती हैं। एक दिन ऐसा नहीं कि मैं तेरे चरणों में सिर पटकने नहीं आया। भगवन्! क्या तुझे अच्छा लगता है, मुझे तड़पते देखकर?

रानी : प्रभु आप तो दयालु हैं, क्या मुझे जिंदगी इसीलिए मिली है कि यूँ ही गुजर जाए? हे भगवन्! क्या अपने जीवन में कभी भी माँ नहीं बनूँगी? क्या मेरी गोद बस इसी तरह सूनी-सूनी रहेगी? हमारी प्रजा हमें इतना चाहती है, क्या यही प्रजा एक दिन मुझे बाँझ कहेगी? मेरी गोद भर दें भगवन्! हे दयालु, अब मैं थक गई हूँ, मेरी गोद भर दें भगवन्!

राजा : भविष्य में मेरे वंश का क्या होगा? मेरे पश्चात् इस राज-पाट का क्या होगा? सुन भी रहे हो या बस बहरे बन गए हो! इस राज्य में अन्न-धन की कमी नहीं, बस जो कमी है; इस वंश को चलानेवाला एक वारिस चाहिए। एक बालक चाहिए भगवन्!

रानी : हे उमानाथ! हम पर कृपा कीजिए, आखिर हमारी भक्ति में कौन सी चीज की कमी रह गई? अवश्यमेव कुछ तो कमी होगी, अन्यथा इतना समय गुजर गया, सुबह-शाम हम आपकी आराधना करते हैं, परंतु आज भी हम बेसहारा हैं, आप हमारी सुनते ही नहीं!

(इतने में एक अजीब सा प्रकाश होता है, शिवजी की मूर्ति प्रकाशमय हो जाती है और शिवजी खुद प्रकट होते हैं। राजा-रानी दोनों हाथ जोड़कर प्रणाम करते हैं।)

शिवजी : इतनी चिंता क्यों तुम लोग करते हो? तुम लोगों के भक्ति भाव देखकर मुझसे रहा न गया, दिल गद्‌गद हो गया। ऐसे भक्तों के दर्शन बार-बार करने का मौका नहीं मिलता, कौन कहता है कि तुम लोगों के जीवन में संतान का सुख नहीं! संतान का सुख भी है और राज-पाट चलाने के लिए एक पराक्रमी राजा भी है, परंतु; परंतु

एक छोटा सा विघ्न है, आरंभ में, फिर···

राजा : भगवन् कैसा विघ्न, कैसी समस्या? हममें इतनी शक्ति है कि हम उस समस्या का हल निकालें।

रानी : हम सामना कर लेंगे, हमें सिर्फ संतान चाहिए।

शिवजी : तथास्तु! ऐसा ही हो। *(प्रकाश बुझ जाता है और शिवजी लुप्त हो जाते हैं।)*

राजा : रानी शायद आज हमारे जीवन का सबसे बड़ा दिन है। आज भगवान् शंकर खुद हमें दर्शन देने आए और विशेष बात यह है कि उन्होंने यह शुभ समाचार भी दिया कि हमारे यहाँ संतान भी पैदा होगी।

रानी : मुझे तो अभी तक भी विश्वास नहीं हो रहा है। मुझे लगता है जैसे मैं कोई सपना देख रही हूँ। भला कौन हमारी बात का विश्वास भी करेगा कि भोलेनाथ ने हमसे बातें भी कीं!

राजा : आज मैं एकदम खुश हूँ, द्वारपाल-द्वारपाल!

द्वारपाल : महाराज की जय! आज्ञा महाराज!

राजा : महामंत्री को सूचना भेजो, हम उनसे मिलना चाहते हैं।

द्वारपाल : जो आज्ञा महाराज!

रानी : महाराज! यदि आपको मेरी आवश्यकता न हो तो मैं अपने कमरे में जाने की आज्ञा चाहती हूँ।

राजा : अवश्य-अवश्य, आप जा सकती हैं महारानी।

(उसी समय द्वारपाल के पीछे-पीछे महामंत्री प्रवेश करता है।)

मंत्री : महाराज की जय हो! आज्ञा महाराज! *(द्वारपाल चला जाता है।)*

राजा : महामंत्री, स्वागत है आपका, आसन ग्रहण कीजिए। महामंत्री, आज मैं एकदम खुश हूँ।

मंत्री : चेहरे पर लिखा हुआ है महाराज!

राजा : इस खुशी के अवसर पर कुछ आयोजन करना चाहिए। क्यों न रात्रि में गायक, नर्तकी आदि को बुलाकर एक आयोजन करें?

मंत्री : जैसी आज्ञा महाराज *(महामंत्री निकल जाता है।)*

(राजा इधर-उधर चलता है, फिर शिवजी की मूर्ति की ओर देखकर।)

राजा : हे भगवन्! आज दिल एकदम खुश है, काश! कि मैं इस खुशी को अपनी प्रजा के साथ बाँट सकता, हे प्रभु! मेरी प्रजा ही तो मेरी शक्ति है।

(कुछ अँधेरा)

[राजा-रानी, महामंत्री आदि सब राजसभा में बैठे हैं। नियमानुसार सब तैयारियाँ हो चुकी हैं।]

(गायक अपना गीत गाता है, नर्तकियों द्वारा नाच होता है। सभी एकदम खुश हैं। कुछ समय पश्चात् गीत समाप्त होता है। राजा एक थैली निकालकर गायक, नर्तकियों को देता है।)

राजा : बहुत बढ़िया, मैं बहुत खुश हुआ, तुम लोगों ने मेरा दिल गद्गद कर दिया। बहुत-बहुत धन्यवाद।

(अँधेरा)

दृश्य दो : जगह वही है राजसभा

[राजा आसन पर बैठा है, महामंत्री अपनी जगह पर है, सभी एकदम चुप हैं, चारों तरफ शांति है। कोई भी किसी से कुछ भी नहीं बोल रहा है। राजा आसन से उठकर इधर-उधर चक्कर लगाता है, फिर महामंत्री के पास आकर।]

राजा : महामंत्री! एक घंटा हो गया, दाई माँ भीतर हैं। कोई समस्या तो नहीं?

मंत्री : महाराज! आप व्यर्थ चिंता कर रहे हैं। नौकरानी भी तो भीतर है। कुछ भी समस्या नहीं है, आप धैर्य रखें।

राजा : हाँ-हाँ, सही कह रहे हैं आप, पर दिल नहीं मान रहा है न!

(उसी समय नौकरानी आती है।)

नौकरानी : महाराज की जय हो! बधाई महाराज, बधाई! लड़का हुआ है, कोई कठिनाई नहीं, सब ठीक है।

(राजा जेब से एक थैली निकालता है, नौकरानी को देता है। नौकरानी भीतर चली जाती है।)

मंत्री : बधाई महाराज! बधाई, इस राज्य की रक्षा हेतु एक राजा मिल गया।

राजा : महामंत्री! आज दिल गद्गद है। आज मैं एकदम खुश हूँ।

(वह जाकर मंत्री से गले मिलता है।)

राजा : आज राजा और महामंत्री नहीं, आज दो मित्र गले मिल रहे हैं।

मंत्री : खुशी की बात तो है ही। मैं भी आज एकदम खुश हूँ।

राजा : महामंत्री क्या करना चाहिए?

मंत्री : साधारण-से-साधारण गरीब के घर में जब बालक का जन्म होता है और वह आदमी जब बाप बनता है तो वह नाच उठता है। यहाँ तो राजा के घर में एक राजकुमार का जन्म हुआ है।

राजा : मेरे ऊपर एक कृपा करो यार, आश्रम में गुरुजी को संदेश भिजवा दो कि बालक का जन्म हुआ है। उन्हीं की देख-रेख में सब कार्य होना चाहिए।

मंत्री : जैसी आज्ञा महाराज! अभी संदेश भिजवाता हूँ।

दृश्य तीन

[राजसभा में चहल-पहल है। बच्चे के नामकरण की विधि संपूर्ण हो चली है। राजगुरुजी बैठे हैं, मंत्री भी वहीं पास बैठे हैं। राजा-रानी ने अपने-अपने आसन ग्रहण किए हुए हैं। एक पालने में बालक को एक नौकरानी झुला रही है, बारी-बारी से बच्चे को देखने जा रहे हैं। गायक-गायिकाएँ, नर्तकी आदि ललना गाने के लिए तैयारियाँ कर रहे हैं। कार्यक्रम आरंभ होने से पहले मंत्री खड़े हो जाते हैं।]

मंत्री : सावधान, सावधान! मैं जानता हूँ कि आप सभी व्यस्त हैं, फिर भी गुरुजी को अब प्रस्थान करना है, वे आज्ञा की माँग कर रहे हैं।

गुरुजी : महाराज-महारानी, मंत्रीजी, अतिथिगण! मेरा कार्य तो पूरा हो चला, अब आज्ञा चाहूँगा।

राजा : गुरुवर! आपने दर्शन दिए, हमारा सौभाग्य है। आपके दर्शन से यह कार्य सफल हुआ।

रानी : गुरुजी! कृपा होती यदि आप खुद सभी लोगों को, प्रजाजनों को बताने का कष्ट करते कि आपने बच्चे का नाम क्या रखा है!

राजा : एकदम सही गुरुवर! मैं इतना व्यस्त और चंचल हूँ कि यह भी भूल गया कि आप बता दें कि बालक का क्या नाम है!

मंत्री : सावधान! गुरुजी प्रस्थान कर रहे हैं, परंतु जाने से पहले वे खुद बता रहे हैं कि बालक का क्या नाम है! फिर जो आयोजन हुआ

है, वे जारी करेंगे।

(राजगुरु खड़े हो जाते हैं।)

गुरुजी : बड़ी कृपा हुई, आप राजा, रानी, मंत्री, प्रजाजनों के दर्शन हुए। अब समय आ गया मुझे प्रस्थान करना है, पर इससे पहले मैं बताना चाहता हूँ कि बालक का नाम क्या होगा! बच्चे के नक्षत्र के अनुसार बालक का नाम होगा—बादल। अब वह बादल नाम से जाना जाएगा, आगे चलकर भविष्य में राजा बदरी नाम से प्रचलित होगा। बस मेरा काम संपूर्ण हुआ, अब आज्ञा चाहूँगा।

(वह सभी को प्रणाम करते हैं, राजा-रानी तथा मंत्री जाकर उनके चरण-स्पर्श करते हैं और वह जाने लगते हैं। महामंत्री आगे-आगे और गुरुजी उनके पीछे निकल जाते हैं। उसके तुरंत बाद नाच-गाना आरंभ होता है। नाच-गाने के पश्चात् राजा-रानी एकदम होकर खुश गायकों-नर्तकों से मिलते हैं, कुछ इनाम देते हैं, तभी महामंत्री उठकर कहते हैं।)

मंत्री : प्रजाजनो! महाराज और महारानी आप लोगों के दर्शन से तथा कार्यक्रम से एकदम खुश हुए। उनकी खुशी में आप लोगों ने भाग लिया, वह आप लोगों को बहुत धन्यवाद भी देते हैं। अब काफी रात भी हो चली है, आप लोगों से विनम्र निवेदन है कि कार्यक्रम अब समाप्त कर सकते हैं और आप लोगों से प्रार्थना करते हैं कि बालक बादल को आशीर्वाद दें।

(सभी उठकर जाने लगते हैं, तभी दो औरतें आपस में बातचीत करती हैं।)

पहली औरत : बाप-रे-बाप! राजा-रानी तो इतने सुंदर हैं। रानी तो एकदम अप्सरा लगती है, पर बच्चे को देखा, कितना काला है!

दूसरी औरत : मुझे तो लगता है, कोई तो दोष होगा, कुछ तो बात जरूर है।

पहली औरत : देखा भी नहीं शायद गुरुजी ने, इसीलिए बालक का नाम बादल रखा। कहीं किसी भूत-प्रेत का बालक तो नहीं!

(दोनों औरतें निकल जाती हैं। सभी लोग चले जाते हैं, यद्यपि राजा-रानी तथा महामंत्री ने उन औरतों की बातें सुन ली थीं।)

मंत्री : महाराज! क्षमा चाहता हूँ भूल के लिए, पर मैं सोचता हूँ, हमारी प्रजा शंका में है। उस शंका को दूर कर देना चाहिए। तरह-तरह

की बातें चल रही हैं। बच्चा ऐसा है, वैसा है! महारानी! क्षमा चाहता हूँ, कहीं किसी दुःख-संकट या फिर किसी बुरी सूचना का संदेश तो नहीं?

महारानी : महामंत्री! इस प्रकार का खयाल आया कैसे आपके मन में? यह बालक हम दोनों का खून है।

मंत्री : महाराज! आप मेरी बात मानिए, सुबह हम गुरुजी से मिलने चलते हैं। उनकी राय पूछते हैं और फिर आवश्यकता पड़े तो बालक को हम आश्रम में छोड़ दें।

महाराज : महामंत्री! आप होश में तो हैं या फिर प्रजा के लोगों के साथ आपने भी मदिरा पी रखी है! महामंत्री होकर…

मंत्री : महाराज! क्षमा चाहता हूँ। महारानी! क्षमा चाहता हूँ। प्रजा की बातें सुनकर मैं एकदम दुःखी हूँ।

रानी : महामंत्री! मैं समझती हूँ। आखिर इस राज्य के आप भी एक सदस्य हैं। महाराज के पुराने मित्र भी, मैं जानती हूँ, इस समय आप पर क्या गुजर रही है!

मंत्री : आपने सुना अभी कैसी-कैसी बातें चल रही थीं।

रानी : कुत्तों के भौंकने से कहीं पहाड़ ढलने लगता है? कुछ भी हो, इस बालक का पालन-पोषण मैं अवश्य ही करूँगी। यह बालक मेरा अपना खून है, पाप का खून नहीं। यदि यह बालक साँप का बच्चा होता! तो भी मैं पालन करती।

राजा : जिओ! जिओ! वाह! शाबाश महारानी शाबाश! जो होगा, देखा जाएगा, परंतु बालक हमारे पास रहेगा।

मंत्री : महाराज! कहीं आप मेरी बात का गलत मतलब तो नहीं निकाल रहे हैं! मैं आप और महारानी की भलाई चाहता हूँ। जहाँ आपका हित हो, वही मेरा कर्तव्य है महाराज! महाराज! काफी रात गुजर चुकी है, आज्ञा चाहूँगा।

राजा : महामंत्री! तुमने यह कैसे समझ लिया कि मैं गलत उदाहरण सोच रहा हूँ, बल्कि मैं खुश हूँ कि तुम मेरे हित के लिए सोचते हो।

मंत्री : अच्छा महाराज! आज्ञा चाहूँगा। महारानी प्रणाम!

(वह निकल जाता है।)

दृश्य चार : जगह वही है राजसभा

[काफी साल गुजर गए, अब राजा कुछ बूढ़ा हो चला है, वह राजसभा में बैठा हुआ है, वह एकदम उदास है, किसी सोच में, चिंता में लीन, तभी महारानी प्रवेश करती हैं (वे भी बूढ़ी हो गईं हैं)।]

रानी : महाराज? क्षमा चाहती हूँ, फिर भी कुछ दिनों से देख रही हूँ कि आप सदा उदास रहते हैं, कहीं दूर खोए-खोए से। आखिर बात क्या है ?

(राजा कुछ नहीं कहता है, सिर हिलाकर फिर चुप रह जाता है।)

रानी : रानी के नाते नहीं, परंतु मैं आपकी पत्नी हूँ, यह जानने का अधिकार है मुझे। आखिर आपकी समस्या क्या है?

राजा : रानी, देखते-देखते पच्चीस वर्ष गुजर गए, मुझे अब ऐसा अनुभव होने लगा है कि मैं वही पराक्रमी, शक्तिशाली राजा नहीं, अब कमजोरी का अनुभव करने लगा हूँ।

रानी : महाराज! समय के साथ-साथ सबकुछ बदलता है। क्या मैं बूढ़ी नहीं हो चली, क्या मैं उसी पच्चीस वर्ष पहले की रानी हूँ।

राजा : मैं जानता हूँ महारानी, पर यह सोचना चाहिए कि मैं राजा भी हूँ?

रानी : हाँ, महाराज! राजाओं को वरदान तो नहीं मिलता कि राजा कभी बूढ़ा नहीं होता!

राजा : मैं जानता हूँ महारानी, परंतु राजाओं की जिम्मेदारियाँ होती हैं—उनका देश, उनकी प्रजा, सुख-शांति, हर प्रकार का अनुशासन-नियम बनाए रखना, प्रजा का सुख ही हमारा सुख है। पता नहीं शायद कहीं-न-कहीं, कभी-न-कभी मुझसे अवश्य ही कुछ गलतियाँ हो गई होंगी, तभी तो ईश्वर ने मुझे बालक तो दिया, लेकिन बालक का सुख नहीं मिला। बस बालक की चिंता में दिनोदिन डूबता चला जा रहा हूँ।

रानी : महाराज! कुछ भी कहें, बालक जैसा भी हो, लेकिन हम ईश्वर को दोष नहीं दे सकते, हमें बालक तो दिया है।

राजा : मैं कब ईश्वर से नाराज हूँ या फिर उन्हें कोसता हूँ, जो भी है हमारा ही तो बालक है।

रानी : कोई भी मुझे दोष नहीं दे सकता। रानी हूँ नाममात्र, फिर भी एक माँ

बनकर अपने बालक की सेवा में लगी हूँ।

राजा : पच्चीस वर्ष, एक-दो दिन नहीं होते, प्रजा हमारी है, उस प्रजा की, जिसकी सेवा-सत्कार, हित के लिए हर प्रकार से मैं त्याग करता हूँ, उस प्रजा की, जिसका एक दु:ख मेरा दु:ख होता है, फिर भी उस प्रजा ने कोई कसर नहीं छोड़ी! तरह-तरह की निंदा, तरह-तरह का ताना। कान तो हैं, लेकिन बहरा बना हुआ हूँ, मैं वह राजा नहीं, जो थोड़ी सी निंदा सुनकर उस प्रजा को दंड दूँ।

रानी : पच्चीस वर्ष से हमारा बेटा, जो दु:ख का सामना करता चला आ रहा है, काश कि ईश्वर उसका अनुभव करता? मैं आज भी शिवजी पर विश्वास रखती हूँ और सुबह-शाम उनकी आराधना करती हूँ। आज भी मुझे ऐसा अनुभव होता है कि एक दिन हमारा बेटा ठीक हो जाएगा।

राजा : रात्रि में सोते समय सपना देखना अच्छा होता है, दिन में जागकर सपना मत देखा करो महारानी! अंत में तुम्हीं को दु:ख होगा। आखिर वह किस तरह जीता है, उसका अब इलाज नहीं है। एक तो बेचारा लँगड़ा है, लूला है, उस पर कुबड़ा! हे भगवान्! *(वह जोर-जोर से रोने लगता है।)*

रानी : रोने-धोने से कुछ नहीं होगा महाराज! दिमाग से काम लेना चाहिए, क्या हमारा बेटा ऐसे ही अपना संपूर्ण जीवन व्यतीत कर देगा?

राजा : जो कुछ उसके भविष्य में, उसकी तकदीर में लिखा हुआ है, वही होगा।

रानी : परंतु महाराज! मेरे दिमाग में एक बात बार-बार आती है। फिर भी बहुत सोच-समझकर मैं चुप रह जाती हूँ।

राजा : दिल में आई बात प्रकट कर देनी चाहिए, दिल हलका हो जाता है। आखिर कैसी बात, कैसा विचार?

रानी : पच्चीस वर्ष हो गए, क्या हमारा बेटा ऐसा ही रहेगा?

राजा : मैं समझा नहीं, आखिर तुम कहना क्या चाहती हो?

रानी : क्यों न हम बादल की शादी कर दें, एक अच्छी कन्या देखकर? जैसा भी है, पढ़ा-लिखा, विद्वान् तो है।

राजा : महारानी! क्या तुम्हारे दिमाग में भूसा भरा है, तुम्हारी मत मारी गई है? कौन बाप अपनी बेटी का विवाह ऐसे लड़के, जो लँगड़ा-लूला,

कुबड़ा है, उसके साथ करना चाहेगा? रानी मान लिया जाए कि हमारी एक बेटी होती, यद्यपि राजकुमारी न सही, फिर भी ऐसे लड़के के साथ विवाह तुम माँ होकर करना चाहती?

रानी : प्रयत्न तो फिर भी हम कर सकते हैं। क्यों न सुबह ही मंत्री को लेकर आप निकल जाते हैं, देश के चक्कर लगाने से कहीं तो एक लड़की मिल जाए। ईश्वर ने जब उसे पैदा किया है, तो अवश्य ही उसके जीवन में किसी को भेजा होगा। भगवान् तो हर एक इनसान की जोड़ी बनाकर ही इस धरती पर भेजता है।

राजा : तुम कह रही हो तो महारानी! कोशिश करने से कुछ हानि तो नहीं होगी, यह भी कर लेते हैं, चलो।

(आवाज देता है द्वारपाल, द्वारपाल)

द्वारपाल : महाराज की जय हो! आज्ञा महाराज।

राजा : द्वारपाल! महामंत्री को सूचना भेजो। हम उनसे मिलना चाहते हैं।

द्वारपाल : जैसी आज्ञा महाराज! *(वह निकल जाता है।)*

राजा : कल सवेरे ही एकदम सुबह हम निकल जाते हैं। *(उसी समय द्वारपाल के पीछे महामंत्री प्रवेश करता है।)*

मंत्री : महाराज! प्रणाम, महारानी प्रणाम! आज्ञा महाराज!

राजा : मंत्री आसन ग्रहण करो।

मंत्री : जैसी आज्ञा महाराज!

राजा : मंत्री के नाते नहीं, अपने बचपन के मित्र के नाते तुम्हारा भी विचार मैं जानने की इच्छा रखता हूँ।

मंत्री : कुछ समझा नहीं महाराज! आखिर कैसा विचार?

राजा : महारानी का विचार है कि राजकुमार के लिए एक कन्या ढूँढ़कर उसका विवाह हम कर दें।

मंत्री : पर महाराज! इसमें सोचने की क्या बात है? राजकुमार पच्चीस साल का हो गया। पढ़ा-लिखा विद्वान् तो है।

राजा : महामंत्री! दोस्त, तुम तो बादल की स्थिति जानते हो। कौन परिवार अपनी बेटी की शादी…

मंत्री : महाराज! महारानी ने कह दिया, तो क्या विवाह हो गया? खोज कर सकते हैं। प्रयत्न तो कर सकते हैं। मुझे तो महारानी का विचार अच्छा लगा।

राजा : खैर, जैसा तुम कहते हो, कल सुबह निकल जाते हैं।

मंत्री : जैसी आज्ञा महाराज, अब मुझे आज्ञा दीजिए, ताकि जाकर सुबह निकलने का आयोजन करता हूँ।

राजा : एकदम सही *(मंत्री निकल जाता है।)*

रानी : महाराज! मेरा मन कहता है कि आप खाली हाथ नहीं लौटेंगे। अवश्य ही ईश्वर बादल पर कृपा करेगा।

राजा : जो ईश्वर की मरजी, अच्छा महारानी, मैं भी चलता हूँ। सुबह की तैयारी भी तो करनी है।
(राजा भी भीतर चला जाता है।)

दृश्य पाँच : जगह वही है राजसभा

[कुछ दिनों बाद रानी सभा में बैठी हैं, कुछ बेचैन हैं। उसी समय नौकरानी आती है]

नौकरानी : महारानी की जय!

रानी : हाँ, सरला क्या बात है? एकदम चंचल और खुश हो।

नौकरानी : महारानी! राजा और महामंत्री महल लौट आए।

रानी : महाराज लौट आए! *(रानी उठ खड़ी होती है)*
(उसी समय द्वारपाल के पीछे-पीछे राजा प्रवेश करता है। चेहरा एकदम उदास और सूखा हुआ है। वह सीधे जाकर आसन ग्रहण करता है। द्वारपाल निकल जाता है।)

रानी : महाराज! आप कुछ ठंडा या पेय वस्तु की इच्छा रखते हैं?

राजा : नहीं महारानी! बैठी रहो।

रानी : पर चेहरा एकदम सूखा हुआ, आखिर क्या बात है?

राजा : भगवान् ने मुझे राजा तो बनाया है, पर उसकी कृपा है कि मुझे सहनशक्ति भी दे रखी है, सबकुछ सहने के लिए, अन्यथा मैं वह भी काम कर देता, जिससे बाद में पछताने के अलावा और कुछ नहीं रह जाता।

रानी : आखिर बात क्या हुई?

राजा : बात क्या हो सकती है महारानी! वही प्रजा, जिसके लिए मैं रात-दिन मरता हूँ, उसे सुखी रखने के लिए हर प्रयत्न करता रहता हूँ,

वह प्रजा, जो झुककर मुझे प्रणाम-सलाम करती है, वही प्रजा मेरे सामने सिर उठाकर मेरी बेइज्जती करती रही और तरह-तरह की बातें भी सुना गई।

रानी : तो क्या हमारी प्रजा में इतनी शक्ति आ गई है? इतना साहस?

राजा : शक्ति-साहस क्या, वे लोग एकदम सही थे। यह तो अच्छी बात है कि मैंने कम-से-कम तीन बार महामंत्री को रोका, अन्यथा बहुत कुछ हो सकता था। इस समय महामंत्री एकदम क्रोधित है, देखा नहीं, इधर नहीं आया। जो मुझे कभी भी न सुनना था, वह भी सुना।

रानी : हे प्रभु! क्या मेरा बेटा जीवन भर ऐसी ही जिंदगी गुजारेगा?

राजा : महारानी! दुःखी होने की बात ही नहीं उठती है, जो कुछ उसकी तकदीर में है, वही होगा। तकदीर से हम लड़ तो नहीं सकते। जब ईश्वर ने उसे भेजा है, तो अवश्य ही किसी कार्य के लिए भेजा है। यहाँ पर निखट्टू बनने के लिए तो नहीं भेजा। रोने-गाने-बजाने से कुछ नहीं होगा।

रानी : मेरा बेटा अपने कमरे से कभी निकलता तक नहीं, इसी डर से कि कहीं लोग उसका मजाक न उड़ाएँ, आज मेरा मन कर रहा है कि मैं जाकर अपने बेटे को पकड़कर खूब रोऊँ!

राजा : महारानी! तुम तो यह कर सकती हो, भीतर-भीतर रोकर, आँसू बहाकर, अपने दिल को सांत्वना देकर, परंतु मैं क्या करूँ? यदि मैं भी रोने लगूँ तो फिर क्या होगा? मेरी प्रजा में मेरे बेटे के समान न जाने कितने गरीब के बेटे हैं, जो इस तरह जी रहे हैं, क्या उन लोगों का दुःख मेरा दुःख नहीं?

रानी : महाराज! मुझे आज्ञा दीजिए। मैं जाती हूँ अपने बेटे के पास। *(रानी चली जाती है। राजा एक लंबी साँस लेता है और अपने आसन पर लेट जाता है। कुछ ही समय पश्चात् द्वारपाल प्रवेश करता है।)*

द्वारपाल : महाराज की जय हो!

राजा : हाँ द्वारपाल, कहिए।

द्वारपाल : महाराज! महाराजा रोहित, अपने मंत्री सहित तथा कुछ सिपाही सहित बाहर खड़े हैं, उनका कहना है कि आप उनके बचपन के गुरु मित्र थे, आपके दर्शन की इच्छा रखते हैं।

राजा : राजा रोहित, रोहित मेरा यार रोहित, मेरे बचपन के गुरु मित्र, हा-

हा–हा! कितने वर्ष गुजरे और आज अचानक, बिना खबर सूचना, अरे द्वारपाल! बेटे तूने मुझे एक अच्छी खबर सुनाई। देखते क्या हो, फूल–थाली आदि लाओ। उनको इज्जत से भीतर लाओ। हम खुद उनका स्वागत करेंगे। महारानी को संदेश पहुँचाओ।

(राजा भी उठ खड़ा होता है, स्वागत के लिए। द्वारपाल निकल जाता है। कुछ ही क्षण पश्चात् द्वारपाल के पीछे–पीछे राजा रोहित मंत्री सहित प्रवेश करते हैं। राजा तब तक आगे आ चुका था। द्वारपाल रुक जाता है और निकल जाता है। दोनों राजा कुछ क्षण के लिए एक–दूसरे को देखते रह जाते हैं। फिर दोनों एक–दूसरे को प्रणाम करते हैं, फिर एक–दूसरे से गले मिलते हैं।)

राजा : महाराज रोहित की जय।

रोहित : महाराज वीरेंद्र की जय।

(दोनों रोने लग जाते हैं।)

(राजा और रानी दोनों रोहित की आरती करते हैं। फिर राजा महाराज रोहित को अपने आसन तक ले जाता है और अपने ही आसन पर बिठाता है।)

राजा : महाराज रोहित *(रोहिते)* मेरा यार कितने साल गुजर गए, कोई खबर तक नहीं मिली और फिर आज अचानक...

रोहित : यह क्या महाराज–महाराज की रट लगा रहे हो? दोस्त, बंधु बोलो। राज–पाट कैसा चल रहा है?

राजा : रोहित, यह है तुम्हारी भाभी यानी कि मेरी पत्नी।

रोहित : भाभी, महारानी प्रणाम!

राजा : और इनको देखो, यदि तुम पहचान सको। मेरा महामंत्री, तुमने पहचाना?

रोहित : इसको कौन भूल सकता है, गुरुकुल का लड़ाकू, रतन सिंह। रोहित उठकर–जाकर उससे गले मिलता है।

मंत्री : महाराज! तो आप मुझे भूले नहीं।

रोहित : चुप रे, क्या महाराज! महाराज। रोहिते बोल। क्या अभी तक तुम लड़ाकू हो?

मंत्री : लड़ाकू नहीं होता, तो महामंत्री कैसे बनता?

महामंत्री : रोहित भैया क्या लेंगे? लंबे सफर से थक गए होंगे?

रोहित : अभी तो कुछ भी नहीं।

राजा : कुछ भी नहीं, यह कैसे हो सकता है?

रोहित : हम पूरी तैयारियों के साथ निकले हैं और फिर बाद में तुमको पता चल जाएगा कि हम क्यों कुछ भी लेना नहीं चाहते हैं, तुम्हें खुद आश्चर्य होगा।

राजा : मेरी तो समझ में कुछ भी नहीं आ रहा है···आधा युग गुजर गया। गुरुजी के आश्रम छोड़ने के पश्चात् आज भेंट हुई तो कहता है कुछ भी नहीं लेगा।

रोहित : देखो वीरेंद्र, मैं दस रास्ते के चक्कर नहीं लगाऊँगा। मैं सीधे-सीधे विषय पर आता हूँ, जिस कार्य के लिए मैं आया हूँ, मैं सीधे-सीधे बोल दूँ, उसके बाद··· ।

राजा : जिस काम के लिए आए हो? तो क्या मेरे यहाँ कुछ काम करके आए हो, आखिर काम क्या है? रोहित आज्ञा करो, वीरेंद्र की जान तक हाजिर है।

रोहित : वीरेंद्र, मुझे तुम्हारी जान नहीं चाहिए। बंधु, तुमसे तो मैं भीख माँगने आया हूँ, पता नहीं मेरी झोली में कुछ डालोगे भी कि नहीं।

राजा : रोहित, तुम्हारी आदत आज भी नहीं गई। गुरुकुल में तुम्हारी आदत थी घुमा-फिराकर, उतार-चढ़ाकर फिर कुछ पूछता था। पहेली न बुझाओ यार, मैं उत्सुक हूँ जानने के लिए कि मेरा भाई मुझसे क्या भीख माँगने आया है?

रोहित : देखो वीरेंद्र, हम बचपन के गुरु भाई-दोस्त हैं। मैं सीधे-सादे कह रहा हूँ, भूल हो जाए तो क्षमा कर देना।

राजा : अरे भैया! बोल तो सही।

रोहित : कुछ समय गुजरे! एक साधुजी महाराज ने मेरे यहाँ दर्शन दिए थे, उनका भव्य सत्कार हुआ, फिर जब मैंने उनके आने का कारण पूछा तो कहने लगे कि महाराज, "मैं एक विशेष काम के लिए आया हूँ, आपकी बेटी के लिए राजा वीरेंद्र के सुपुत्र से अच्छा वर है ही नहीं, ईश्वर ने उन दोनों का विवाह तय करके ही इस लोक में भेजा है।" उस समय से लेकर आज तक मैं आने के लिए सोच ही रहा था।

राजा : रोहित तुम्हारी बात सुनकर दिल गद्‌गद हो गया, परंतु मेरे बेटे बादल का विवाह तुम्हारी बेटी के साथ कैसे हो सकता है? नहीं-नहीं, यह

अन्याय है। मैं तुम्हें धोखा नहीं दे सकता। तुम मेरे बेटे के बारे में क्या जानते हो?

रोहित : आखिर मेरी बेटी में कौन सी ऐसी चीज की कमी है कि राजा वीरेंद्र अपने बेटे के साथ रिश्ता जोड़ना नहीं चाहता?

(वह जाकर रोहित का हाथ पकड़ लेता है, फिर हाथ जोड़कर कहता है।)

राजा : कमी तुम्हारी बेटी में नहीं, यह पूछो, क्या मेरा बेटा तुम्हारी बेटी के योग्य है भी? मेरा बेटा पढ़ा-लिखा, विद्वान् है, परंतु¨

रोहित : परंतु, वरंतु कुछ भी नहीं। मेरी एक ही लाड़ली, दुलारी, इकलौती बेटी है। गुणवती, विदुषी, अस्त्र-शस्त्र विद्या में निपुण और फिर जब महर्षि खुद कहकर चले गए कि राजा वीरेंद्र के सुपुत्र से ज्यादा अच्छा वर कन्या को मिल ही नहीं सकता। मुझे निराश न करो, तुम्हारे चरणों में मैं अपनी बेटी के लिए यह भीख माँग रहा हूँ।

(राजा उठकर रोहित को गले से लगाता है और कहता है।)

राजा : दोस्त की जगह दिल में, होती है, चरणों में नहीं पगले। रिश्ता तो मुझे स्वीकार है, परंतु एक बार कम-से-कम मेरे बेटे से मिल तो लो, हम राजसभा में हैं। अभी बुलवा लेता हूँ, बाद में न कहना कि वीरेंद्र ने धोखा दिया।

रोहित : देखना क्यों जरूरी है? महाराज वीरेंद्र का सुपुत्र राजकुमार तो होगा ही, मैं जरूरी नहीं समझता। जब महर्षि ने कह दिया कि महाराज वीरेंद्र के सुपुत्र से ज्यादा अच्छा वर मेरी बेटी के लिए है ही नहीं, तो फिर देखना क्यों?

राजा : फिर भी रोहित, जो मेरा कर्तव्य है, वह पूरा तो करना ही चाहिए।

रोहित : अब तो निराश न करो यार!

राजा : निराश मैं कहाँ कर रहा हूँ, रिश्ता तो मुझे स्वीकार है, मैं सिर्फ जो कमजोरियाँ हैं, उन्हें बताने का प्रयत्न कर रहा हूँ।

रोहित : जब स्वीकार है, तो स्वीकार है, मुझे और कुछ भी नहीं सुनना है, चलो हमारी दोस्ती, वर्षों की मित्रता आज रिश्तेदारी में बदल रही है महाराज वीरेंद्र बधाई!

(रोहित और राजा एक-दूसरे से गले मिलते हैं, बधाई देते हैं।)

रोहित : महाराज वीरेंद्र! एक प्रार्थना है।

राजा : आज्ञा दोस्त।

रोहित : जितनी भी विधियाँ हैं, सब एक ही जगह यानी कि मेरे यहाँ मनाई जाएँगी। मैं राजगुरु की देखरेख में सब तैयारी करवाकर संदेश भिजवा दूँगा।

राजा : परंतु रोहित···

रोहित : अगर-मगर कुछ भी नहीं, अब तैयारियाँ शुरू करो। अब आज्ञा चाहूँगा, काफी देर हो गई है, लंबा सफर है। रात होते-होते हमें आश्रम पहुँचना है।

राजा : आश्रम पहुँचना है, आश्रम में क्या काम?

रोहित : मेरे यहाँ से लौटते-लौटते दो दिन गुजर जाएँगे, अतः आज की रात हम गुरुजी के आश्रम में गुजारेंगे, फिर अगली सुबह प्रस्थान करेंगे।

राजा : रात यहीं पर गुजारते तो कम-से-कम तुम्हारा स्वागत करने का सुअवसर प्राप्त होता! क्या मैं इतना भी योग्य नहीं?

रोहित : अरे यार! राजा हो, समझा करो, जिस घर में बेटी-बहू बनकर जाती है, उस घर में हम पानी तक नहीं पीते और तुम रात गुजारने की बात कर रहे हो!

राजा : अरे मित्र! अतिथि भवन भी तो है।

रोहित : बात समाप्त नहीं होगी, चलते हैं।
(गले मिलते हैं।)

दृश्य छह : जगह वही है राजसभा

[महल में चहल-पहल है, जोरों की तैयारियाँ चल रही हैं। अगले दिन महाराज वीरेंद्र बारात लेकर निकलनेवाला है, महाराज रोहित के यहाँ जाने के लिए। रानी एकदम खुश हैं। इधर-उधर देखभाल कर रही हैं। राजा भी इधर-उधर टहल रहा है, चेहरे पर मुसकान है। तरह-तरह की बातें वह पहले सुन चुका है। लगन के गीत गाने के लिए तैयारियाँ हो रही हैं। कुछ समय पश्चात् राजा और रानी जाकर आसन ग्रहण करते हैं। उसी समय महामंत्री प्रवेश करता है।]

द्वारपाल : महाराज-महारानी की जय!

मंत्री : महाराज की जय–महारानी की जय!

राजा : आओ महामंत्री! आओ, कुछ देर हो गई।

मंत्री : जी हाँ महाराज! कुछ देर हो गई।

राजा : सब तैयारियाँ हो चुकी हैं।

मंत्री : एकदम महाराज, आप चिंता न करें।

राजा : आसन ग्रहण करने से पहले कार्य आरंभ करने के लिए आज्ञा दे दो।

मंत्री : सावधान, सावधान प्रजाजनो! जिस कार्य के लिए आप लोग यहाँ पर आए हुए हैं, आप लोगों का स्वागत है और राजा की आज्ञा से कार्य आरंभ किया जाए।

(गायकों, नर्तकियों द्वारा नाच–गाना होता है।)

दृश्य सात : महाराज रोहित की राजसभा

[सभी विधियाँ संपूर्ण हो चली हैं, अब विदाई का समय आ गया है। राजा रोहित उदास है, फिर भी कुछ लोगों से मिल रहा है। दो नौकरानियाँ बातें कर रही हैं।]

पहली नौकरानी : महाराज रोहित की बेटी, राजकुमारी तो अप्सरा जैसी है। इतनी सुंदर विदुषी, गुणवती, फिर पता नहीं···

दूसरी नौकरानी : उधर का राजा भी तो तेजस्वी है, परंतु उसका बेटा, पता नहीं महाराज रोहित को क्या नजर आया उस लड़के में!

पहली नौकरानी : एक तो काला है, लँगड़ा–लूला है, चल नहीं सकता। क्या राजकुमार ऐसे होते हैं?

दूसरी नौकरानी : ये राजा–महाराजाओं में क्या बातें हुईं, भगवान् जाने!

पहली नौकरानी : चलो–चलो, महाराज इधर ही आ रहे हैं।

(तभी द्वारपाल के पीछे–पीछे महाराज वीरेंद्र प्रवेश करते हैं)

द्वारपाल : महाराज की जय हो! *(वह निकल जाता है)*

रोहित : आओ वीरेंद्र, आओ।

वीरेंद्र : चलो सब ठीक से ही गुजर गया रोहित, गत पाँच दिनों से हम इधर हैं, जिस तरह तुम लोगों ने हमारा तथा बारातियों का भव्य स्वागत किया, मैं हाथ जोड़कर तुम्हें धन्यवाद देता हूँ। कोई शंका नहीं, यह सब यादगार रहेगा।

रोहित : मुझे मेरी ही नजर से मत गिराओ दोस्त, मैंने अपने कर्तव्य का पालन किया। आखिर एक ही तो बेटी थी। वीरेंद्र मेरी बेटी को…

वीरेंद्र : रोहित! कुछ मत बोलो, पहले तुम अकेले उसके पिताजी थे, अब राजकुमारी का सौभाग्य है कि उसे अब दो बाप मिल गए तथा दो माताएँ भी…शायद इसीलिए ईश्वर ने मुझे बेटे के अलावा, बेटी नहीं दी, क्योंकि ईश्वर को मालूम था कि एक दिन मुझे एक बेटी मिलनेवाली है। हम राजकुमारी के सास-ससुर नहीं बनेंगे, बल्कि माँ-बाप बनकर वही प्यार देंगे, जो उसे यहाँ पर मिलता था।

रोहित : वीरेंद्र! मुझे तुम पर विश्वास है और फिर मैं तुम्हें जानता हूँ।

वीरेंद्र : तुमको हम निराश नहीं करेंगे।

(उसी समय रानी अपनी बेटी के साथ, दूलहा तथा कुछ अन्य लोग भीतर से सभा में आते हैं। दूलहे को चलने में कठिनाई हो रही है। एकदम धीरे-धीरे सावधानी के साथ चल रहा है। रानी कुछ उदास है। राजकुमारी जाकर राजा रोहित से मिलती है और चरण-स्पर्श करती है। राजा रोहित की आँखों से आँसू बहने लग जाते हैं। बेटी को गले से लगाकर कहता है।)

रोहित : बेटी, जो कुछ तेरी तकदीर में लिखा था, वही तुझे प्राप्त हो रहा है। पता नहीं कहीं मैंने कोई भूल तो नहीं की! जो मेरा कर्तव्य था, मैंने पालन किया, जो कुछ महर्षि ने कहा था, मैंने उनकी आज्ञा का पालन किया। ससुराल, बेटी का असली घर होता है, आज से तू अपने सही और असली घर में जा रही है बेटी, इस बाप का सिर हमेशा ऊँचा रखना और एक अच्छी बहू बनना।

राजकुमारी : पिताजी, मुझे आपसे कोई शिकायत नहीं, जो कुछ मेरी तकदीर में है, उसका पालन तो करना होगा… *(फिर वह माँ के चरण-स्पर्श करती है तथा अन्य लोगों से मिलती है। रोहित तथा वीरेंद्र आपस में गले मिलते हैं, और फिर वहाँ से निकलते हैं।)*

(विदाई का वातावरण)

दृश्य आठ : राजसभा राजा वीरेंद्र

[खुशी का वातावरण है, कुछ संगीत बज रहा है, एक-दो औरतें नाच रही हैं, रानी इधर-उधर टहल रही है, जाकर आसन पर बैठ जाती है, फिर उठकर चलती है, फिर जाकर बैठ जाती है और अपने आपसे कहती है।]

रानी : शाम हो रही है, दो दिन पहले इधर से वे निकल चुके हैं। अब तो सभी को लौट जाना चाहिए था, आखिर इतनी देर क्यों? मैं कितनी उत्सुक हूँ अपनी बहूरानी को देखने के लिए, कितने दिन हो गए बादल को नहीं देखा।

(उसी समय नौकरानी आती है और कहती है।)

नौकरानी : महारानी की जय! महारानी-महारानी! अच्छी खबर है। महाराज लौट आए हैं। बारात भी आ गई।

(महारानी जल्द उठ जाती है।)

रानी : थाली तैयार करो, स्वागत तथा आरती के लिए।

(वह द्वार तक जाती है। राजकुमार तथा राजकुमारी खड़े हैं। रानी दोनों की आरती करती है। बारी-बारी से, फिर फूलों से स्वागत करती है। दोनों, दूलहा-दुलहन रानी के चरण-स्पर्श करते हैं। रानी दोनों को चूमती है और वधू से कहती है··)

रानी : बेटी! इस नई जगह, नए लोग, नए वातावरण में, तुम्हारा स्वागत है। फिर चौखट में प्रवेश करती है, नई वधू दूलहे के साथ।

(उसी समय राजा तथा महामंत्री राजसभा में प्रवेश करते हैं। रानी वर और वधू को लेकर भीतर चली जाती है।)

राजा : *(बैठते हुए)* महामंत्री दो दिनों के लंबे सफर के पश्चात् आखिर हम लौट ही आए। थकावट का अनुभव तो हो रहा है, परंतु दिल एकदम खुश है।

मंत्री : महाराज! आप अब थोड़ा आराम करें, मैं कुछ देखभाल करके आ रहा हूँ।

राजा : नहीं-नहीं महामंत्री! कुछ क्षण तुम भी बैठ जाओ।

मंत्री : जो आज्ञा महाराज!

राजा : महामंत्री! महाराज रोहित तो कभी भी राजकुमार बादल से नहीं मिला था, न ही राजकुमारी, परंतु मुझे कुछ अजीब अनुभव हो रहा है कि राजकुमार बादल की ऐसी दशा देखकर भी उन लोगों के दिल में खुशी थी, आनंद था, प्रजा जनों ने भी हमारा भव्य स्वागत-सत्कार किया उतने दिनों तक। मुझे बड़ा आश्चर्य हो रहा है।

मंत्री : महाराज! इसमें संदेह नहीं। महाराज रोहित तथा महारानी ने जिस तरह हमारा स्वागत किया, इसका वर्णन कठिन है। फिर भी एक-दो नौकरानियाँ कहीं-कहीं ताना मार रही थीं। मैंने अनसुनी कर दी, क्योंकि राजकुमारी के चेहरे पर कुछ भी उदासी या फिर किसी प्रकार की शंका न थी। वह एकदम खुश नजर आ रही थी।

राजा : मुझे लगता है कि मेरे अनुभव से राजकुमारी एकदम सुशील, गुणवती, विदुषी, मेधावी तथा समझदार लड़की है।

मंत्री : निस्संदेह-निस्संदेह। आपका विचार एकदम सही है महाराज एकदम सही कह रहे हैं आप, फिर भी कभी-कभी मेरे मन में जाने क्यों ऐसा विचार उत्पन्न हो जाता है कि कहीं हमने राजकुमारी के प्रति अन्याय तो नहीं किया!

राजा : बस, महामंत्री! मुँह की बात तुमने छीन ली। गुणवती कन्या है, माँ-बाप की बात मानकर राजकुमारी ने बादल के साथ विवाह कर लिया।

मंत्री : मेरे विचार से हमने भी मौका दिया, शादी से पूर्व हम पहुँच चुके थे, राजकुमारी ने राजकुमार को देखा भी। यदि इनकार करना था, तो तभी इनकार कर सकती थी।

राजा : यह तो एकदम सत्य है, महाराज रोहित से भी बातें हुईं, पर उसके चेहरे पर तो एकदम आनंद था। चलो अब तो विवाह हो गया। अब राजकुमारी राजा रोहित की बेटी नहीं, महाराज वीरेंद्र की बेटी तथा बहू हो गई, यह ध्यान रखना चाहिए।

मंत्री : सही बात है, किसी तरह से राजकुमारी को दुःख नहीं होना चाहिए।

राजा : महामंत्री! मेरे विचार से, हम काफी थक गए हैं। हम कुछ आराम कर लेते हैं, सुबह न जाने कितने काम बाकी हैं।

मंत्री : ठीक है महाराज, अब मुझे आज्ञा दीजिए।

राजा : ठीक है महामंत्री।

दृश्य नौ

[राजसभा में एकदम चहल-पहल है। राजकुमार तथा राजकुमारी के शुभ विवाह के अवसर पर राजा ने एक महफिल का आयोजन किया है। राजा-महारानी आसन ग्रहण कर चुके हैं। राजकुमार-राजकुमारी भी आसन ग्रहण कर चुके हैं। संगीतकार, नर्तकी, गायक सब तैयार हैं, बस महामंत्री का इंतजार है। सभी के चेहरे पर खुशी है। कुछ ही क्षण बाद द्वारपाल के पीछे-पीछे महामंत्री प्रवेश करता है। आते ही सभी को प्रणाम करता है। राजा, प्रजा सभी को बोलना शुरू करता है…]

मंत्री : महाराज-महारानी, वर-वधू, प्रजाजनो! इस शुभ अवसर पर आप सभी लोगों का स्वागत है। राजा-रानी की खुशी में भाग लेने आप लोग आए हैं, बहुत धन्यवाद के साथ स्वागत भी है। शायद आप लोग सोच रहे हैं कि मैं देर से पहुँचा, गलत, मैं एकदम समय पर हूँ। आप लोग पहले आ गए। अब मैं महाराज तथा महारानी की आज्ञा से कार्य आरंभ करने की आज्ञा देता हूँ। आप लोग आनंद उठाइए।

दृश्य दस : शादी के कुछ दिन गुजर गए

[रानी राजसभा में बैठी हैं, रात का समय है, रानी एकदम उदास हैं, उसी समय राजकुमार बादल भी प्रवेश करता है।]

बादल : माताजी! राजसभा में आप अकेली बैठी हैं, चेहरा बता रहा है कि माताजी आप एकदम उदास हैं। आखिर बात क्या है?

रानी : उदास और मैं, बिल्कुल नहीं राजकुमार। मैं तो एकदम खुश हूँ।

बादल : माताजी! आप राजकुमार कह रही हैं, किस उद्देश्य से बोल रही हैं। माताजी के रूप में या फिर महारानी के रूप में?

रानी : नहीं, मेरे लाल! माताजी बोल रही हूँ।

बादल : मैं जानता हूँ माताजी! किसी प्रकार की चिंता आपको खाए जा रही है, मैं जानता हूँ कि आप चिंता में हैं।

रानी : चिंता, कैसी चिंता? क्या बोल रहा है तू?

बादल : माताजी! आप मेरी माँ हैं, पच्चीस सालों से आपको जानता हूँ। चेहरा खुद कह रहा है कि मेरी माताजी कितनी चिंता में हैं।

रानी : नहीं बेटा! मैं बिल्कुल चिंता में नहीं हूँ, बल्कि मैं तो एकदम खुश हूँ कि अब मेरे बेटे का विवाह हो गया।

बादल : माँ! यहीं तो आप मार खा गईं, जब तक मेरा विवाह नहीं हुआ था, आपको मेरी शादी की चिंता थी। अब जब हाथ पीले हो गए, तो आपकी सबसे बड़ी चिंता यह है कि मेरा विवाह एक अत्यंत सुंदर राजकुमारी और वह भी जिसके पिताजी एक प्रसिद्ध राजा हैं तथा पिताजी के गुरु मित्र भी, से हुआ है। कहीं हमने राजकुमारी से छल तो नहीं किया, धोखा तो नहीं दिया! बस माँ, यही चिंता आपको दिन-रात सताए जा रही है और जब देखो, आप सोच में पड़ी रहती हैं।

रानी : बादल बेटे! मुझे क्षमा कर दे मेरे लाल, सच्चाई को छिपाना चाह रही हूँ, सत्य से भाग रही हूँ, पर भाग नहीं पा रही हूँ। ज्यों-ज्यों भाग रही हूँ, उतनी ही तेजी से मुझे जकड़ लेता है।

बादल : माँ! अब पछताने से कुछ नहीं होगा। गोली बंदूक से निकल चुकी है। किसी को तो घायल करेगी, विवाह, विवाह, विवाह! मैं तो इसके विरुद्ध था। आपको मेरी शादी की जल्दी थी। आप भूल गई थीं मैं कैसा हूँ! मैं अपना जीवन जी रहा था। चाहे लोग तरह-तरह की बातें करते थे, ताना मारते थे। मुझे दुःख नहीं होता था, कोई असर नहीं होता था, परंतु विवाह के पश्चात् आप जानती हैं, क्या हो रहा है? कैसी-कैसी बातें चल रही हैं? आप ही की प्रजा कितनी बातें कर रही है?

पहले तो मैं लँगड़ा-लूला, कुबड़ा आदि था, अब तो मेरे साथ तरह-तरह के विशेषण लगाए जा रहे हैं।

रानी : कैसी बातें चल रही हैं बेटे?

बादल : माताजी! यह मत कहें कि आप नहीं जानतीं। आप अच्छी तरह से जानती हैं। आपकी नौकरानियाँ इस महल में बातें कर रही हैं और आप कहती हैं कि नहीं जानती, अजीब है?

रानी : मुझ पर विश्वास कर मेरे लाल! मैं कुछ नहीं जानती हूँ।

बादल : मैं जो भी हूँ, जैसा भी हूँ, मैं जानता हूँ। मैं अपाहिज हूँ, परंतु आत्मगौरव भी कोई चीज है। किस कारण से इतनी सुंदर राजकुमारी से मेरा विवाह हुआ, उसको दुःखी करने के लिए? वह भी एक इनसान है। इतने दिन हो गए, मैंने एक भी शब्द आज तक राजकुमारी से नहीं कहा है। बात तो दूर, मैं कभी उसके सामने गया तक नहीं। कौन सा मुँह लेकर उसके पास जाऊँ या कोई बात करूँ?

रानी : बेटे! राजकुमारी तेरी पत्नी है। विवाह किया है उसके साथ। इस घर की राजकुमारी के साथ-साथ वह बहू भी है।

बादल : बात एकदम सही है माँ! परंतु कभी आपने विचार किया है, जब पिताजी बारात लेकर महाराज रोहित के दरबार में गए और जब राजकुमारी ने मुझे देखा होगा, चाहे राजा, चाहे राजकुमारी, दोनों के मन में कैसे-कैसे विचार उत्पन्न हुए होंगे? शायद इज्जत रखने के लिए मान गए होंगे! उधर की प्रजा की बात मत करें, बातें तो तरह-तरह की हो रही थीं, फिर भी राजा रोहित के चेहरे पर मुसकराहट थी। बराबर सभी बारातियों का स्वागत वे कर रहे थे। वे अपना कर्तव्य पालन कर रहे थे, परंतु दिल में शायद आग के शोले दहक रहे थे।

रानी : बेटे! राजा तो कह रहे थे कि महाराज रोहित एकदम खुश थे।

बादल : हाँ माँ! एकदम सही। वे कर्तव्य पालन कर रहे थे, क्योंकि रिश्ता लेकर वे हमारी सभा में आए थे, इनकार कैसे करते? और फिर महाराज रोहित सूर्यवंशी हैं, वचन देकर वचन का

उल्लंघन वे कैसे करते? कुछ भी हो माँ! आपको और पिताजी को मैं कभी क्षमा नहीं करूँगा।

रानी : बस बेटा! बस-बस! ईश्वर का नाम लेकर बस भी कर। हम तो तेरी अच्छाई चाहते थे।

बादल : किसी की जिंदगी बरबाद करके कहीं किसी की अच्छाई हो सकती है माँ? हे ईश्वर! मुझे क्षमा कर दो, आखिर मुझे कैसी सजा मिल रही है? कौन सी भूल की थी मैंने? मैं जैसा भी हूँ, पर शिक्षित हूँ, पढ़ा-लिखा हूँ, अनपढ़-गँवार तो नहीं हूँ। दूसरों के दुःखों का अनुभव मैं कर सकता हूँ।

रानी : भगवान् के लिए अब बस कर दे बेटा! मुझे क्या मालूम था कि तेरी शादी से तुझे इतना धक्का लगेगा! मुझे भी और अपने पिताजी को क्षमा कर दे। मैं खुद नहीं जानती कि मुझे क्या करना चाहिए।

(वह रोती हुई उठती है और भीतर चली जाती है।)

(बादल मंदिर की ओर जाता है।)

बादल : *(शिवजी के मंदिर में)* हे भगवान् देवों के देव, महादेव! तुम्हें मैं ईश्वर कहूँ, महादेव कहूँ! शिव-शंकर-भोले-शंभू, नीलकंठ कहूँ! उमापति, पशुपति कहूँ या फिर तुम्हें भूतनाथ कहूँ, जो भी नाम तुम्हें अच्छा लगे, उसी नाम से मेरी प्रार्थना स्वीकार कर लो। शायद मैं आराधना करना नहीं जानता हूँ, अपाहिज जो ठहरा! निस्संदेह मेरी पूजा, मेरी प्रार्थना भी अपाहिज ही होगी मैं जो भी हूँ, जैसा भी हूँ, जब भी तुम्हारे चरणों, तुम्हारे द्वार पर आया हूँ, कभी भी तुम्हें कोसने नहीं आया। कभी भी कोई शिकायत लेकर नहीं आया। जब भी आया हूँ, खुश आया हूँ और खुश ही लौटा हूँ, परंतु आज, आज मैं एक शिकायत लेकर आया हूँ। इस मृत्युलोक में जो भी जैसा करता है, उसे वैसा भुगतना पड़ता है। मुझे कोई दुःख नहीं था इससे पूर्व। शायद कभी मैंने भी कोई भूल, कोई गलती की होगी, इसलिए इस जन्म में भुगत रहा हूँ, परंतु जो कुछ मैंने किया, उसमें दूसरे लोग क्यों शामिल हों? मैंने कोई भूल की होगी, इसलिए मैं भुगत रहा हूँ, परंतु उस

भोली, अनजान, बेकसूर राजकुमारी ने क्या भूल की है? कौन सी गलती की है कि वह भी इस अन्याय को सहे? यह अन्याय नहीं तो और क्या है? आखिर उसने कौन सा पाप किया है कि उसे ऐसा जीवन मिला? आखिर क्यों उसके परिवार ने जान-बूझकर मुझ अपाहिज से उसका विवाह किया? हे भगवन्! मैं कुँवारा था, मैं खुश था, पर अब उस राजकुमारी को देखकर मैं दुःखी होने लगा हूँ। मैं तंग आने लगा हूँ, आखिर मैं विवाह करने के लिए तैयार क्यों हुआ? यद्यपि कुछ दबाव था, फिर भी मैं तो इनकार कर सकता था। एक मासूम, अनजान राजकुमारी का जीवन बरबाद तो नहीं होता! कम-से-कम दूसरे पाप से मैं शायद बच जाता।

[इतने में एक अजीब सी आवाज होती है, बिजली चमकने लग जाती है, मंदिर में एक अजीब सा प्रकाश होता है और एक आवाज आती है।]

शिवजी : वत्स! तू क्यों इतना रो रहा है? इतनी चिंता में है, जो तू सोच रहा है, वह बिल्कुल गलत है। जो सोचना चाहिए, उस पर तो तू बिल्कुल ही नहीं सोच रहा है। तेरा भक्ति-भाव देखकर मुझे दर्शन देना ही पड़ा। जो तू है, तू नहीं जानता, मैंने महाराज वीरेंद्र से कहा था, वचन दिया था तेरे जन्म से पूर्व कि उनके परिवार में एक होनहार राजकुमार का जन्म होगा, जो आगे चलकर एक महाप्रतापी राजा बनेगा। चिंता में पड़कर शायद वह इस बात को भूल गए होंगे। यह राजकुमारी, जिसके साथ तेरा विवाह हुआ है, विगत जन्म में भी वह तुम्हारी पत्नी थी, फिर अगले जन्म में भी वह पुनः तेरी पत्नी बनेगी। विगत जन्म में भी तू एक राजा ही था।

बादल : परंतु भगवन्! मैं जान सकता हूँ, किस कारण से मुझे ऐसा रूप मिला? कोई पाप किया था, किसी को दुःख दिया था। मैं फिर भी भुगतने के लिए तैयार हूँ, प्रायश्चित्त करना होगा।

शिवजी : नहीं-नहीं राजकुमार! पाप नहीं हुआ था, पुण्य हुआ था। तू एक दयालु राजा था, एक दिन एक भिखारी जैसा तेरा रूप है, वैसा तेरी राजसभा में आ गया। उसे देखकर तू इतना

दुःखी हुआ कि तूने तुरंत यह प्रार्थना की, मेरे ही सामने कि अगले जन्म में तू पच्चीस वर्ष तक ऐसा ही जीवन व्यतीत करेगा। जो तेरी माँग थी, मुझे पूरी करनी पड़ी। अब पच्चीस वर्ष पूरे हो रहे हैं, तेरा जीवन अब बदलेगा। अब से तेरा नया कर्म शुरू होगा।

बादल : मुझे विश्वास नहीं हो रहा है कि गत जन्म में मैं भी राजा था!

शिवजी : बहुत कुछ तुझे विश्वास नहीं होगा, महाराज रोहित! जो तेरा ससुर है, कैसे वह रिश्ता स्वीकार नहीं करता, साधु के रूप में मैं खुद रिश्ता लेकर गया था, कैसे इनकार करता? अब तैयार हो जा, अब तुझे एक नया रूप मिलेगा, फिर भी मैं तुझे संकेत कर देता हूँ, तेरी समस्या हल नहीं हुई। अभी तुझे स्वयं तेरे पिताजी, माताजी, पत्नी, सेना, मंत्री आदि से सामना करना पड़ेगा। अभी से लेकर पूरे चौबीस घंटे तक तुझे इन लोगों का सामना करना पड़ेगा।

बादल : अब कैसी समस्या आएगी?

शिवजी : तू चिंतारहित कर्म कर...

(अचानक एक अजीब सी बिजली चमकती है... धुआँ आकर चारों तरफ फैल जाता है और कुछ क्षण पश्चात फिर से प्रकाश हो जाता है। लंबा कद, सुंदर, बलवान् शरीर, चौड़ा सीना, एक नौजवान प्रकट होता है।)

शिवजी : आज से तेरा नया जीवन और नया कर्म आरंभ होता है।

(बादल अपने को देखता है। हाथ, पैर, सिर हिलाता है, फिर शिवजी के चरणों में गिर जाता है।)

(शिवजी लुप्त हो जाते हैं, रोशनी चली जाती है।)

बादल : यह रूप तो मिल गया, पर विश्वास कौन करेगा कि मैं राजकुमार बादल हूँ, वह अपाहिज, लँगड़ा-लूला बादल मैं असमंजस में हूँ, माँ को संकेत करूँ, पिताजी से जा मिलूँ या फिर राजकुमारी के पास जाऊँ! शिवजी के अनुसार राजकुमारी गत जन्म में भी मेरी पत्नी थी, शायद वह नहीं, कम-से-कम उसकी आत्मा तो मुझे पहचान लेगी। मेरे विचार से राजकुमारी के पास ही जाना चाहिए। निस्संदेह वह मुझे पहचान लेगी।

चलो उधर ही चलते हैं। वह राजकुमारी के कमरे में जाता है, राजकुमारी सो रही है। बादल पूरा समय लेकर राजकुमारी को देखता है। राजकुमारी घोर निद्रा में है, उसे पता नहीं, पर अगले ही क्षण राजकुमारी की आँखें खुल जाती हैं। वह बादल को देखकर डर जाती है और झट खड़ी हो जाती है।

राजकुमारी : हे नौजवान! इस समय तू महल में कैसे और वह भी मेरे कमरे में आया कैसे, चोरी करने का इरादा है क्या?

बादल : राजकुमारी! मुझे गलत न समझें, मैं कोई गैर नहीं, मैं तो आपका अपना हूँ, मुझे आप अच्छी तरह से देखें, आपको पता चल जाएगा कि मैं कौन हूँ!

राजकुमारी : मैं कभी पराए मर्दों को आँख उठाकर देखती तक नहीं! अभी यदि मैंने थोड़ी सी आवाज दी, तो तुम्हारी जान चली जाएगी। मेरी बात मान नौजवान, जल्दी भाग जा।

बादल : मुझे गलत न समझें राजकुमारी! एक बार तो अपना तीसरा नेत्र खोलकर देखिए, आपको पता चल जाएगा कि मैं कौन हूँ!

राजकुमारी : देखो नौजवान! इस राज्य की मैं बहू हूँ, इस राज्य की इज्जत हूँ, मेरे परिवार तथा गुरुजनों ने यह शिक्षा दी है कि पति परमेश्वर होता है, मेरा पति जैसा भी है, मेरे लिए ईश्वर है। तुम क्या सोचते हो कि तुम्हारा सुंदर शरीर, लंबा कद, चौड़ा सीना···मैं इससे आकर्षित हो जाऊँगी, जल्दी निकल जाओ, अन्यथा मैं द्वारपाल को बुलाती हूँ।

बादल : राजकुमारी! मैं कैसे समझाऊँ? आप विश्वास क्यों नहीं करतीं! एक बार तो मुझे देखें, आपको पता लग जाएगा कि मैं ही आपका पति हूँ।

राजकुमारी : नीच, पापी! तुम्हारी इतनी हिम्मत कि अपने आपको मेरा पति कहो! अब पानी नाक से ऊपर आ गया, अब नहीं बचेगा, शायद तुम्हारी मौत इसी महल में लिखी हुई है।

बादल : भगवान् के लिए एक बार तो मुझ पर विश्वास कीजिए।

(उसी समय राजा राजसभा में प्रवेश करता है। बहू के कमरे में उसने आवाज सुन ली थी। वह बहू के कमरे तक जाता

है और म्यान से तलवार निकाल आगे बढ़ता है। कमरे तक जाकर रुक जाता है।)

बादल : एक बार तो आप मुझ पर विश्वास कर सकती हैं राजकुमारी!

राजकुमारी : अब नहीं बचेगा, चेतावनी देने पर भी नहीं मानता, अब तुम्हें कोई नहीं बचा पाएगा।

द्वारपाल! द्वारपाल! पिताजी! पिताजी! माताजी!

(राजा हाथ में तलवार लिये बहू के कमरे में प्रवेश करता है। वह बादल पर वार करना चाहता है, तभी बादल हाथ जोड़कर राजा के सामने कहता है।)

बादल : पिताजी! आप क्या कर रहे हैं? आपने भी मुझे नहीं पहचाना, हे भगवान्!

(राजा रुक जाता है)

राजा : हे नौजवान! तुम कौन हो?

बादल : पिताजी! मैं ही आपका अपाहिज बादल हूँ।

राजा : मैं राजा हूँ, दूध पीता बच्चा नहीं। एक तो इतनी रात गए, वह भी मेरी बहू के कमरे में! उसमें भी मेरे पुत्र बादल बनने का प्रयत्न कर रहे हो?

(आवाज सुनकर महारानी भी बहू के कमरे में आ जाती है।)

रानी : ऐ जवान लड़के! तू कौन है?

बादल : मैं तुम्हारा बेटा बादल हूँ माँ!

रानी : बादल! कौन बादल?

बादल : हे भगवान्! अब मैं कैसे समझाऊँ कि मैं वही बादल हूँ? क्यों कोई भी मुझ पर विश्वास नहीं कर रहा है? माँ जिसने पाल-पोसकर इतना बड़ा किया, पिताजी जिनकी गोद में मेरा बचपन गुजरा, वही नहीं पहचान रहे हैं! पत्नी, जिसके साथ विवाह हुआ, जो विगत जन्म में भी मेरी पत्नी थी और आगे चलकर भविष्य में भी मेरी पत्नी बनेगी, वही पत्नी कह रही है कि गैर-मर्दों को वह आँख उठाकर नहीं देखती। जब किसी को मुझ पर विश्वास ही नहीं तो फिर मुझे यह रूप

क्यों दिया? हे भोले! मुझे स्वीकार नहीं, मुझे वही रूप चाहिए, मैं पुनः वह अपाहिज बनना चाहता हूँ भगवन्!

(वह शिवजी के पास जाकर रोने लग जाता है, तभी बिजली चमकने लग जाती है, बादल भी गरजने लग जाते हैं। बादल वहीं गिर जाता है, चारों तरफ धुआँ भर आता है। तभी आवाज आती है शिवजी की।)

शिवजी : महाराज वीरेंद्र! आरंभ में बादल के जन्म से पूर्व मैंने कहा था कि आपके यहाँ एक होनहार पुत्र का जन्म होगा, जो आगे चलकर प्रतापी राजा बनेगा और 'महाराज बदरी' नाम से प्रसिद्ध होगा, लेकिन आरंभ काल में एक समस्या होगी।

वीरेंद्र : भगवन्! याद है, मैं कैसे भूल सकता हूँ प्रभु?

शिवजी : तो फिर अपने ही खून को पहचानते क्यों नहीं? और फिर राजकुमारी आप तो कई जन्मों तक इसकी पत्नी बन चुकी हैं, फिर भी आपने नहीं पहचाना? असली बादल यही है, अब इसका सही कर्म आरंभ होगा। *(वह रोशनी बुझ जाती है, धुआँ भी साफ हो जाता है। सभी बादल के पास जाते हैं, बादल होश में आ जाता है। माँ उसे गले लगा लेती है और रोने लगती है।)*

(राजकुमारी उसके चरण-स्पर्श करती है और पिताजी आँखों से आँसू पोंछते हैं।)

(एक साथ मिलकर सभी शिवजी की स्तुति करते हैं।)

(परदा गिरता है।)

□□□